# UMA HISTÓRIA
## DE AMOR E TOC

# UMA HISTÓRIA DE AMOR E TOC

## COREY ANN HAYDU

*Tradução de*
Alda Lima

3ª edição

— Galera —

RIO DE JANEIRO
2016

CIP-BRASIL. CATALOGAÇÃO NA FONTE
SINDICATO NACIONAL DOS EDITORES DE LIVROS, RJ

H33u
3ª ed.
Haydu, Corey Ann
Uma história de amor e TOC / Corey Ann Haydu; tradução Alda Lima. – 3. ed. – Rio de Janeiro: Galera, 2016.

Tradução de: OCD love story
ISBN 978-85-01-10058-0

1. Ficção americana. I. Lima, Maria P. de. II. Título.

14-16514

CDD: 813
CDU: 821.111(73)-3

Título original em inglês:
*OCD Love Story*

Copyright © 2013 by Corey Ann Haydu

Todos os direitos reservados.
Proibida a reprodução, no todo ou em parte, através de quaisquer meios.

Composição de miolo: Abreu's System
Design de capa: Marília Bruno

Texto revisado segundo o novo Acordo Ortográfico da Língua Portuguesa.

Direitos exclusivos de publicação em língua portuguesa somente para o Brasil adquiridos pela
EDITORA RECORD LTDA.
Rua Argentina, 171 – Rio de Janeiro, RJ – 20921-380 – Tel.: 2585-2000, que se reserva a propriedade literária desta tradução.

Impresso no Brasil

ISBN 978-85-01-10058-0

Seja um leitor preferencial Record.
Cadastre-se e receba informações sobre nossos lançamentos e nossas promoções.

Atendimento e venda direta ao leitor:
mdireto@record.com.br ou (21) 2585-2002.

*Para mamãe, papai e Andy*

# ♡ 1.

PARA MINHA SORTE, NÃO ENTRO EM PÂNICO EM ESpaços pequenos e escuros ou qualquer coisa parecida. Sou um tipo diferente de louca.

Então, quando as luzes se apagam não faço muita coisa, exceto evitar os tarados do ensino médio tentando apalpar as meninas no escuro. Vou às festas da Smith-Latin Boys' Academy duas, talvez três vezes por ano, mas nada desse tipo jamais aconteceu antes. A eletricidade deve ter acabado na cidade toda. Há um momento de silêncio, como um arquejo preparatório, e então o caos.

Talvez seja verdade o que dizem sobre ser cego: os demais sentidos ficam mais aguçados. Porque, no instante em que as luzes e a música são interrompidas, percebo como o cheiro no ginásio é nojento. E, por um momento, os sons dos meus colegas tagarelando e caindo uns nos outros, gritando com medo fingido, predominam. Em seguida ouço um barulho familiar, um ritmo que conheço bem. É o passo tenso e super-rápido de um ataque de pânico. Está vindo de algum lugar à minha esquerda, então uso isso como uma espécie de farol para encontrar o caminho em meio à multidão.

A respiração entrecortada se transforma em inspirações cada vez mais tensas, e o pobre garoto que sofre o ataque está sufocando com a própria respiração. E sobre isso eu sei tudo:

tive a sorte de descobrir formas de impedir meus ataques de pânico antes mesmo que eles começassem. Então me sento ao lado do cara com falta de ar, encontro seu ouvido e sussurro. Digo-lhe para se acalmar e respirar fundo, e estendo uma das mãos no escuro em busca de sua testa, que consigo tocar por inteiro. Ele relaxa com o contato, e faço o mesmo em mim, colocando a mão livre na testa. É agradável tocá-lo, essa intimidade com um total estranho, então acho que estou meio que amando a falta de luz. Isso nunca aconteceria sob luzes fluorescentes. Pensando bem, acho que isso serve para um monte de coisas.

— Isso é bom — diz ele numa voz ainda engasgada, porém menos apavorada. — Não sei o que aconteceu.

— Ataque de pânico — respondo.

Estou pronta para listar todos os sintomas e causas e lhe dar o mesmo conselho que a Dra. Pat me dá quando estou tendo um ataque, mas assim que tomo fôlego para recomeçar a conversa ele me interrompe.

— Entendi.

Acho que é de propósito, para não me deixar falar, mas não soa como se estivesse me dispensando, e sim como uma tentativa de me salvar de mim mesma, o que sou obrigada a apreciar. Como regra geral, quando se trata de falar com estranhos é melhor eu desistir enquanto ainda há tempo. Embora no escuro eu pareça ser realmente boa em decifrar as pessoas. Fecho a boca. Respiro fundo duas vezes. Então me permito tentar falar outra vez.

— É seu primeiro ataque de pânico? — pergunto. Perguntaria isso em plena luz do dia, mas parece ainda mais natural no escuro. Seu corpo ainda se contrai um pouco como consequência da onda de ansiedade, e sua pele tem uma textura fria e suada. Mantive meu braço encostado no dele.

Com toda essa loucura acontecendo ao nosso redor, é bom simplesmente ter algo se encostando em mim. Alguém.

— Acho que sim — responde. Depois, nada.

— Eu sou a Bea — digo, para preencher o silêncio. Não que esteja tudo quieto: o lugar parece ainda mais barulhento do que estava com as porcarias das Top 40 explodindo no volume máximo. Mas esse cara é calmo, e em breve a luz vai voltar e a realidade da nossa visibilidade provavelmente tornará tudo mais estranho.

— Beck — diz ele.

— Nome estranho.

— É, o seu também.

Estico as pernas para a frente. Agora, o silêncio entre nós se parece mais com um acordo, um pacto, e menos com uma luta.

É engraçado como meus nervos funcionam: pulsando num minuto e recuando no seguinte, me deixando totalmente exausta. Se o clima de camaradagem que sinto com a respiração pesada de Beck e suas mãos suadas estiver certo, ele agora deve estar sentado nessa mesma gangorra.

— Quer tentar sair? — sugiro.

Nada está mudando aqui. Os professores estão tentando falar mais alto que os alunos, e parece que o centro do ginásio/pista de dança se transformou numa rave improvisada. Se estivéssemos na Greenough Girls' Academy em vez de na Smith-Latin, conseguiria encontrar o caminho até a biblioteca, onde poderia me esconder até que toda essa coisa de falta de luz tivesse passado. Teria tudo de que gosto ao alcance: sofás, luzes portáteis para livros, o cheiro daqueles livros raros centenários pelos quais nosso bibliotecário é obcecado. Espero que Beck conheça um local parecido na Smith-Latin. E que seu senso de direção não seja prejudicado no escuro.

Desejo mais do que tudo que seu rosto combine com sua voz: baixa, doce e um pouco rouca. *Rostos podem se parecer com sons?*, me pergunto. E seria este o tipo de cara que tenho procurado, em vez daqueles com quem sempre acabo, atletas do ensino médio feios de rosto mas bonitos de corpo?

— Não consigo me mexer — diz Beck.

Eu me estico para tocar suas pernas, como se ele talvez estivesse com gesso ou um aparelho ortopédico ou não tivesse um membro ou algo assim. Um pouco tarde demais percebo que é um movimento muito estranho de se fazer, mas, como sempre, não consigo me segurar. Minha mão está bem no topo da coxa dele, e permanece ali por mais tempo do que deveria.

Meu Deus, como sou estranha.

Juro que posso sentir suas pernas tensas e talvez o movimento de alguma outra coisa.

— Parece normal para mim. — Deslizo a mão para longe de sua perna.

— Pode ir lá fora se quiser — diz Beck. — Eu simplesmente não consigo. Isto é, não quero. Não vou a lugar nenhum até que a luz volte, OK?

— Não tem nada a temer. Você sabe, além de jogadores de futebol realmente excitados. Sem ofensa, se você for um deles. Ou será que estamos evitando alguém? Talvez uma garota feia da Greenough com quem tenha ficado sem estar muito a fim?

Beck ri apenas o suficiente para que eu saiba que não se importa com as provocações.

— Você é a única garota da Greenough com quem falei hoje à noite — diz, e fico sorrindo no escuro como uma boba, como uma menina de 8 anos, que é exatamente o que eu pareceria se alguém pudesse de fato me ver agora. Tenho até um espaço entre os dentes da frente que, supostamente, me dão um sorriso doce, de menina.

— Bem, nesse caso, é melhor eu ficar, então — digo.

Coisas caem ao nosso redor: pessoas, equipamentos de DJ, faixas escolares. Não posso acreditar que meu coração está palpitando tanto com o som de sua voz e com a ideia de tê-lo para mim, mesmo que por alguns minutos, mesmo que ainda não saiba como esse cara é. Largo sua testa e toco a mão dele, e quando nossas palmas se encontram, ele aperta. Em seguida, outra vez. E mais uma. Depois de alguns apertos, ele expira. Ficamos de mãos dadas por mais uns minutos antes de ele começar a entrar em pânico outra vez. Então ele solta.

— Estou dizendo, você vai se sentir melhor com um pouco de ar fresco — insisto.

No escuro não consigo ver se Beck balança a cabeça ou qualquer coisa, mas ele definitivamente não diz que não, e sou um tipo de menina copo-meio-cheio, então para mim aquilo significa que ele vai levantar comigo. Puxo-o para que fique de pé. É preciso um bom esforço, e ele me puxa de volta numa tentativa de ficar sentado no chão. Não me importo.

— Está com medo de me deixar ver você? Você é superfeio?

Espero que isso o faça rir, mas não faz, e me dou conta de que talvez ele *seja* mesmo feio, e não de forma subjetiva, mas verdadeiramente desfigurado. Tenho um talento especial para dizer verdades terríveis para estranhos.

— Hum, isso foi uma coisa superestranha de se dizer. Sou assim, às vezes. Um pouco estranha. Ou, como gosto de pensar, peculiar. Estranha e peculiar. — Bem aqui, é por isso que afasto os caras.

— Eu também — diz Beck. Sabia que havia uma razão para gostar dele.

O ginásio começa a esvaziar. Os professores estão conseguindo agrupar as pessoas no estacionamento para ficarem de olho em nós. Eu os ouço gritando ordens em meio ao caos. Passou tempo suficiente para que a maioria dos presentes comece a ceder aos pedidos. Afinal de contas, com certeza já estamos sem bebida e a emoção de tocar corpos de estranhos ou de esbarrar em seus amigos, no sentido literal, drenou da sala.

— Fica quieto e não se mexe — sussurro.

Tenho a sensação de que, se formos pacientes, teremos todo o ginásio para nós. Minha melhor amiga, Lisha, e eu sempre tentamos encontrar espaços secretos onde ninguém pensará em nos procurar. Como uma espécie de pique-esconde com o mundo. Quando éramos pequenas, decorávamos o interior do meu closet com glitter e almofadas e fazíamos todas as brincadeiras, conversas e lanches lá. Acolhedor e só nosso. Penso que ficar para trás no ginásio escuro com Beck seria algo parecido. Lisha, onde quer que esteja neste enxame escuro de corpos adolescentes muito perfumados, aprovaria.

Quase chamo o nome dela, para que nos encontre, mas sei que Lisha não se importaria que eu tivesse um momento extra a sós com o se-Deus-quiser-bonito, com certeza atraente, menino da Smith-Latin.

Em apenas alguns minutos, o ginásio passou de praticamente lotado para quase vazio, e as luzes dos carros no estacionamento não chegam ao canto em que estamos escondidos. Se ficarmos quietos, algo grande pode acontecer. Pelo som da respiração pesada de Beck, temo que ele esteja começando a entrar em pânico outra vez (esse garoto tem medo do escuro ou o quê?), então encontro seu ombro e sigo a linha do seu braço para baixo até chegar à mão novamente. Ele aperta.

Considero deixar por isso mesmo. Pelo menos até eu encontrar alguma maneira de ter um vislumbre de seu rosto.

Em vez disso, passo meus dedos de volta pelo braço de Beck, do pulso ao cotovelo e ao ombro e para o pescoço até encontrar seu rosto. E então seus lábios. E, apesar das pernas trêmulas e das suas inspirações e expirações pesadas, eu o beijo. É uma coisa boa na qual ele deve se perder por pelo menos alguns segundos, porque seu corpo relaxa contra o meu. Mas tão depressa quanto relaxou, volta a ficar tenso, e deixo que minha boca se afaste.

Ele tinha gosto de hortelã e suor frio. Mentolado. Salgado. Perfeito.

Realmente o tive, por um segundo.

— Vamos ficar aqui — digo. Não de forma sedutora, porque dou uma risadinha na última sílaba. Estou nervosa demais, mas não tão agitada quanto ele.

Os pés de Beck batem no chão, e ele parece prender a respiração, e recua para ficar mais perto da parede. Fica grudado ali.

— Não posso — diz Beck, quando dou mais um passo na sua direção. — Preciso ir para casa. Estou me sentindo estranho. Estou meio confuso agora. — Sua voz é um murmúrio.

Posso sentir o calor surgindo enquanto ele fica corado, mesmo a alguns centímetros de distância. Quero tranquilizá-lo com um toque, talvez até beijá-lo de novo, mas quando chego perto, alguém se arremessa contra mim, com força total, me derrubando. Eu caio. Beck vai embora.

— Também estou muito confusa! Sou totalmente confusa! — digo atrás dele, e sinto que ele ainda está no ginásio; sinto que me ouviu, mas a escuridão é profunda demais para eu enxergar até mesmo o menor movimento. Sinto a parede e a acompanho, na esperança de alcançá-lo, mas não esbarro com ele em canto nenhum, nem agarrado a alguma batente de porta. Ele saiu do ginásio. Acho que de alguma maneira ficou com mais medo de mim do que do escuro.

♡ 2.

NO DIA SEGUINTE, CHEGO À TERAPIA MUITO, MUITO cedo. Uma hora inteira mais cedo, na verdade, porque gosto de ouvir o casal que faz terapia antes de mim. Algumas pessoas têm reality shows ou livros de vampiros. Eu tenho Austin e Sylvia.

Há um lugar na sala de espera da Dra. Pat de onde posso ouvir os murmúrios do que acontece no consultório. A maior parte são apenas entonações e ocasionais palavras perdidas. Mas quando Austin e Sylvia estão lá dentro posso ouvir muito mais. Ocupo meu lugar na cadeira bamba ao lado da porta do consultório e dá para ouvir que eles já estão lá, na hora certa, como sempre. Fico instantaneamente mais calma, sabendo que não perdi nada.

Hora da verdade: um ou dois meses atrás dei uma olhada na agenda da Dra. Pat. Por acidente, em vez deixá-la na mesa, ela a largara no sofá, e eu permiti meus olhos passarem pela página aberta antes de entregar a ela. Foi basicamente um acidente ter visto seus nomes no horário das quatro.

Um pouco menos acidental: hoje estar de pernas cruzadas na cadeira da sala de espera, descobrindo tudo sobre a vida sexual do casal. Ela chega a mim em frases incompletas e palavras gritadas em decibéis desconfortáveis. Austin e Sylvia são incrivelmente atraentes, mas se a forma como falam um com o outro é indicação de alguma coisa, a atração não é o bastante, porque eles claramente se odeiam. É, sobretudo, a voz de Sylvia que rompe as paredes: um sotaque de Boston e um tom de voz nasalado, engolido, que é difícil de ouvir. Sem sequer ter que pensar sobre isso, direcionei toda a simpatia para Austin e para a maneira mais gentil com que ele fala. Além disso, o cara é um gato.

Escuto essas sessões há mais de um mês, e hoje trouxe um caderninho. É uma coisa de couro envernizado sem graça que meu pai me deu no Natal. Tem uma estrela cadente gravada em dourado na capa. Um detalhe enorme e feio num caderno já feio. Um presente bem típico do meu pai. Em partes iguais amável e mal-informado, guardo seus presentes, mas quase nunca os uso.

O caderno é cor-de-rosa, além da monstruosidade da estrela cadente dourada, então não há nenhuma possibilidade de alguém sequer pensar em folhear suas páginas; não é o tipo de coisa que pareça conter segredos. É muito frágil e bobo e insuportavelmente *cor-de-rosa* para conter qualquer coisa substancial.

Começo a rabiscar o que consigo ouvir da conversa. Não tenho um motivo real para isso, mas não consigo evitar. Talvez o mostre para Lisha esta noite, se nos encontramos no restaurante para comer panquecas. Também sou um pouco coletora de informações. É algo que venho fazendo há anos, uma parte da minha personalidade. Se não fosse ser figurinista, poderia totalmente virar jornalista.

Só que acho que não conto muito às pessoas sobre minha coleta de informações. Elas costumam não entender. Exceto Lisha, é claro, que entende tudo.

Não há nada como escrever notas numa folha de papel em branco. É como meditar. Ou o que imagino que seja meditação.

Sylvia: ... não é jeito de tratar a sua esposa.
Austin: Se você pudesse fazer uma pausa e respirar de vez em...
Dra. Pat: (algo muito tranquilo e instigante que não consegui ouvir)
Sylvia: ... você não me toca há meses. Deve estar transando em algum lugar...
Austin: Você não pode agir como uma megera e depois simplesmente esperar que eu...
Sylvia: ... tem nojo de mim? É isso? Coloquei o silicone, mas você não parece...
Austin: ... nem mesmo queria que você...
Sylvia: ... simplesmente vá dormir com alguma menina e acabe com isso...
Austin: ... superinadequada... Eu costumava pensar que você era o tipo de mulher...
Dra. Pat: (fala de terapeuta silenciosa, reflexiva, que não consigo ouvir)
Sylvia: Você não gosta de mulheres. Gosta de meninas. Meninas de 19 anos, certo? Vi seu computador...
Austin: ... Não posso acreditar que você disse algo assim depois de tudo o que te contei sobre o meu passado...
(Uma longa pausa na conversa.)

É absolutamente tão envolvente escrever tudo o que ouço a ponto de esquecer que estou em público. A sala de espera começou a encher, o que significa mudança de hora, em que todos os pacientes das 16h saem e os das 17h chegam. Com um sobressalto percebo que estou estrangulando a caneta e praticamente rasgando a folha do caderno com toda a minha urgência e foco. Minhas mãos estão apertadas, e as notas, rabiscadas. Mas estou mais calma do que estive durante toda a semana.

Austin e Sylvia saem do consultório da Dra. Pat e passam por mim. Tento tirar fotografias mentais quando passam. Os peitos de Sylvia lideram o caminho e os cabelos cor de mel são longos e volumosos e caem pelas costas. Ela usa tanto delineador que poderia fazer parte de uma banda de rock indie adolescente. Austin tem cabelo vermelho e olhos bem verdes, e a calça é mais apertada do que a da esposa. Está usando uma camisa de flanela e uma pulseira de couro e com um sorriso de foda-se nos lábios.

Ele não é meu tipo, mas é sexy demais. Assim como ela.

Preciso chegar mais cedo na semana que vem para ouvir a próxima sessão. Sei que é um pouco estranho, mas eles são um livro que não quero parar de ler.

A Dra. Pat sempre tira 15 minutos entre as sessões para se recompor. Imagino que fique especialmente distraída após o drama de Austin e Sylvia. Ambos são altos e magros como árvores, e, entre a barba peluda de Austin e a juba de Rapunzel de Sylvia, são uma responsabilidade muito grande, mesmo quando não estão gritando um com o outro.

Quero o que eles têm.

E é assim que abro minha sessão desta tarde.

— Os pacientes antes de mim são praticamente perfeitos, não são? — digo.

É como um experimento. Quero ver a reação no rosto da Dra. Pat. É quase impossível arrancar alguma coisa dela. Ela mantém uma expressão neutra, ilegível, que só de vez em quando parece oscilar entre contemplação, simpatia ou preocupação.

— Ah, é? — pergunta.

— Você não acha?

— É interessante ficar observando os dois. — Ela é uma ninja com essas coisas. Uma ninja em termos de conversação. Dou de ombros. Isto não vai a lugar nenhum. — Sua mãe disse que você parecia particularmente observadora nos últimos dias. É verdade?

Enrugo a testa tentando avaliar o quão carregada esta declaração pode ou não ser. Preciso ter cuidado com a Dra. Pat. Um movimento em falso e ela vai me dar mais antidepressivos ou me fazer vir aqui com mais frequência.

— Eles parecem tão... legais — digo. — Confiantes. Fabulosos. Acho que me pergunto como seria viver suas vidas em vez da minha.

— Então eles chamam sua atenção porque você gostaria de ser como eles? — A Dra. Pat gosta de pegar o que digo e desviá-lo um pouco para a esquerda ou para a direita. Dar significado.

— Quer dizer, acho que seria difícil *não* notá-los, certo? Eles se destacam.

A Dra. Pat concorda, mas com pouco entusiasmo. Quero tanto que ela concorde. Quero que concorde com vigor e que toque meu braço e me diga que, naturalmente, todo mundo se sente como me sinto. Em vez disso, ela inclina a cabeça.

— Estou interessada em você, não nos outros — diz.

— O que mais minha mãe disse? — Quando comecei a vir para a terapia, a Dra. Pat, minha mãe e eu fizemos um acordo de que não haveria segredos entre ela e minha mãe. Eu ficava ansiosa quando pensava nelas dando longos telefonemas para falar sobre mim pelas costas.

— Acha que ela tinha mais a me dizer?

— Estou apenas curiosa. Quero dizer, acho que sou bem chata. Não pode haver muito para ela falar com você.

— Então você acha que é chata e que meus pacientes ou outras pessoas que encontra são mais emocionantes? — indaga ela.

Terapeutas são complicados. Fazem ligações entre qualquer coisa. Quando comecei a ver a Dra. Pat, tentava falar sobre assuntos casuais, mas ela nunca me deixa apenas ter uma conversa normal. Uma vez disse a ela que gosto de picles no sanduíche. Ela me lembrou que mencionei que Kurt comia muito picles e perguntou o que eu achava que poderia significar. Como se aquilo de alguma forma provasse que eu estava obcecada por ele.

Na terapia, não existe tal coisa como apenas gostar de picles em sanduíches. Dou um suspiro longo e audível, e a Dra. Pat empurra os óculos no nariz. Eles tinham escorregado um pouco, os grandes óculos de tartaruga, que pareciam ainda maiores quando ficavam tortos.

— Bea? Parece distraída — comenta, quando percebe que não vou responder à pergunta.

— Acho que estou um pouco distraída, sim. — A questão é que gosto da Dra. Pat. Estou bem, não *preciso* vê-la ou qualquer coisa neste momento, mas também não é a pior coisa do mundo ter estas conversas com ela. Seu consultório cheira à vela de baunilha e gosto das enormes pinturas de flores em close, que cobrem as paredes. Elas me acalmam.

— Estava pensando — recomeça ela com muito cuidado — que talvez você se desse bem em um ambiente de grupo. Terapia de grupo. Outros adolescentes, falando sobre o que acontece em suas vidas. O que acha?

Tenho certeza de que o choque transparece no meu rosto. Não escondo bem os sentimentos, e ela me pegou de surpresa. Terapia de grupo soa como tortura.

— Hum, não estou me sentindo supersociável nos últimos dias — digo.

— Isso foi outra coisa que sua mãe mencionou.

Meu estômago se revira.

— Não é uma *coisa* — digo. — Muitas pessoas ficam nervosas em, tipo, situações sociais.

A Dra. Pat empurra os óculos para cima do nariz outra vez. Eu me pergunto se estão precisando de ajuste, se de alguma forma eles afrouxaram. Pode ser perigoso, se os óculos caírem enquanto ela estiver dirigindo ou coisa assim.

— Conte mais — pede a Dra. Pat.

— Isso é mesmo tudo. Nada mais a dizer. Tenho me sentido um pouco sozinha. Tenho certeza de que vai passar.

— Não tem problema nenhum em você estar passando por um momento difícil, Bea — insiste a Dra. Pat. Ela faz algumas anotações no bloco amarelo. — Na verdade, é mais fácil se me disser o que está acontecendo. Assim podemos enfrentá-lo.

— Mas nada está acontecendo. — Olho para minhas botas. Costumavam ser de camurça, sem graça, toda preta, mas envolvi uma parte do cano da bota com um anel de pele falsa. Estou pensando em fazer o mesmo com o cardigã: acrescentar punhos de couro falso nas mangas e transformar o que é normal em algo espetacular. — Quero dizer, na verdade, nem estou tão antissocial assim no momento. Sábado à noite, fui a um baile com Lisha. Será que minha mãe disse isso a você?

— Ela não disse, mas é ótimo saber — diz a Dra. Pat, e seu sorriso revela que foi sincero. Às vezes, ela balança a cabeça e sorri apenas com os lábios, e penso que provavelmente está cansada ou entediada. Mas outras vezes seu sorriso é brilhante, e me lembro de como gosto de dizer as coisas a ela, a alguém com quem é fácil conversar. Eu me inclino para a frente no sofá.

— Foi muito divertido, na verdade. E conheci um cara. — Não escondo o sorriso. Tenho muita facilidade para co-

nhecer pessoas, mas Beck é o único desde Kurt que me afetou assim. Estou sorrindo sem pensar. É uma sensação estranha, porque ultimamente não tenho feito nada sem pensar.
— Gostaria de vê-lo de novo, talvez. Mas não sei como ele é, nem seu sobrenome. Acho que estuda na Smith-Latin...
— Isso talvez não esteja ajudando o meu caso, por parecer superestável, então respiro fundo e me lembro de explicar.
— Eu o conheci quando a luz acabou.
— A-há — diz a Dra. Pat. — Bem, Bea, acho que se você pode ir a um baile com Lisha e conhecer um menino no escuro, provavelmente pode lidar com uma hora por semana de terapia em grupo. — Lá vem ela de novo. Um movimento ninja característico da Dra. Pat.

Os sentimentos bons que estavam borbulhando no meu peito despencam até o estômago e azedam. Fecho os olhos para evocar uma imagem de Austin, achando que aquilo poderia me acalmar. Cabelo desgrenhado. Jaqueta de couro. Barba por fazer. E me pergunto o que deve estar fazendo agora, o que ele e Sylvia fazem após a terapia de casal.

— Pessoas com sua maneira de pensar se saem muito bem em terapia de grupo — conclui a Dra. Pat. — Alguns de seus comportamentos me fazem pensar...

— Tudo bem, tudo bem, eu vou — interrompo, não querendo que ela termine a frase. Belisco a parte superior da coxa, por cima da calça. Como as pessoas fazem quando querem acordar de um sonho. É apenas uma coisa minúscula, e não faz mal, mas os olhos da Dra. Pat voltam-se como dardos em direção aos meus polegar e indicador como se o gesto significasse alguma coisa.

Não é um sonho, e ainda estou aqui, embora apenas um pouco de mim de fato esteja.

## ♡ 3.

NÃO CUMPRIMENTO MINHA MÃE QUANDO CHEGO em casa depois da terapia. Ela estava reaquecendo o jantar da noite anterior e quero que saiba, pelo jeito como jogo a mochila no chão com um *baque*, que estou chateada.

— Tudo bem, Bea? — pergunta ela, porque estou agindo como se tivesse 3 anos, pisoteando até meu quarto. *Bam!*, faz cada passo, em cada degrau.

— Simplesmente ótimo, mãe — respondo lá para baixo.

Estou pronta para um duelo de gritos. Meio que sei que é raiva maldirecionada (uma frase da Dra. Pat — estou fazendo terapia há muito tempo), mas ouvir a preocupação na voz dela reacende a raiva por agora também ter que ir para a terapia em grupo.

— É tão *impressionante* você achar que sou uma pessoa estranha. É tão *impressionante* estar reportando à Dra. Pat cada coisa que faço.

— Bea, querida, sabe que não acho que seja uma pessoa estranha. É só que parece estar um pouco mais ansiosa ultimamente, e imagino que seja muito difícil. Estou tentando ajudar...

— Se estou indo tão bem, então não me obrigue a fazer isso de terapia em grupo — peço.

— Querida, você já falou sobre tudo o que aconteceu com aquele menino, Jeff, aquele amigo de Cooter, durante as sessões com a Dra. Pat? Ao que parece, pode ser uma informação útil para ela...

Tento impedi-la apenas com os olhos, mas não funciona, então interrompo:

— Mãe! — O simples nome Jeff me dá arrepios. O nome de Kurt me deixa fraca de tristeza e saudade e vergonha, mas o nome de Jeff no meu ouvido me assusta. É uma palavra que não quero ouvir, um som de uma única sílaba que desejo que seja apagado do idioma inglês. Levo as mãos aos ouvidos e desejo estar longe desta conversa.

— Só estava pensando que foi quando alguns de seus problemas começaram, há alguns anos, e só mencionei isso porque seu pai e eu nos sentimos tão responsáveis...

— Você pode, por favor, deixar isso comigo e com a Dra. Pat? Por favor? Se continuar se intrometendo não me dá chance de...

— Tudo bem, tudo bem — concorda ela. Minha mãe não gosta de discussões, e nem eu, por isso, normalmente paramos antes que elas comecem. Meu pai é sempre mais propenso a deixar uma briga rolar, mas ele ainda não chegou em casa, então estamos bem. Há tantas frases inacabadas entre minha mãe e eu, tantas palavras não ditas. Eu me pergunto como seria ter uma conversa inteira com ela, mas quase nunca deixamos isso acontecer. — Confio em você, querida. Vou ficar de fora. Só dei uma sugestão. Mas vou ter de insistir em seguir o conselho da terapeuta sobre o grupo, OK? Combinado?

Decido não responder. Estava claro que ela e a Dra. Pat planejaram isso semanas atrás. O que é totalmente louco, porque não preciso de terapia em grupo. Quero dizer, só fui fazer terapia por causa de um péssimo término de namoro. Não sou a primeira garota a fazer isso. Lacey da escola foi fazer terapia quando o namorado da faculdade dormiu com outra pessoa. E quase não penso mais em Kurt. Então, devo mesmo fazer essa coisa em grupo mais de um ano depois?

Começo a protestar, mas, em seguida, aperto os lábios e fico em silêncio. Minha mãe trabalha com adolescentes infratores. Ela não é fácil, e entrar numa competição de quem grita mais só lhe dará outra coisa para contar à Dra. Pat.

Bato a porta do quarto. Não há nada que minha mãe odeie mais. Ela solta um grande e audível suspiro, e sei que não vamos mais nos falar esta noite.

Entro sob os lençóis. É um casulo perfeito no qual tenho trabalhado há meses. Coleciono cobertores macios: lã, pelúcia, edredons, colchas grossas, não importa. Desde que sejam grossos, macios e decididamente aconchegantes, os jogo na cama. Minha mãe mantém a casa numa temperatura ridícula de 18 graus durante todo o ano, por isso estou sempre com frio, e parei de tentar fazê-la mudar seus hábitos. Além disso, não há nada mais luxuoso do que entrar sob uma pilha de cobertores. Isso me faz lembrar um pouco da história de *A princesa e a ervilha*, aquela princesa em cima de uma pilha de colchões completamente diferentes, mas sempre grossos e deliciosos. Às vezes quero ser decadente desse jeito.

As paredes são cobertas por fotografias de moda, peças da Broadway com seus belos figurinos e filmes de época. Um pequeno refúgio de aconchego e coisas que amo. Graças a Deus tenho este pouquinho de segurança.

Antes de Kurt me largar, ele adorava vir aqui.

— Este é o esconderijo perfeito — disse ele uma vez. — Você é mais você mesmo quando está em seu quarto, sabia disso? — Então me beijou, uma das mãos serpenteando em minhas costas e se enfiando sob minha camisa. Ainda penso na sensação de sua mão na altura da minha cintura.

Eu me esforço de verdade para parar de pensar muito em Kurt, só que às vezes até uma montanha de cobertores e uma exposição de roupas fabulosas não são suficientes para fazer a dor de perder alguém desaparecer de vez.

Quando o conheci estava meio nervosa, o tempo todo. Não conseguiria dizer o que estava me deixando ansiosa, não conseguiria especificar uma única preocupação. Mas meu corpo estava em um estado geral de inquietação. Que é parte do que era tão bom em relação a Kurt: gostar tanto de alguém fazia o resto de mim se acalmar. Acho que o amor faz isso com todo mundo.

Estávamos tendo uma aula de atualidades na escola e deveríamos ler o jornal todos os dias e levar artigos que nos interessavam, ou sobre os quais tivemos dúvidas. A maioria das pessoas levava artigos políticos, e então discutíamos sobre Israel ou Iraque ou o índice Dow Jones. Mas, para nosso projeto final, Lacey levou um sobre um menininho da cidade chamado Reggie, que havia esfaqueado a irmã de 10 anos. Ele estava no centro de detenção juvenil onde minha mãe trabalha, e Lacey achou a coisa toda tão triste, que quis debater o assunto em sala. Passamos 45 minutos nos perguntando em voz alta como um garotinho tão fofo fora capaz de algo tão terrível.

A matéria terminou, mas continuei a ler o jornal todos os dias durante meses. Às vezes saíam atualizações sobre o caso de Reggie e partilhávamos informações sobre ele antes de a aula começar. Todos ficamos um pouco preocupados com a tragédia: eu, Lisha, Lacey, Kim e as outras oito meninas da classe. Algumas manhãs, quando minha mãe estava especialmente cansada e ainda não tinha tomado seu café, eu conseguia arrancar dela pequenos detalhes de informação, e, em seguida, contava a todos sobre como ele estava indo.

De qualquer forma, não era grande coisa, mas mantive um pequeno caderno com artigos e outras coisas relacionadas a Reggie. E às vezes escrevia o que minha mãe contava sobre ele, para que me lembrasse do que dizer a Lacey e a todos. Ficou bem completo, mas todas estávamos muito interessadas no garoto e no que ele tinha feito e no que aconteceria com ele.

De qualquer forma foi mesmo perturbador para todo mundo. Conheci Kurt bem no meio de tudo isso. Então, estava um pouco sensível na época. Todas nós estávamos.

O corpulento e forte Kurt. Ele não era só tão sentimental e doce a ponto de ser incapaz de matar uma aranha, muito menos um ser humano, mas também tinha ombros largos, determinados, um jogador de futebol americano de futuro. Era invencível. Estar com ele fazia com que eu me sentisse segura. Gostava de beijá-lo. E de ficar em cima dele em sua pequena cama de solteiro quando sua família estava fora da cidade.

Uma coisa que ninguém sabe: caras populares que jogam futebol às vezes ficam a fim de meninas inteligentes e peculiares, desde que, sabe, tenham um rosto bonito e um corpo decente. Acho que ficam cansados das líderes de torcida anoréxicas, e se você pegá-los no momento certo, pode convencê-los a querer algo *mais*.

Além disso, nessa época eu estava realmente curtindo usar minissaias e botas de cano longo. Minha mãe não estava feliz com aquilo, mas sabia que não era uma fase com muito poder de permanência, então me deixava vestir o que quisesse, desde que fosse retrô e do brechó do quarteirão.

Cometi um grande erro com Kurt. Uma vez o deixei sozinho no meu quarto por cinco minutos, e ele conseguiu encontrar meu caderno sobre Reggie.

É engraçado como algo que para mim não era nada demais parecesse completamente diferente quando o vi através de seus olhos. Semanas antes, quando estava colando artigos e impressões da internet e fazendo anotações sobre detalhes de informações que minha mãe deixou escapar de seus dias de olho em Reggie e seus amigos delinquentes, parecia que estava montando algo semelhante a um *scrapbook*. Parecia algo que tinha que fazer para a aula. Mas nas mãos de Kurt, as páginas grudando umas nas outras por causa da cola aplicada com desleixo, pedaços de papel saindo por todos os lados formando bordas irregulares, parágrafos destacados, observações maníacas... Vi tudo de forma diferente.

Kurt também.

Surpreendi o olhar e o queixo caído de alguém que nunca dormirá com você de novo.

— Cara — disse Kurt. Ele era lindo e forte, mas não muito chegado à profundidade emocional, e acho que essas páginas eram um pouco demais para ele processar. — Me diz que isso não é seu.

E qualquer pessoa normal mentiria na mesma hora ou pelo menos viria com algum tipo de explicação aceitável. Mas eu estava com aquela coceira na garganta. Minha cabeça girava. Tentei dizer outra coisa. *Comecei* a dizer outra coisa.

— Ah. É. Não. Isso é um tipo de... — Minha garganta estava queimando. Sou uma péssima mentirosa. E estar perto de Kurt me desacelerava. Não era rápida para pensar quando estava com ele. Então falei a verdade. — É meu. Fiquei mesmo chateada com aquela criança, sabe? Tipo, só achei muito perturbador e, na verdade, as outras meninas também. E foi muito prático, tipo, um projeto para a escola, mas acho que exagerei um pouco. Tão estranho, eu sei. Tipo, *muito* estranho. Mas eu só... eu só me senti tão mal pela família, e é tão estranho que ele vivesse tão perto e acho que eu... — Falo muito rápido quando fico nervosa. Mas isso não importa, porque Kurt já tinha tirado suas conclusões. Enquanto a maioria das pessoas expressa emoções no rosto, Kurt fazia isso com os músculos. Eu poderia criar um estudo científico sobre a maneira como os flexionava ou esticava ou ondulava.

Ele parou de retornar minhas ligações.

E foi isso. É por isso que fui para a terapia, em primeiro lugar, porque Kurt foi o primeiro cara de quem eu realmente gostei, e era tão triste não estar com ele. Tem uma foto de nós dois juntos em algum lugar, acho que no meu armário, onde guardo os cadernos, e por impulso, apenas por ele estar de novo na minha mente, vou procurar. Eu a encontro e, sim, acho que imagino Beck parecendo-se muito com Kurt — músculos e pouco cabelo —, mas não me sinto naquela gangorra de dor e desejo como costumava acontecer quando olhava para a fotografia de Kurt.

Há outras coisas no armário também. Envelopes com documentos legais nos quais não quero pensar agora. Um bloco amarelo com notas confusas sobre o próprio Kurt. E coisas de Lish e eu crescendo, apenas os tipos de memórias antigas que as pessoas guardam. Bilhetinhos que passávamos durante as aulas. Fotografias escolares bregas com fundos horrorosos. Cartões bobos de Dia dos Namorados com Bart Simpson, da minha primeira paixão, anos antes de Kurt, aquele cujo nome quero esquecer. Gostaria de não lembrar que Jeff um dia me enviou um cartão de Dia dos Namorados.

Dou mais um beliscão na coxa para acordar. E fecho o armário com um calafrio pelas memórias que não quero ter.

# ♡ 4.

ESTAMOS LENDO DE UM LIVRO DE EXERCÍCIOS DEPRI-
mente e laranja, e não consigo parar de pensar, como faço
três vezes por semana, quando estou nesta aula, que latim
não é bem o "útil alicerce" que minha mãe e o manual escolar alegaram que seria. Não vai me ajudar a tirar nota máxi-
ma no SAT. Sequer é uma língua falada atualmente, então,
quando lemos os parágrafos do livro em voz alta, soamos
como robôs latinos. "Vir est in horto." Nada de forçar sílabas. Nada de inflexões. Robôs. Porque, se de repente precisasse falar com algum espírito romano do passado que
aparecesse de toga na Greenough Girls Academy, a primeira coisa que gostaria de dizer-lhe seria uma frase como: *O
homem está no jardim.*

Estou uma pilha de nervos e Lisha está sentada ao meu
lado; ela coloca a mão no meu joelho para fazer minha perna
parar de tremer.

*Só os malucos de verdade fazem terapia em grupo*, escrevo
nas margens do seu caderno. Quando a aula de latim acabar,
vou para a primeira sessão. Ela estremece. Lisha não é o tipo
de pessoa que passa bilhetinhos para a frente e para trás no
meio da aula de latim. Lisha é o tipo de pessoa que acredita
no panfleto de exigências da escola, que diz que o latim ajuda
com as habilidades de vocabulário. É um verdadeiro sinal de

amizade ela escrever de volta: *Não é verdade! Não tem nada de mais. Pode ser bom.*

E tento acreditar nela, ou pelo menos acredito que nada poderia ser mais doloroso ou inútil do que estudar latim durante seis anos consecutivos.

Lisha espera do lado de fora comigo depois da aula. Ela tem balé em uma hora, o que soa muito melhor do que meus planos para a tarde. Minha mãe vai me pegar na escola pela primeira vez desde que tirei a carteira, pois não confia em mim para ir à terapia de grupo por conta própria. Pensa que na verdade vou pular fora e ir à lanchonete com Lisha, mas acho que não sou cool o suficiente para levar à frente esse tipo de rebelião. Nem Lisha. Ela não é a maior bailarina do mundo, mas leva isso muito, muito a sério. Quando minha mãe para o carro, Lisha pede para eu ligar para ela assim que acabar, e nos despedimos com três beijinhos no rosto, o que costumava ser uma piada sobre estudantes estrangeiros esnobes de intercâmbio, mas se transformou na maneira diária com que dizemos oi e tchau.

Secretamente, nós duas gostamos da delicada feminilidade do ritual. Como se assim também pudéssemos ser elegantes e sofisticadas.

Esse sentimento de meninice fantasiosa dura os dez minutos do trajeto de carro até a terapia, e em seguida, é arrancado de mim no instante em que vejo como é uma terapia em grupo.

Acabo em uma sala com uma menina que tem apenas chumaços de cabelo no couro cabeludo e outros três adolescentes de olhos inquietos retorcendo as mãos. Gostaria de pensar que me destaco como *normal demais* para isso aqui. Pelo menos era esse o meu objetivo quando me vesti esta manhã. Nada vintage hoje. Peguei emprestado o conjunto de suéter da J.Crew de Lisha e belas botas de couro da minha mãe, e meu cabelo está liso e esticado, mas não muito perfeito. O esmalte azul-marinho foi removido e substituído por um bem claro na noite passada.

Contanto que eu consiga me segurar para não dizer qualquer coisa realmente idiota, talvez possa sair dessa terapia em grupo em algumas semanas.

— Ah! Bea! — exclama a Dra. Pat, efetivamente quebrando o inevitável silêncio que se segue quando alguém novo entra em cena. O lugar não chega nem perto de ser agradável como seu consultório, mas este seria apertado demais mesmo para um grupo pequeno.

Oi, Dra. Pat.

Vem conhecer o grupo. Esta é Jenny, Rudy, Fawn e Beck.

*Beck.* Estou tremendo por dentro agora, só que por fora, a parte mais importante, mantenho a calma. Olho imediatamente para as mãos de Beck. Elas estão rachadas e secas. São grandes e fortes. Não me importaria de segurá-las outra vez.

É ele. O mesmo Beck da festa. E, pelo sobressalto de seus ombros, ele sabe que sou eu.

Aceno com a cabeça (nada de se cumprimentar apertando as mãos ou qualquer outro contato físico; as regras foram explicadas em detalhes para mim pela Dra. Pat). Repito os nomes mentalmente, porque odeio a sensação de estar perdida quando me esqueço de um nome, em especial de pessoas a quem tenho que revelar meus mais profundos e sombrios segredos. *Jenny: sem cabelo; Rudy: espreme espinha, Fawn: dedos tamborilantes; Beck: beija bem.*

— Oi, pessoal — digo, e todos balançam a cabeça e resmungam em resposta, e quero dizer, *qual é*, estou tão no lugar errado. Estou usando cashmere. Namorei um jogador de futebol. Só fico um pouco nervosa e triste às vezes. Deveria estar em um grupo de meninas bonitas com pequenos problemas e cabelo bonito. Ou, sabe, qualquer cabelo pelo menos. A Dra. Pat está com o Sorriso Não Se Preocupe estampado no rosto, e Beck está balançando um pouco a cabeça, então acho que não devo confessar que nos encontramos no escuro há uma semana.

Não sou muito fã de astrologia ou destino ou Deus ou qualquer coisa desse tipo, mas é completamente bizarro e estranho reencontrar Beck e logo neste contexto. Diria que é uma coincidência, e com muita certeza Lisha afirmaria que é o destino, mas na verdade é apenas probabilidade e estatística, pura e simplesmente. Não há *tantos* terapeutas assim nos subúrbios de Boston para jovens com transtornos de ansiedade, e, para começar, o motivo pelo qual me aproximei de Beck foi ter reconhecido o som da respiração acelerada de um ataque de pânico. Então. Aqui estamos. Matemática pura. Incrível.

— Paramos na semana passada com Jenny falando sobre como se sente quando se olha no espelho — começou a Dra. Pat.

*Uma merda*, imagino. Sua cabeça é uma colcha de retalhos de partes carecas.

Balanço a cabeça, concordando com muito entusiasmo, e sorrio para Jenny.

— Já pensou em simplesmente raspar tudo? — Não consigo segurar as palavras antes que elas saiam. Se não me conhecesse melhor, acharia que sofro de algum tipo híbrido de autismo e síndrome de Tourette, mas a Dra. Pat insiste que sou capaz de controlar o impulso de dizer o que me vem à cabeça. Que ele é, tipo, um mecanismo de defesa, não um imperativo biológico. Terapeutas acham que tudo é um mecanismo de defesa. Simplesmente estar pensando aqui, na minha cabeça, neste momento, é um mecanismo de defesa.

Agora estão todos olhando para mim. Fawn, Rudy e Jenny têm diferentes graus de olhos arregalados na defensiva. Beck está escondendo a boca, e não posso dizer com certeza, mas acho que talvez esteja sufocando uma risadinha.

— Não sei por que não consigo parar de puxar o cabelo — diz Jenny. Ela esfrega a cabeça e acho que está tentando arrancar um pedaço de cabelo, aqui mesmo, neste momento. — É uma sensação boa na hora. E, em seguida... isso. — Ela aponta para a cabeça, para as raízes fracas, as tentativas tristes de encobrir as partes carecas.

Não há absolutamente maneira alguma de eu ser tão fodida quanto Jenny. Se começar a falar das minhas pequenas ansiedades em relação a dirigir e à falta que sinto do meu ex-namorado, essas pessoas vão se sentir cerca de mil vezes pior por si mesmas. Na verdade, a Dra. Pat está os colocando em perigo por me manter aqui.

Beck está fazendo exatamente o mesmo que eu: olhando para os joelhos e para o colo de Jenny, e não para sua cabeça. Mas ele também está batucando na coxa com dedos rápidos, e parece mesmo estar um pouco sem fôlego.

— Dra. Pat, podemos conversar em particular por um... — arrisco, emitindo uma voz alta e doce, e muito educada.

— Bea? Gostaria de falar sobre sua autoimagem? — Ela sabe que não, mas também sabe que *vou*. Isso será um problema na terapia de grupo. A Dra. Pat sabe o suficiente sobre mim para me manipular a compartilhar demais. O que ela não sabe é o quanto quero que Beck pense que sou a garota quase meio-normal da festa. — Ou talvez gostaria de compartilhar por que está aqui? Podemos começar por aí, se preferir. — Como a Dra. Pat recomenda, olho para meu ambiente físico para me impedir de me lançar num fluxo de consciência, numa tempestade de verdades reveladas.

O chão é coberto por uma fina camada de pó e todas as nossas vozes ecoam na sala multifuncional quase vazia. Os subúrbios estão cheios de lugares como este: sem inspiração e vagos. Prontos para serem usados para festas de formatura, reuniões do AA e desfiles de Natal. Não estou totalmente certa de onde nos encaixamos nessa mistura, mas acho que é em algum lugar entre graduação e AA. Todo mundo parece estar a um ano ou dois da faculdade, e um passo ou dois mais loucos do que o alcoólatra padrão.

Exceto eu. E Beck. E, obviamente, a Dra. Pat.

— Prefiro não falar agora, Dra. Pat — digo com um sorriso, jogando o cabelo na direção de Beck.

— Todos nós compartilhamos aqui — proclama Jenny. Ela é daquela rara combinação de patético e agressivo. Eu a odeio de imediato. Estão todos olhando para mim com ansiedade, até mesmo Beck, doido para ouvir o que me deixa louca. Vi Beck com medo do escuro e senti suas mãos demasiadamente secas, então acho que ele quer que fiquemos quites ou sabe-se lá o quê. Descobrir por que estou nesta sala, nesta desconfortável cadeira dobrável de metal, me perguntando por que ninguém acertou o relógio de parede para que não fique preso por tempo indeterminado em 3h25.

— Eu... er... às vezes fico ansiosa? — arrisco. Estou fazendo um teste, para ver se aquele pouco de informação é suficiente. Não é. Está anormalmente quente aqui. As únicas janelas estão no alto da parede e é provável que nunca sejam abertas. — Não sei lidar com minha ansiedade? — Só estou tentando não vomitar um monte de informações pessoais antes de Beck ter outra chance de me beijar. Sei que vou perdê-lo, algum dia, quando tiver um vislumbre das minhas elaboradas anotações ou do meu estilo suado e nervoso de dirigir. Então, a esta altura, só estou esperando por mais um beijo.

Há um rio de suor fazendo caminho pela minha espinha

Rudy da cara esburacada faz um ruído de *tsc-tsc-tsc*. Sua língua bate contra os dentes e em seguida um curto sopro de ar por trás deles.

— Acho que todo mundo aqui sabe o que é lidar com muita ansiedade. Por que não fala sobre como a ansiedade está relacionada ao modo como você se vê? — Terapeutas. Sempre as mesmas perguntas repetidas diversas vezes de formas ligeiramente diferentes. Eles são, tipo, as melhores enciclopédias do mundo.

— Hum. Não sei se está conectado à minha autoimagem. — Todos me encaram. Mas não estou mentindo; realmente gosto da maneira como minhas curvas surpreendem por minha pequena estrutura, da minha cintura fina, da forma como meu cabelo está pendurado em cachos castanhos como se eu fosse uma menina num concurso de sapateado em vez da Bea meio-louca. Gosto de ser menor do que todos os outros e de sempre olhar para os olhos das pessoas em vez de para a frente. Franjas leves e irônicas. Gosto do comprimento do meu torso: longo demais para meu corpo. Ou pelo menos *gostava* de todas essas coisas até que vi Sylvia com Austin e imaginei como seria ter a vida dela em vez da minha.

Rudy espreme uma espinha no pescoço. Ele não estremece, mas eu, sim.

— Acho que todos nós aqui, por vezes, nos sentimos inseguros sobre nós mesmos — diz a Dra. Pat. Parece perigosamente prestes a quebrar o código de sigilo entre médico e paciente, mas eu não estaria fazendo nenhum favor a mim mesma se apontasse isso.

Então, minha mente começa a vibrar com a imagem de Sylvia e o jeito como ela segurou o braço de Austin, mesmo após a grande discussão que obviamente tiveram no consultório da Dra. Pat. Engulo aquele pensamento e trinco os dentes para que não diga em voz alta. Mas tem alguma coisa nisso. Não é inveja. Não é desejo. Mas interesse.

Seguido na mesma hora pelo desejo de protegê-los. Não quero contar a um grupo de estranhos sobre Austin e Sylvia. Parece perigoso, para mim e para eles, e obter as informações, manter aquilo em segredo, desencadeia uma deliciosa onda de calma em meu corpo. Respiro bem, fundo, mas logo me arrependo. O lugar cheira a poeira e meninos assustados que precisam de mais desodorante.

— Alou??? — diz Rudy, e move a cadeira para trás com um enorme chiado de metal contra linóleo.

Levo um susto tão grande que o som faz meus braços e minhas pernas ficarem completamente arrepiados, e sei que tenho que dizer alguma coisa, mesmo que não seja *tudo*.

— Às vezes desejo ser outra pessoa — digo. As palavras têm um significado diferente para Jenny do que para mim, acho. Só queria o drama da aparência de Coelhinha da Playboy de Sylvia. Ou meio segundo em sua pele. — Há uma mulher que vejo por aí — preciso manter esta revelação soando tão insignificante e normal quanto possível —, ela é glamorosa, de um jeito meio californiano. Como aquelas modelos da moda estilo praia. Penso em como seria viver sua vida. Me destacar como ela, ser tão substancial. Quer dizer, ela não pode ser negada. Ela está *lá*. — Cravo as unhas na palma da mão para me calar. Funciona, da mesma forma que a beliscada na coxa para despertar parece estar funcionando, e interrompo a frase inteira assim. Aperto os lábios. Dou de ombros. Olho para Beck.

Não tenho nenhum hábito louco destruidor de pele ou de cabelo, mas alguma coisa na minha cara também deve ter uma aparência de algo-não-está-certo. Eu rezo, rezo, rezo para que tenha sido confissão suficiente para a Dra. Pat. E então espero pelo que realmente quero: uma espécie de confissão de Beck. Seria bom saber o quão confuso ele é, se vou ter qualquer tipo de paixão por ele.

— E a que tipo de compulsões esse pensamento leva? — pergunta a Dra. Pat.

Nunca ouvi ela usar a palavra "compulsões" antes, e sua dicção fica mais lenta ao longo das sílabas. Seu olhar encontra o meu, os enormes óculos enfim emoldurando os olhos, em vez de deslizarem para a ponta do nariz. Fawn olha de um lado para o outro e parece estar ouvindo com atenção. Um sinal claro de que é virgem. No sentido virgem em terapia. Rudy, por outro lado, provavelmente, faz isso desde que nasceu. Ele não consegue parar de bater o pé, contando os segundos até que possa sair daqui. Ele tsc-tsc-tsc de novo, a língua contra os dentes. É o tipo de cara que pode fazer você se sentir como se estivesse em uma instituição mental, e não apenas num grupo de análise numa tarde de quarta-feira.

Só não consigo desvendar Beck. Ele é mais parecido comigo: em algum lugar entre estragado e inteiro. Não exatamente desesperado, mas preso em um ciclo do qual não consegue sair. Provavelmente acha que está tudo bem, mas seus pais estão incomodados com a quantidade de sabonete que ele gasta em uma semana. Ou algo assim. Só estou supondo.

— Bea? Perguntei sobre seus padrões de pensamento? — A Dra. Pat está determinada hoje.

Devo confessar algo, mas não tenho certeza do quê. Faço anotações. Dirijo com cuidado. Fico um pouco nervosa às vezes. Sei o que se sente ao perder o fôlego por pensar demais, mas não vale mencionar nada disso neste contexto. Jenny leva a mão para trás da cabeça e os dedos rastreiam todo o couro cabeludo. Ela olha para o colo e parece ter o foco de um cão, farejando em busca de osso.

— Estou me sentindo reservada hoje — respondo enfim. E não é mentira. É assim que estou me sentindo. Não me importa o quão duvidosa a Dra. Pat pareça. Não vou deixá-la me classificar neste grupo de malucos. Tenho problemas de ansiedade. Não é exatamente incomum. E nem mesmo grande coisa.

Beck reprimi uma risadinha. Não acho que já tenha lhe ocorrido enfrentar a Dra. Pat, se o rubor em seu rosto servir como indicação. Beck é ainda mais bonitinho do que eu teria imaginado depois da nossa interação no escuro: cabelo raspado tão rente que só resta uma penugem preta na cabeça. Enormes olhos azuis. Não alto, mas todos os músculos, cada centímetro dele grosso e duro. O cara malha. Isso é certo.

— Acho que é bom para todos refletirmos sobre como nossos pensamentos criam compulsões em nossos corpos — insiste a Dra. Pat. Lá vem essa palavra de novo, e o abrandamento do discurso que a acompanha. Ela movimenta excessivamente a boca quando diz aquilo, como você falaria com uma criança. Com-pul-são.

A Dra. Pat está olhando diretamente para mim, então balanço a cabeça, concordando, e sorrio e digo "tudo bem" daquele jeito que só as meninas muito educadas da Nova Inglaterra são ensinadas a fazer. Um buraco de ansiedade se abre em meu peito, então tento cobrir o espaço com a palma da mão. Se ao menos pudesse alcançá-lo e abotoá-lo de verdade.

Mas respiro fundo e olho para fora da janela, para as folhas voando das árvores: rodopiando furiosamente, cedendo ao vento em vez de combatê-lo.

O outono em Boston é bonito. Repleto de pôr do sol laranja, folhas sob os tênis e campos de futebol de meninos bonitos e ansiedade pelo jantar de Ação de Graças. Pelo menos é o que ele representa para mim. Inspire. Expire. Inspire. Expire.

— Isso é bom, respiração calmante — nota a Dra. Pat, e dou um salto. Pensei que meu momento tinha acabado, então havia parado de olhar para mim mesma de fora para dentro. O poder hipnótico de folhas secas em excesso de velocidade com o vento seco. Cinco pares de olhos me observando com interesse.

— Ah, desculpe, me distraí — digo com a voz mais despreocupada que consigo. Não estou mentindo, mas parece mentira na minha boca. Realmente *estava* apenas distraída. — Gosto do outono. E, sabem como é, foi um daqueles dias na escola. — Sorrio na direção de Beck, como se esta fosse uma oportunidade de flertar. Seu sorriso se encontra com o meu, mas não posso tomar mais de meio segundo fazendo contato visual. Fico vermelha, constrangida e com um nó na garganta, como se mais palavras pudessem escapar sem notificação apropriada.

Se a Dra. Pat percebeu, não demonstrou. Entretanto, parece impossível que alguém pudesse não notar a troca de calor e medo entre nós.

— Bem, todos esperamos mais de você nas próximas semanas. Mais entrega. Mais vontade de cavar fundo. Certo, cada um? — Todos assentimos.

— Beck, por que não nos conta um pouco sobre você.

— Bem, tive meu primeiro ataque de pânico na semana passada. — Aqueles olhos azuis estão em mim. Dói, de tão oceânicos que são. Do quanto de seu rosto eles ocupam. O contraste entre o rosto pálido, a cabeça raspada e os olhos brilhantes e claros. Ele é muita coisa para assimilar de uma só vez. Não consigo segurar uma tosse.

— Seu *primeiro* ataque de pânico? Você só teve um? Então o que diabos está fazendo aqui? — provoca Rudy, explodindo de sua cadeira. Seu rosto está vermelho, e não apenas por causa da formação de crostas das partes que ele andou arrancando. Está corado com manchas vermelhas como picadas de aranha aparecendo nos piores pontos: testa, bochechas, queixo, pescoço.

— Rudy, quando for sua vez vou avisá-lo. — A Dra. Pat nunca fala comigo com qualquer tipo de aspereza na voz, mas isso está presente quando fala com Rudy. Uma espécie de impaciência que não achava que terapeutas fossem autorizados a ter.

— Ei, só um desses ataques de pânico foi o suficiente para mim — diz Beck. — Quero dizer, a outra noite foi assustadora. E acho que me fez perceber que tem essas coisas que gosto de fazer. Como a Dra. Pat estava dizendo. Compulsões, acho. Eu meio que gosto de lavar as mãos. Meus pais dizem que vou demais para a academia. Não sei. Parecem duas coisas boas para fazer. Saudáveis. Mas... quando não pude fazê-las na outra noite, me senti tão horrível que tive aquela coisa de ataque de pânico. — Beck fechou os olhos assim que despejou todas aquelas palavras. Ele é perfeito de corpo, mas tem um olhar envergonhado como se todos nós o estivéssemos julgando. Mas duvido que alguém aqui sequer já tenha estado dentro de uma academia. Essa é a questão sobre a ansiedade: é uma verdadeira sugadora de tempo.

Quando Beck abre os olhos, mantemos contato visual prolongado e começo a sorrir de novo, porque há algo muito atraente em um cara sexy e musculoso ficando completamente vulnerável. A mesma sensação de mulheres acharem sexy quando homens brincam com filhotes ou bebês. Os cantos dos meus lábios não conseguem deixar de se erguerem quando estou perto dele.

Foi quando Jenny começou a puxar o cabelo de forma mais agressiva. Foi a pior coisa que já vi: pior do que quando vi o tornozelo quebrado da minha mãe, todo retorcido para trás; pior do que o rosto de crateras de Rudy ou os restos esquisitos de pele seca entre os dedos de Beck. Estremeço com cada puxão, e Jenny coloca cada fio de cabelo na coxa antes de a Dra. Pat puxar sua cadeira até ela. A Dra. Pat segura as mãos de Jenny e mantém contato visual, enquanto o restante de nós tenta educadamente desviar o olhar. Ficam sentadas assim por alguns minutos: a Dra. Pat e Jenny, joelho com joelho.

Nunca me sentei tão perto da Dra. Pat. Simplesmente digo-lhe tudo e ela mantém a distância, observando-me de sua posição superior na poltrona. A visão dos fios puxados dos cabelos de Jenny alinhados com os sulcos de suas calças de veludo deram em minhas entranhas um aperto doloroso e fizeram um Medo Inominável aumentar em meu peito.

Beck deve ter notado algo acontecendo em meu rosto. Porque antes que eu me dê conta ele está sentado na cadeira vazia ao meu lado e colocando a mão na minha testa.

— Sem tocar — decreta a Dra. Pat, porque ela tem a capacidade de olhar para cinco lugares ao mesmo tempo. Ela pode até estar sentada com Jenny tentando acalmá-la, mas todos nós ainda estamos sob sua vigilância.

Rudy suspira e Beck resolve voltar para sua cadeira com relutância. Gostei da mão dele na minha testa, e no segundo em que ele a retira, os pequenos picos de pânico tentam transformar-se em algo maior. Em seguida, um monte de necessidades imediatas entram em ação e começam a sacudir meu cérebro para me fazer prestar atenção nelas. O desejo de pegar meu caderno. O desejo de ver o rosto de Austin outra vez. De ouvir segredos de família de estranhos. Em seguida, as memórias também começam a invadir. A memória do rosto de Kurt quando viu o caderno de recortes de jornais.

A lembrança de ter 12 anos e ficar absurdamente a fim do skatista Jeff. É pensar em Jeff, acima de tudo, que traz o desejo persistente de manter as mãos e a mente tão ocupadas a ponto de não conseguir pensar em mais nada.

*Com-pul-são*, ouvi a Dra. Pat dizendo na minha cabeça, um diagnóstico que me recuso a ouvir.

Então Beck e eu ficamos apenas sentados ao lado um do outro sem nos tocar, mas isso também tem um clima tenso. Os olhos de Beck são ironicamente azuis, minha conclusão depois de prestar mais atenção neles. Também tenho olhos azuis, porém os meus são mais uma impressão de uma cor enquanto os dele são do tom mais puro, o azul que vem à mente quando você ouve a palavra. Ele está meio que sorrindo e acho que é porque nós dois estamos pensando em como esta situação é totalmente ridícula. Como somos pequenos faróis de normalidade em uma sala cheia de loucos.

Estamos nos dizendo tudo isso (eu acho), sem trocar uma palavra.

E tem a espessura do pescoço e a forma com que seus ombros são tão mais largos que os meus que poderiam ser uma parede de tijolos.

Não sei como mantive contato visual com alguém por tanto tempo assim. Em especial um cara com a aparência do Beck. E quanto mais tempo passa, melhor é, até que fica engraçado. A Dra. Pat e Jenny estão no fundo fazendo um exercício de respiração enquanto Rudy e Fawn esperam em silêncio. Mas, sem aviso, Beck e eu estamos mordendo os lábios para segurar o riso e, em seguida, o soltamos em ofegantes gargalhadas e lágrimas espremidas. Passei um braço em volta da barriga para ajudar a manter as risadas presas, e Beck está apertando a boca com a palma da mão e balançando o corpo em vez de gargalhar.

— Sentimentos se manifestam de formas diferentes — diz a Dra. Pat com um olhar severo para mim e para Beck. Ela não pode encrencar conosco por nos emocionarmos, mas também não quer promover esse tipo de comportamento. — Mas estamos todos aqui para apoiar uns aos outros. Tenho certeza de que Jenny poderia se beneficiar de um pouco mais de apoio emocional, Bea. Beck. Apenas estejam presentes para todo o resto do grupo, OK?

— Sinto muito — diz Beck, parecendo estar falando sério. Em seguida me sinto mal também, porque não estava mesmo rindo de Jenny, estava rindo de estar nesta sala com Beck. — Tudo bem — continuou ele, os olhos fixos em Jenny e vice-versa. — Você é legal. A maneira como nos diz tudo. O modo como se mostra e não esconde... nada. — Os olhos de Jenny brilharam de atenção. Se eu pudesse, diria algo parecido, mas não consegui pensar nas coisas certas. Então, resolvo assentir vigorosamente para mostrar o quanto concordo. — Essa merda é uma droga — conclui Beck. Seu pescoço incha um pouco com a palavra "merda".

Uma pequena bolha de tensão estoura na sala. É leve. Não muda muito. Mas a Dra. Pat inclina a cabeça e sorri para Beck, e o resto da sessão parece uma conversa na hora do almoço. Jenny ri e Rudy se inclina para a frente e olha para todos enquanto estão falando. Fawn se remexe em seu assento e boceja.

Não é tão ruim.

Beck e eu fazemos uma dança estranha no final da sessão. Não exatamente nos falando, mas também não evitando um ao outro. Estabelecemos contato visual e abrimos nossas bocas como peixinhos, e então damos alguns passos para lados opostos em direção a nossos carros.

Desvio o olhar da sua aparência: mão batucando a coxa, meia covinha espreitando através do início de um sorriso, lambendo os lábios como se estivesse relembrando o beijo da outra noite. Ele dá um ligeiro aceno, mesmo que eu esteja na maior parte do tempo apenas olhando para o chão. Mexo os dedos de volta para ele e me permito olhar em seus olhos por meio segundo antes de entrar no carro. Tenho que esperar para que ele saia primeiro. Não sou a melhor motorista, e não quero que ele saiba disso ainda. Além do mais, não quero trombar em seu carro ou, pior, em seu corpo.

Assim que ele sai do meu campo de visão, com seu SUV deplorável descendo a estrada, posso dar partida e dirigir pelos poucos quilômetros até minha casa a passo de tartaruga. Se eu pudesse dirigir mais rápido, o faria.

*Estou aqui*, envio para Lisha. Meu carro foi parar na frente da casa dela, e não na minha. *Cooter e eu fizemos macarrão com queijo cor de laranja, entra* aí, ela responde, como se fosse muito difícil sair de casa para me dizer aquilo. A família de Lisha não tranca as portas. Minha família também não costumava trancar, mas simplesmente não é de fato seguro.

Lish e o irmão, Cooter, estão no sofá e *Law & Order: SVU* está começando na TV na frente deles. Até mesmo a música me prende, aquele ruído *shoock-shoock* da abertura que diz: *Algo terrível está prestes a acontecer.*

— Se você quer um pouco da deliciosa comida laranja, vai ter que nos deixar ver o que gostamos — diz Cooter imediatamente. Seus pés cobertos de meias sujas estão esticados sobre a mesinha de centro a sua frente, e ele está comendo da panela, e não da tigela.

— Cala a boca — retruca Lisha, me entregando os tristes restos do macarrão com queijo da Kraft agarrados à tigela de

plástico que usam quase toda noite apenas para este fim. — Pegue um garfo e junte-se a nós. Ela não se *importa*, Cooter.
— Isso não é bem verdade. Odeio *Law & Order*, mas vou sorrir e aguentar se isso significa Cooter me achando legal de novo. Sento longe da televisão, na pequena mesa de café no canto da sala grande.

Lisha levanta as sobrancelhas e se junta a mim na mesa. Ela pega a cadeira que está de frente para a TV, e fico de costas para o aparelho, e nesta exata formação nós duas conseguimos o que queremos.

— Desculpe, é um episódio legal, mas juro que estou prestando atenção em você — diz ela. Dou de ombros, e ela não insiste no assunto. Lisha sabe quando deixar algo para lá, e é talvez o que mais amo nela. Isso e seu amor por uniformes de escolas católicas. Em geral faz questão de usar pelo menos um elemento (saia xadrez ou meias até o joelho ou blazer azul-marinho apertado ou camisa branca engomada ou mesmo apenas um crucifixo num cordão de ouro) desse tipo de uniforme todos os dias. No que diz respeito a ela, isso se qualifica como um senso de estilo corajoso.

Ninguém percebe. Mas faz ela se sentir bem, ter um pouco de ironia. Mesmo que seja o nosso segredo. Fora isso, ela usa o que todo mundo na escola está usando e faz o que os pais lhe dizem para fazer. Mesmo agora está usando jeans e uma blusa de gola alta, mas colocou um colete por cima do conjunto, e o emblema sobre o coração me diz que é da St. Mary's School para Meninas. Provavelmente é de 1985, a julgar pelo formato quadrado e botões de ouro.

*Shoock-shoock*, diz a televisão, e Lisha volta toda a atenção para mim.

— Como está a terapia de grupo? — pergunta, e meu rosto deve denunciar o quanto minha tarde foi estranha, porque ela se inclina imediatamente para a frente. — Ah, meu Deus, o que foi? São todos aberrações?

— Você não vai acreditar nisso — digo. Eu mesma mal posso acreditar. — O cara da Smith-Latin que beijei na festa da semana passada está na terapia de grupo comigo.

O queixo de Lisha cai até o chão. Cooter aumenta o volume no comercial da Jordan's Furniture.

— Eu sei — continuo. — Quais são as chances, certo? É basicamente a situação mais humilhante possível.

— Ai, meu Deus — diz ela, enfim. — Ai, meu *Deus*. OK. Tudo bem. Então? Como ele é? — Não há nenhuma menção de coincidência ou destino, ou impossibilidade, porque ela sabe que isso só me deixaria louca (desculpe, mais louca). Mas tenho certeza de que vai consultar as estrelas e os planetas e as cartas de tarô ou qualquer outra coisa para ver o que significa eu ter me deparado com Beck outra vez e tão rápido.

Dou de ombros. *Law & Order* começou de novo, mas o foco de Lisha é em mim. Tento bloquear o médico descrevendo os resultados da autópsia e o cara de aparência normal, que já sei que é o assassino.

— O cara, Beck, é bonito — revelo, quando apenas dar de ombros não foi suficiente.

— Ai, meu Deus, vamos *lá*. Detalhes.

— É! Detalhes! — diz Cooter, zombando a voz semiesganiçada de Lisha.

— Músculos. Cabeça raspada. Típico território Bea. — Tenho um tipo e, aparentemente, é tão parte de mim que, mesmo no escuro, posso encontrá-lo. Sei que ela está atrás de detalhes sobre rosto, sorriso e olhos. Mas ele ainda está sem rosto, mesmo após vê-lo na terapia. Não posso ir além da escuridão do ginásio sem luz, do estranho tempo que passamos juntos. Como se um botão de pausa tivesse sido pressionado mas nós não.

— Os olhos mais azuis que já vi. Estúpida, irritantemente azuis — digo.

Belisco a coxa. Lisha não nota. *Eu* mal noto. Quer dizer, não é nada.

— Vocês conversaram? Vão ficar de novo? Você não acha mesmo isso a coisa mais romântica de *todos os tempos*?
— Lisha está praticamente babando por mais informações, mas de repente não sinto mais vontade de falar de Beck. Toda vez que repriso o beijo em minha mente, meu coração bate fora de controle e meu peito fica todo apertado. Preencho o espaço com uma garfada cheia da guloseima de queijo falso. Cooter não misturou o pó até o fim, então o fundo da tigela está cheio de queijo. Pastoso. Delicioso.

— A terapia de grupo da Dra. Pat para adolescentes loucos não é muito romântica, Lish — respondo com a boca cheia.

— Você só está com medo — afirma Lish. — Isso é o que a Dra. Pat vai dizer quando contar a ela todos os detalhes.
— Lish nunca conheceu a Dra. Pat, nunca a viu nem falou com ela, nem nada. Mas esse pequeno fato nunca a impede de se sentir como se soubesse o que a Dra. Pat pensaria. Com Lisha às vezes é um pouco como se uma versão mal construída da Dra. Pat estivesse sentada à mesa com a gente. Estou cansada da Dra. Pat. Mesmo da falsa Dra. Pat que definitivamente não está aqui.

— Claro que tenho medo, fiquei com alguém mais perturbado do que eu. Quero dizer, ele mesmo disse. Admitiu que é esquisito. — Não foi bem assim que aconteceu, na noite do baile. Sei disso, mas não estou pronta para Beck ter um rosto e uma vida. Ele é só um cara que lava muito as mãos e tem bíceps incríveis e problemas sobre os quais vou ouvir bastaaaaante nas sessões em grupo. Esse não é o tipo de cara pelo qual preciso me apaixonar. Não vai haver nenhum mistério para desvendar.

Gosto demais do outro Beck para desistir dele. O da minha cabeça. O do escuro.

— Você não é *tão* esquisita — diz Lisha com um grande e provocante sorriso. Ela sabe que não quero falar sobre isso.

Sorrio também, porque quando ela brinca comigo é quase como se eu fosse apenas um pouco peculiar, e não um desastre total.

Cooter dá uma risadinha irônica. *Shoock-shoock*, diz a TV. O cara aparentemente normal está sendo julgado, é claro. Ele está suando. Ele é culpado. As pessoas são tão ferradas. Todos nós, quero dizer. Somos todos tão ferrados.

# ♡ 5.

A DRA. PAT ESPERA ATÉ O FINZINHO DA NOSSA SESsão para me entregar os panfletos. Ela espera até eu falar sobre sentir falta de Kurt: isso acontece em ondas, e não há nada que eu possa fazer a respeito, considerando que não tenho permissão para entrar em contato com ele. Tenho mais ou menos uma dúzia de e-mails não enviados na pasta de rascunhos. A Dra. Pat sempre me orienta severamente a não enviá-los e acrescenta que terá que contar aos meus pais sobre eles. Em termos legais.

— O que fez você sentir falta dele desta vez? — pergunta. Ela gosta de encontrar razões para tudo. Motivações.

— Não sei. Acho que estava pensando nele no caminho para casa depois de me despedir de Lisha ontem à noite. Assistimos ao episódio horrível de *SVU*, e... não sei. Não me fez pensar em Kurt ou qualquer coisa assim, apenas me chateou, e quando estou chateada com uma coisa meio que fico chateada com tudo, sabe?

Ela assente enquanto falo.

— O que foi tão perturbador sobre o episódio?

— O criminoso, o estuprador, ele parecia um pai, sabe? Parecia um pai que joga golfe e usa gravata.

— Será que fez você se lembrar do seu pai? — pergunta, errando totalmente a questão.

— Não, ele não me lembrou de ninguém. Só acho que somos todos capazes de verdade de coisas assustadoras, sabe? Quero dizer, até eu. Quem sabe, né?

— Bem, não, não sei. Sabemos que você não é capaz de nada de fato terrível — diz a Dra. Pat, mas está fazendo anotações num ritmo alucinante.

— Não sabemos disso. Leia o jornal, OK? Ficamos sempre surpresos quando uma criança ou uma boa velhinha ou uma menina bonita faz algo horrível. Sempre dizem como ela parecia ser *boa*.

Estou pensando naquele Reggie de novo, cujo caso discutíamos na aula de atualidades. Estou pensando em como seus cílios eram longos e que na foto do jornal estava vestindo uma camisa de botão azul, e seu queixo tinha uma covinha. Abro a boca para relembrar a história angustiante de Reggie, mas a Dra. Pat já ouviu isso antes, e interrompe por estarmos quase sem tempo.

— Quero que leia os panfletos — setencia. — Só quero que me diga se alguma coisa neles chamar sua atenção. Podemos falar sobre isso aqui, ou em grupo, se achar confortável.

— Não vou querer falar sobre isso no grupo — afirmo. Sorrio com aquelas palavras. A Dra. Pat e eu às vezes brincamos, e eu amo quando ela sorri tanto que chega a enrugar os olhos e por um momento posso fingir que somos amigas.

Desta vez, a Dra. Pat não sorri. Quando não demonstro intenção de pegá-los, ela inclina a cabeça e coloca os panfletos no meu colo.

*Transtorno Obsessivo-Compulsivo: Gerenciando suas compulsões, vivendo sua vida.*

Dou uma risada.

É a pior reação. Mas depois não consigo parar. Não é nem um pouco engraçado, mas o riso vem bem de dentro de mim e não consigo controlar as ondas. Meus olhos lacrimejam, e tenho medo de fazer aquela coisa de rir e chorar ao mesmo tempo, porque emoções fortes são todas tão próximas umas das outras que às vezes o corpo fica confuso.

Os outros panfletos são mais do mesmo assunto, e justo quando acho que consegui controlar as risadas, elas surgem de novo. As gargalhadas vêm à tona, de modo que mesmo quando fecho a boca com força para impedi-las, saliva e risadinhas escapam através de meus lábios. Sexy.

— Suponho que esteja se sentindo desconfortável — diz a Dra. Pat quando consigo respirar fundo e as gargalhadas diminuem até me deixarem apenas balançando a cabeça e franzindo o nariz.

— Hum, estou mais para confusa. Você acha que eu tenho TOC? Tipo, a doença de lavar as mãos? Você já viu meu quarto? Ou, tipo, minha higiene em geral? Eu nem uso fio dental. — Hoje estou vestindo calças jeans de boca de sino de segunda mão e uma camisa de flanela de segunda mão e (embora saiba que é um grande tabu) *sapatos* de segunda mão: Botas marrons de plataforma que estão adaptados aos pés de outra pessoa. A cada passo que dou fico mais consciente do proprietário anterior. Estas não são escolhas de alguém com TOC.

— TOC é realmente apenas um tipo de ansiedade — insiste a Dra. Pat. Ela desliza para a frente em seu assento, sinal que usa, semana após semana, para me alertar que é hora de lhe entregar o cheque da minha mãe. — E aparece de muitas maneiras diferentes. Algumas das coisas que sua mãe e eu conversamos, e alguns dos pequenos comportamentos que notei em você me...

— Um *monte* de gente fica nervosa dirigindo — interrompo.

— Sei que soa de fato assustador, mas pode ser ótimo darmos um nome a alguns dos seus comportamentos e temores, não acha?

— Eu não...

— Acho que vai se sentir melhor depois de ler algumas dessas informações — continua a Dra. Pat, falando mais alto do que eu. — Sei que é muita informação para você, mas acho que vai ser melhor se processar isso sozinha e depois conversarmos em grupo sobre o assunto, OK? — Isso deve ser alguma lição que ela aprendeu na escola de terapeutas, então apenas concordo e sorrio, pego os panfletos com uma força violenta que sempre suspeitei que tinha.

Passando pela porta, avisto Sylvia e Austin entrando. Normalmente só os vejo antes da minha consulta de quarta-feira, mas talvez tenham acrescentado outra sessão esta semana também. Dado o decibel em que gritam um com o outro no consultório, não ficaria surpresa.

Sorrio ao vê-los. Bem do que precisava. Meu peito está apertado por causa da sessão e por ainda ter que dirigir depois disso, mas o estalo das botas de cowboy de Austin no linóleo me dá um pouco de alívio. E sei que preciso de mais de onde isso veio.

Meu carro parece excepcionalmente pequeno. Ligo o motor, sabendo que não vou sair do estacionamento tão cedo. Mas preciso do calor e do rádio sintonizado na Oldies 103,3 e da graça salvação que é "My Girl" tocando nas alturas.

Leio os panfletos. Mas não é por isso que fico mais de uma hora esperando no carro no estacionamento após a sessão. Aqui está o que aprendo no panfleto número dois, *Seu cérebro e seu TOC*: ao que parece, obsessão e ansiedade andam de mãos dadas. TOC tem uma má reputação, mas é totalmente tratável. A pessoa com TOC tem de enfrentar sua ansiedade de frente. Compulsões são apenas uma forma de adiar a corrente inevitável de sensações e medo.

Esses são os tipos de coisas que pessoas como a Dra. Pat dizem para fazer você achar que ter TOC não é uma sentença de morte.

Austin e Sylvia não dão as mãos ao sair do prédio depois que seus 45 minutos acabam. Mas suas pernas andam em sintonia, como grandes patas de aranha caminhando pela calçada em tempo recorde. Sylvia dirige e Austin se senta no banco do passageiro, um fato que meio que secretamente amo. Eu o anoto no caderno cor-de-rosa com a estrela na capa. Na verdade rabisco, porque eles partem rápido e preciso acompanhar de perto, sem ultrapassar o limite de velocidade.

Tenho um desses carros inócuos que é do exato tom de azul-marinho empoeirado para se misturar com o pavimento ou com o céu ou com as ruas cheias de outros carros igualmente azuis. Não há cicatrizes de maus-tratos na superfície, mas também nunca está brilhante nem limpo. É como eu: não exatamente gasto ou sujo, mas também não exatamente bonito. Bom o *suficiente*. Normal o *suficiente*. Bonito o *suficiente*.

Mas o amo de qualquer jeito, e não só porque ele me leva aos lugares. Pendurados no retrovisor, tenho colares de contas de Mardi Gras de uma grande noite de Ano-Novo em Boston com Lisha. Dourados e verdes, minhas cores favoritas, batendo uns contra os outros enquanto dirijo. Os demais estão no carro de Lisha, pendurados no espelho. Acreditamos que dão sorte, mas nada até agora muito emocionante aconteceu em nossos carros. Além disso, acho que apenas o fato de Lisha estar na minha vida já é sorte. De verdade.

Mantenho uma minibiblioteca de meus livros favoritos no banco de trás, apenas para o caso de ficar no engarrafamento sem nada para fazer, ou se Lisha se atrasar para me encontrar. Tem uma edição de capa dura de poemas de Mary Oliver, uma poeta que escreve sobre a natureza. Foi um presente. Para ser sincera é algo que pertenceu a Kurt e que ele me deu algumas semanas antes de terminar comigo. A lombada está rachada, de modo que ele automaticamente se abre nos seus poemas favoritos. Tento não pensar muito em por que eram seus favoritos. E mais livros também: favoritos tradicionais como Judy Blume. *A Nascente*, que é meu livro favorito de todos os tempos. Posso abrir qualquer um deles em qualquer página e me perder por vinte minutos ou uma hora, dependendo do que a situação exigir. Adicione alguns cobertores, e meu carro seria tão fantástico quanto meu quarto.

Não é um percurso curto até onde eles moram. Abrimos caminho em meio à confusa hora do rush, dos subúrbios para a cidade. Preciso dirigir rápido para acompanhar seu veloz Volkswagen, de modo que meu coração fica acelerado. Odeio dirigir rápido. Tento ser como um falcão, observando pedestres e tráfego com o pleno conhecimento de que, se não tomar cuidado, poderia ferir alguém. Acho que se piscar os faróis de aviso de vez em quando posso lidar com as estradas mais sinuosas, as junções, os cruzamentos tensos. Então é isso que faço durante todo o caminho da Lexington até um arranha-céu na orla marítima. Estamos em algum lugar entre a velha arquitetura italiana do North End e a armadilha de turistas que é Faneuil Hall. Estaciono do outro lado da rua. Austin e Sylvia estacionam em algum lugar no quarteirão, mas rapidamente voltam para a entrada de seu palácio urbano. É cheio de janelas, tudo em prata e de fachadas espelhadas. Não é o tipo de lugar onde as pessoas de fato moram, não é mesmo, e talvez seja por isso que se sintam tão infelizes a ponte de precisarem fazer terapia várias vezes por semana, como eu.

Como alguém pode viver em um lugar tão gelado e imponente, tão claramente em conflito com o resto da cidade, com o resto da população humana, e continuar apaixonado? Que eu saiba, o amor acontece em moradias e chalés aconchegantes e apartamentos apertados e pousadas em ruínas. Este lugar podia muito bem ser um prédio de escritórios ou uma nave espacial.

Austin aperta o ombro do porteiro ao entrar. Sylvia não faz contato visual e não há nenhuma hesitação quando ela entra. Não há nenhum outro lugar em que queira estar que não seu apartamento no alto, acima de qualquer coisa semelhante à verdadeira, perturbadora, emocionante *vida*.

Estaria mentindo se dissesse que não entendo isso.

Talvez não precise tentar ser Sylvia para entender o que ela sente, afinal.

Fico no meu carro. Não quero ir embora imediatamente, porque não quero ver o prédio de Austin e Sylvia desaparecendo no meu retrovisor. Fico, na esperança de que Austin tenha esquecido algo importante no carro e volte correndo, e de que assim eu tenha um vislumbre final de seu corpo magro e de seus pés batendo no asfalto.

Quase acerto.

Não é Austin que aparece poucos minutos depois de volta na calçada, e sim Sylvia. Ela tirou o casaco e vestiu uma coisa quente e confortável e adicionou um ridículo chapéu russo de pele à combinação. Esfriou, mesmo dentro do carro. Desliguei o motor para me distrair em meu estranho jogo de espera e, apesar de as janelas estarem fechadas, não há como lutar contra os últimos sopros de inverno.

Sylvia se encosta no prédio e, como uma estrela de cinema de antigamente, tira uma cigarreira e um isqueiro de prata com um ar de certeza sobre a sua importância no mundo.

Ela tem importância. Assisti-la é como assistir a um dançarino, mas não é suficiente apenas observar, e me canso com a forma com que sua mão leva seu cigarro até a boca, vezes e mais vezes, sem ajeitar a jaqueta nem parar para considerar um câncer de pulmão ou sequer errar a marca. Ela é uma pintura, uma obra de arte e uma pessoa que desejo ser. Mas a calma que sinto em observá-la é de curta duração. Minha mente continua voltando aos panfletos da Dra. Pat que estão parcialmente amassados no assento ao meu lado.

Ou talvez seja Austin a verdadeira atração.

Ele me lembra alguém. Tipo outro cara de quem gostei com a mesma aparência magra e despenteada, as mesmas camisetas irônicas. Faz meu coração acelerar dentro do peito. Ele não é meu tipo, acho, mas se parece com aquele cara, Jeff. O do primeiro beijo. O que não gosto de lembrar. Antigo melhor amigo de Cooter. Afasto o pensamento. A memória de um primeiro beijo gruda no coração muito ferozmente, acho que é assim com todos, mas em especial comigo.

Faço meu coração desacelerar com inspirações profundas, como a Dra. Pat me ensinou. Coloco uma boa e forte muralha em torno desse pensamento e decido não chegar perto dele outra vez.

Sylvia dá outra tragada no cigarro e verifica o relógio. Ela não olha com expectativa para a porta do prédio, portanto duvido que Austin vá aparecer de repente.

Então é assim, tão impulsivamente quanto decidi segui-los até aqui, que decido ir embora. É uma longa viagem de volta quando não se consegue ir muito mais rápido do que cinquenta quilômetros por hora, e preciso encontrar Lisha no nosso restaurante favorito para comer batatas fritas e fofocar. Tentarei não lhe contar sobre minha rápida e estranha viagem ao edifício desse misterioso casal, mas Lisha tem um daqueles rostos muito legais que te dão vontade de falar. E a garota sempre diz a coisa certa, ou sabe quando não dizer nada. Sou um livro aberto de qualquer maneira, e Lisha é uma leitora voraz.

Vou a 52 quilômetros por hora durante todo o caminho. Considero esses dois quilômetros por hora a mais uma pequena vitória. Mesmo assim, chego com uma hora de atraso, e Lisha já está na Pancake House, ainda com sua meia-calça e *collant*, cabelo emaranhado na testa e amarrado em um coque alto, espinhoso de tantos grampos. Ela está acomodada com o chocolate quente, metade dos waffles já comida e um prato de batatas fritas besuntadas em mostarda e tabasco, do qual está beliscando, espero que não tenha se passado muito tempo. Mas Lisha parece hipnotizada por seu caso de amor com a ficção russa, e ergue um dedo quando me sento, indicando que precisa terminar a frase ou capítulo, mas espero que não o livro inteiro, antes de se concentrar em mim.

— Sabe que bateu seu recorde de atraso, certo? Será que precisamos de uma intervenção? — comenta, quando enfim olha para mim e marca a página em que parou em *Crime e castigo*. Já disse a ela para desistir e finalmente ler *A Nascente*, mas ela é determinada. Em relação a tudo. Sempre foi.

Os garçons sabem que devem me trazer chocolate quente também, e um garfo para ajudar Lisha a terminar sua orgia alimentar.

— Acho que já tive uma hoje com a Dra. Pat.
— Então, qual é a conclusão? Você está louca? — pergunta Lisha.

Não falamos em metáforas vagas ou perguntas evasivas, como o resto do mundo. Falamos como as coisas são e acrescentamos uma boa dose de autodepreciação, se estiverem particularmente ruins.

— A Dra. Pat acha que sim. Mas isso, você sabe, não é grande coisa, e eu não deveria deixar afetar minha vida ou o que quer que seja. — Não menciono o termo "TOC", porque a Dra. Pat não chegou a dizer que seja esse meu problema, e, além do mais, ainda não posso enunciar aquela terminologia. Não estou pronta para o momento *Oi, sou a Bea e tenho TOC*.

Enfio uma das mãos na bolsa e encontro o panfleto número três, *Onde a Ansiedade encontra a Compulsão: Terapia Cognitiva Comportamental e Obsessões*. Deslizo-o na mesa e me perco fitando o waffle em vez de o rosto de Lisha.

— Ah — diz ela depois de um silêncio.

— É. — Dou a maior mordida possível no waffle e, antes de engolir, emendo com três batatas fritas.

— Bem, ouça. Não deixe ela te internar — diz Lisha com um sorriso. Ela é a única pessoa que deixo falar comigo dessa maneira.

— Em uma escala de um a dez, quão estranha eu sou? Seja sincera. Porque pensei que estivesse, assim, no quatro, mas com a Dra. Pat me dando essas coisas sinto que alcancei pelo menos uns seis, certo?

— Te amo demais para te avaliar — responde Lisha, com cuidado. — Quero dizer, sem contar no quesito ser gostosa. Aí você é um sólido 8.5, e se mostrasse as pernas em vez de escondê-las nessas calças estranhas de hippie, seria um nove, com certeza. — Não consigo deixar de sorrir.

— Minhas pernas são tocos — digo, e em seguida engulo mais algumas batatas fritas.

Lisha fica colocando os dedos na boca para chupar o molho. Meio infantil, meio sexual. Quero tirar seus dedos de sua boca e colocá-los no seu colo. Ela não é uma causa exatamente perdida, mas perde o controle das mãos, palavras e expressões faciais com muita facilidade, e essa tem que ser pelo menos parte da razão pela qual ainda nunca beijou um homem.

— Mas aquele tal de Beck gosta delas — afirma Lisha, me chutando por baixo da mesa.

— Er, aquele tal de Beck nunca viu minhas pernas. Nunca *vai* ver minhas pernas. — Franzo os lábios e engulo, porque, na verdade, não tenho tanta certeza de que quero que seja verdade.

— Ele é gato? Sinto como se estivesse escondendo os detalhes.

— Ele parece o Kurt — solto, antes de conseguir evitar. Limpo a garganta e faço menção de pegar mais waffle, mas conseguimos de forma impressionante esvaziar o prato todo. — Quero dizer, na verdade não. Só, tipo, de corpo. Ou nem isso. Não mesmo. Que seja.

— Deus, Kurt! — exclama Lisha. — Nunca mais pensei nele. — Fazemos contato visual por cima dos pratos vazios e canecas de café ainda mais vazias. Eu devo dizer que também nunca mais pensei nele.

— Sim — concordo.

Não é mentira se eu apenas assentir, dizendo "sim". Mas Lisha não vai deixar pra lá. Ela quer saber, com certeza, que não penso mais em Kurt. Nunca. Levanta as sobrancelhas, esperando que eu diga mais alguma coisa. Quando não o faço, ela se remexe na cadeira.

— Quero dizer, não fala mais com ele ou qualquer coisa, né? Ou, tipo, o *vê*?

— Claro que não o vejo. Você sabe que não posso — digo. Lisha balança a cabeça com muito entusiasmo. — Nem sei por que mencionei o nome dele. — Aquela coisa no meu peito se aperta e, sem pensar, belisco a coxa.

Será que isso é uma compulsão?

Passo a mão para baixo da coxa, sento-me nela de um jeito que espero que não seja muito óbvio, e imploro com os olhos que Lisha mude de assunto. Ela conhece bem aquele olhar — nós o aperfeiçoamos, na verdade — e acena com a mão como se fôssemos simplesmente apagar os últimos minutos de conversa.

— Sobremesa — diz.

— Sorvete — respondo. Sorvete é seguro e suave e fresco. Entorpecente.

— Concordo plenamente — diz Lish.

Ela acena para o garçom, mas seus olhos ficam em mim apenas um instante a mais do que deveriam. Tenho o impulso de me cobrir de maquiagem, delineador líquido escuro e rímel com glitter. Qualquer coisa para esconder o que quer que ela enxergue no meu rosto. Mas quando peço licença para ir ao banheiro, só aplico uma fina camada de *bronzer* e brilho labial vermelho-rubi. Não quero me olhar muito tempo no espelho, não quero ver com o que uma adolescente com TOC pode parecer. Mas também não estou pronta para voltar aos talheres batendo e garçons falando de forma acelerada. Então abro a bolsa em busca de algo ainda melhor: o caderno cor-de-rosa. Releio as anotações das sessões de Austin e Sylvia. Registro a roupa de Sylvia de hoje cedo. A cada curva da caneta obtenho algum alívio, e em alguns momentos estou de cabeça limpa e coração não agitado e com a crença de que tudo ficará bem: para mim, para Kurt, para Austin e Sylvia, para Beck.

Lisha e eu dividimos uma taça de sorvete de chocolate. O panfleto sobre TOC está na mesa entre nós. Acho que esqueci de colocá-lo de volta na bolsa, e não suporto mais olhar para ele, então o deixo lá. Eu o abandono em cima da mesa, como se fosse a pior gorjeta do mundo. Mas carregá-lo vai me condenar ainda mais.

Dirijo para casa devagar prestando atenção em crianças e cachorros e nas curvas e nos idosos. Só não quero machucar ninguém.

# 6.

TARDE DE SÁBADO, TERAPIA DE GRUPO. A DRA. PAT DIS-se, após a sessão de ontem, que se eu for à terapia de grupo duas vezes por semana, só preciso vê-la uma vez por semana, às quartas-feiras. A sala parece tão sufocante quanto na terça à tarde, e mais uma vez estamos todos focados em Jenny. Ela perdeu ainda mais cabelo e, se não me engano, também está sem uma das pálidas sobrancelhas. Hoje sua missão é resistir a puxar o cabelo durante a sessão. Foi o que a Dra. Pat instruiu, e é cerca de um milhão de vezes mais difícil para ela do que parece. Sempre que alguém menciona seus pais, em qualquer contexto, bom ou ruim, ela leva a mão à cabeça e então todos temos que estalar os dedos na sua direção para que pare. Em seguida, ela fica ofegante e esperamos enquanto a Dra. Pat segura suas mãos.

Maus-tratos. Sabia.

Não que eu não sinta pena de meninas que sofreram maus-tratos. Mas sinto um pouco de inveja também, porque elas sabem por que fazem o que fazem. Sabem o que tanto temem, o que fez de suas mentes um labirinto tão estranho de regras e terrores e soluções malucas para problemas que realmente não podem ser resolvidos. Não tenho essa (falta de) sorte.

Tentei dizer isso à Dra. Pat outro dia, e ela falou que posso não ter algo tão óbvio quanto uma década de maus-tratos, mas que tenho minhas próprias histórias. Meus próprios traumas. Odeio quando fala esse tipo de coisa. Isso me faz tremer.

Nesse meio-tempo, já passei de carro pelo prédio de Austin e Sylvia duas vezes desde ontem à noite. Acho que é como vou passar meu tempo livre a partir de agora: longas viagens de ida e volta de Lexington para Boston, parando apenas para verificar — duas ou três vezes — que não atropelei nenhum transeunte. Então chego ao prédio e fico dez minutos apenas encarando o prédio como uma espécie de pervertida.

De acordo com os poucos panfletos que guardei, isso que é compulsão. Verificar se atropelei alguém quando estou dirigindo, a necessidade de observar Austin e Sylvia, mesmo o pequeno beliscão que continuo dando na coxa de vez em quando (ultimamente com mais frequência).

A Dra. Pat me pediu para vir meia hora mais cedo, então já estou cansada de tanta terapia.

— Tem alguma pergunta? — começou ela.

Eu tinha mil perguntas. Mas fazer pelo menos uma delas significaria admitir que poderia estar mesmo louca.

— Isso é, tipo, um diagnóstico oficial? — indaguei. — Quero dizer, está dizendo que tenho TOC? Tipo, com certeza?

— Acho que você tem tanto obsessões como compulsões, Bea — respondeu a Dra. Pat com muito, muito cuidado. Ela coloca as mãos sobre o colo como se estivesse rezando. — E parecem estar relacionados.

Acho que a Dra. Pat jamais respondeu a uma pergunta com apenas um sim ou não. Isso faz minha cabeça doer. E eu pretendia não chorar, mas meus olhos se enchem de lágrimas e minhas mãos tremem diante do esforço de contê-las.

Meu cérebro dizia: VÁ VER AUSTIN E SYLVIA!
Meu cérebro dizia: USE MAIS MAQUIAGEM PARA PARECER NORMAL!

— Pessoas com TOC são perigosas? — perguntei, pronunciando a palavra "perigosas" com esforço. Era difícil ignorar a quantidade de pensamentos na minha cabeça, mas eu tinha certeza de que conseguiria. Poderia ser totalmente, cem por cento normal.

— Precisa de mais material de leitura? — perguntou a Dra. Pat.

— Ah. Não sei. Talvez? Só estava preocupada... — Fico sem palavras e balanço a cabeça.

— Você não é perigosa — respondeu ela. — Nem louca, caso essa viesse a ser sua próxima pergunta. — E então sorriu. Seus dentes pareciam mais brancos do que o habitual, como se tivesse acabado de clareá-los, mas por outro lado seu rosto estava neutro e intocado. Confiável.

Então Beck entrou, e a Dra. Pat descruzou as pernas e recruzou, sinalizando que nosso tempo juntas havia terminado, e a terapia em grupo, começado.

Agora Jenny está criando um terremoto com a força de sua tremedeira, e está com uma das mãos no cabelo. Não arrancou nada ainda, mas a palma da mão está em cima do maior pedaço careca, e tenho a sensação de que a intensidade da sua agitação é exatamente proporcional à dificuldade de resistir.

— Podemos seguir em frente? — pergunta Rudy. Ele estava escondendo o rosto com as mãos. Ver Jenny dói, mas ninguém mais ousaria dizer alguma coisa. Os soluços de Jenny ficam mais fortes. Ela é magra, e sua blusa, muito apertada, de modo que praticamente dá para enxergar o medo, a dor e as lágrimas chocalhando seus pulmões. — Se Jenny precisa de tanta ajuda, talvez devesse fazer apenas terapia individual, sabe?

— Ei, cara — diz Beck, calmo. — Isso não foi legal.

— Não foi *legal*? — repete Rudy, com total desprezo, e seu rosto está em chamas de tão inflamado. — Você tem muito a aprender, cara.

— O que quer dizer com isso, Rudy? — interrompe a Dra. Pat.

Notei que ela usa muito os nossos nomes. Tipo, *muito*. Começa a soar estranho e forçado. Não estou acostumada a ouvir o meu nome, ou de qualquer outra pessoa, usado em uma conversa casual e diversas vezes. Deveria fazer eu me sentir menos propensa a desaparecer, já que de certa forma legitima a minha existência ou o que seja, mas agora que percebo quantas vezes ela usa meu nome nesse grupo, meio que comecei a surtar e cheguei à conclusão de que preciso me beliscar sempre que ela me chama para ter certeza de que *sim, eu sou Bea*, e *sim, estou aqui*. Há um hematoma se formando na minha perna. Parece que só faço essa coisa de beliscar algumas vezes, mas agora que a pele está ficando roxa, preciso admitir que estou fazendo um pouco mais. Talvez quase demais.

Ainda bem que não estou saindo com ninguém no momento. Manchas aleatórias azuis e pretas não devem ser atraentes para a maioria dos caras.

Rudy faz um ruído gutural profundo na garganta e toca seu rosto. Apenas um toque rápido, com a mão praticamente pulando para longe da pele assim que encosta.

— Sinto como se Beck estivesse me julgando, sabe? E pensei que esse deveria ser um espaço seguro. Então, isso está me deixando chateado — diz Rudy com um pequeno sorriso. Ele é uma daquelas pessoas que sabem utilizar suas próprias palavras contra você.

— Precisa ser seguro para todos, Rudy. Jenny tem de se sentir segura. Beck tem de se sentir seguro. Todos nós precisamos nos sentir seguros. Até eu — diz a Dra. Pat.

Rudy revira os olhos e se recosta na cadeira. Ele olha para Beck e quando Beck retribui o olhar, Rudy começa a cutucar o rosto. Ele para antes que a Dra. Pat tenha chance de chamar sua atenção.

— Bea? Fawn? Como estão hoje? — pergunta a Dra. Pat.

Nós damos de ombros ao mesmo tempo.

Beck e Rudy ficam se encarando, um de cada canto da sala, e Jenny chora muito. Fawn esconde quase o rosto inteiro por trás da gola do suéter.

É uma hora demorada.

Não gosto de ir para casa logo após a terapia, de grupo ou não. Na verdade, gosto de ficar no estacionamento, bem na frente de onde as palavras foram ditas. Não é exatamente uma compulsão, é apenas uma maneira de deixar a adrenalina de *compartilhamento* se dissipar antes de entrar outra vez no mundo real. Mantenho um caderno no carro apenas para este fim. Um caderno diferente. Não o cor-de-rosa, que tenho reservado apenas para observações sobre Sylvia e Austin. É um desses cadernos de bolso. Parece uma agenda de endereços, mas duvido que as pessoas ainda de fato tenham agendas só de endereços, então agora fazem apenas cadernos pequenos em branco assim. Sento-me no capô do carro e assisto a Fawn, Rudy e Jenny indo embora, e faço anotações do que aconteceu.

Não há mais carros no estacionamento, além do grande SUV azul da Dra. Pat. Mas ainda não vi Beck sair do prédio, então listo as possibilidades: alguém virá buscá-lo, ele mora perto o suficiente para ir andando, seu carro foi roubado, ele gosta de pegar carona. Escrevo tudo no pequeno caderno. Não apenas os fatos da vida de Beck, mas também as possibilidades, as pequenas ideias que tenho sobre como sua vida poderia ser.

Estou perdida na lista (Beck tem uma bicicleta guardada em algum lugar, Beck é sem-teto, Beck tem uma namorada que está atrasada, Beck tem uma namorada que sofreu um acidente de carro a caminho daqui, eu atropelei a namorada de Beck no caminho até aqui e não percebi), então não vejo imediatamente quando Beck enfim aparece. Sorrio só de vê-lo. Fico vermelha, percebendo a largura de seus ombros. Quero me inclinar em cima deles, fazer com que me mantenham firme. Fecho o caderno como se não fosse grande coisa, mas meus dedos ficam brancos com a força com que o seguro fechado.

— Nos encontramos de novo — diz Beck. Ele é tão limpo que dói.

— Ei. Fico feliz que a gente tenha se encontrado. Nunca trocamos números de telefone — digo. — Quero dizer, depois do baile. No outro fim de semana.

— Telefone? Ah. Tipo, para sair?

— Ou qualquer outra coisa. — Dou de ombros. Um riso inesperado escapa. Já flertei antes, mas nunca depois da terapia. — Poderíamos ser amigos de terapia.

— Só estou aqui por causa dos meus pais — diz Beck, sem retribuir meu sorriso furtivo.

Eu só estava tentando quebrar o clima pós-terapia com um pouco da minha clássica autodepreciação, mas talvez Beck não seja fluente em sarcasmo.

— A Dra. Pat é ótima — tento.

— Prometi aos meus pais que viria durante um mês.

Sinto falta do Beck vulnerável que conheci no baile. Puxo as pernas, os joelhos em meu queixo, e o capô do carro cede um pouco sob o peso mudando de posição. Nenhum de nós fala. Mas ele também não está exatamente indo embora. Então me lembro da ausência de carro, a ausência de alguém vindo buscá-lo.

— Precisa de carona para algum lugar? — pergunto.

Lisha vai pirar com essa história. Eu e o cara misterioso da dança da Smith-Latin, pós-terapia, flertando. Tentando flertar. Depois que Kurt me largou, falei que queria um cara com mais problemas que eu, para que ele não pensasse que sou uma completa louca. Mas acho que na cabeça de Beck ele não é um *completo* louco. Talvez eu deva ir atrás de Rudy em vez dele.

Retiro mentalmente o que disse, só para o caso de que talvez pensar nisso o transforme em realidade.

— Não iria atrapalhar? — pergunta Beck. — Não é longe. — Ele está olhando para trás e não consigo imaginar o que está neuroticamente procurando até que ela aparece: a Dra. Pat. Quando ele a vê, faz um aceno rápido, e ela sorri de volta, satisfeita, pela comunicação pós-terapia dos pacientes, eu acho. — Espera ela ir embora — diz Beck, olhando para o chão, para as rodas do meu carro.

Como se a Dra. Pat se importasse se vou ou não dar carona para ele. Mas faço o que Beck diz mesmo assim; o que for preciso para alguns momentos a sós no carro, espero que com ele relaxando um pouco. Beck é como duas pessoas diferentes — pequeno, assustado e dócil em um momento e acuado e rude no seguinte. Mas sinto que uma vez dentro do Volvo ouvindo National e observando o marcador de gasolina variar entre completo e praticamente completo (as duas únicas opções no meu carro), ele será aquele cara doce de novo.

Espero.

Na verdade, espero tanto que isso aconteça que me convenço de que posso dirigir como uma pessoa normal por alguns minutos, se isso significa ver um pouco mais de Beck. Contanto que ele não more muito longe e não haja nenhuma criança nem cachorros no meio da rua, vou ficar bem.

A Dra. Pat vai embora com outro aceno, e assim que está fora de vista Beck entra no carro. Saio do capô e sento no banco do motorista.

Esperamos o carro aquecer. Ele mexe nos colares de contas douradas e verdes do Mardi Gras pendurados no retrovisor.

É tranquila a espera. Ou estamos tranquilos. Mas é bom, compartilhar o mesmo ar, e estarmos ambos empacotados em casacos, cachecóis, luvas e chapéus. Meu carro é pequeno o suficiente para que quase não pareça estranho nossos braços se tocarem, o que acontece. Nossos grandes casacos de inverno se tocam, mas a sensação não pode atravessar todas as camadas até meu braço real.

— Seu carro combina com você — diz Beck.

— Ah, Deus, espero que não — respondo, mas olho para ver se ele está sorrindo ou debochando. Covinhas. Faísca de desenhos animados em seus sobrenaturais olhos azuis. É um elogio.

— Não, é bonitinho. Gosto do seu jeito. Quero dizer, sua vibe. Suas roupas e o carro e essas coisas — diz Beck. Tento lembrar o que está debaixo de todas as camadas de inverno: leggings brancas, vestido curto azul de verão, cardigã branco grosso, colete de pele por cima de tudo. — Você é toda, sabe, *cool* — conclui ele com um agudo acidental e estranho.

Estou sorrindo como uma idiota, porque não há nada mais charmoso do que um menino tropeçando nas palavras ao tentar dizer algo agradável. Eu dou risada, quero dizer, literalmente *dou risada*, e talvez pela primeira vez na vida me sinta sortuda por meu carro levar todo esse tempo para aquecer no inverno.

Beck balança a cabeça e seu rosto fica vermelho.

— Não fica com vergonha! Isso foi legal — digo. (Voz de Lisha na minha cabeça: *as pessoas não gostam quando você aponta cada emoção alheia.* Lisha é a única pessoa no mundo que pode dar conselhos como esse sem soar má.) — Quero dizer, também gosto do jeito que você é. — Então nós dois só ficamos olhando para o painel do carro ou pela janela, e tenho a impressão de que posso ouvir, ou talvez apenas *sentir,* que seu batimento cardíaco está sincronizado com o meu: alto e insistente e rápido como o inferno.

Ele pega o livro de poemas a seus pés e folheia. Tento esquecer que foi um presente do meu ex, e que nele há algumas anotações sobre Kurt. Nas margens. Na página do título. Na contracapa. Os mesmos tipos de observações que, às vezes, escrevo sobre Austin e Sylvia. Nada realmente louco, mas não o tipo de coisa que posso explicar depressa para Beck.

— Isso não é bem meu — digo, uma meia mentira estranha que não consigo explicar. Ele meio que larga o livro como se tivesse feito algo errado e fosse impossível ficar mais desconfortável. Graças a Deus não viu os outros cadernos no banco de trás: colagens de artigos de jornais, o caderno de estrela cor-de-rosa, aquele em miniatura dentro do qual escrevi sobre *ele.*

Em seguida vem outro som interrompendo nossos batimentos cardíacos. O aquecimento enfim está ligando — um barulho alto e ruidoso, o clique e farfalhar como se a ventilação estivesse cheia de pedras. Os ruídos que meu carro faz são sempre vagamente desconfortáveis.

— Seu carro é seguro? — pergunta Beck.

— Ah, sim. Só é velho.

— Você sabe, não é grande coisa, posso totalmente ir a pé para casa.

É engraçado como em pouco tempo uma energia particular pode mudar por causa de coisas como ruídos ou mudanças de temperatura ou um silêncio prolongando-se por um segundo a mais do que deveria.

— É um *Volvo*. É totalmente seguro. — Beck balança a cabeça, concordando. — Confie em mim. Sou aficionada por segurança. Você vai ver. — É um esforço, seu acordo em ficar no carro, apesar do estado frágil e de meu status como uma pessoa possivelmente louca, além da tensão sexual invadindo.

Beck está sentado com as costas tão retas que me pergunto se ele é, tipo, bailarino nas horas vagas ou algo assim, mas então percebo que não, está apenas em surpreendente forma e é provável que gaste todo o tempo livre com o corpo. Ele começa a me dar as coordenadas, à esquerda aqui, à direita ali. Está olhando para a frente, mas não segurando a alça no teto ou coisa assim. É mais como se tivesse instruído seu corpo a ficar no lugar.

— Você dirige devagar — comenta.

— Não aprendeu direção defensiva? — Tento sorrir através da alfinetada da observação.

— Não, isso é bom. Você é boa motorista. — Beck ainda não olha para mim quando fala, mas olho para ele.

Tiro os olhos da estrada para observar seu perfil perfeito. Meu coração se aperta no peito quando percebo o quão perigoso isso foi. Desacelero mais dois quilômetros por hora, e Beck inclina a cabeça no banco, como se estivesse relaxando pela primeira vez em horas.

Quando fazemos a curva final chegamos a uma academia 24 horas, e não à entrada de uma casa.

— Ah — digo. Se há uma coisa pior do que permitir a própria loucura, é permitir a de outra pessoa.

— Moro aqui perto. Disse a meus pais que a terapia de grupo demorava três horas, não uma. Eles não fazem ideia. — Balanço a cabeça, mas não posso evitar o frio na barriga. Pensei que aquilo tivesse sido um momento nosso de *verdade*, mas talvez eu seja apenas uma maneira de ele ir para a academia sem se meter em encrenca. — Achei que entenderia...

Balanço a cabeça mais uma vez concordando, porque ele está basicamente certo. Já estou cinco passos à frente dele pensando em quando poderei dar outra passada pelo prédio de Austin. Então, é claro que não sou melhor do que ele e; provavelmente faria a mesma coisa, se tivesse oportunidade.

Por exemplo, agora estou considerando filar um cigarro de Sylvia na frente do prédio. Sabe, se ela estiver por perto.

— Tudo bem. Tenho que entrar — diz Beck. — Ficaria conversando se pudesse. Mas tenho que entrar.

Antes que a decepção tenha chance de se infiltrar, minha mente clica de volta para o instante em que deixei a mente e os olhos se concentrarem no rosto de Beck. Estamos em uma vizinhança residencial e houve um acidente de carro em uma dessas estradas há dois meses e o foco é a coisa mais importante ao dirigir na defensiva.

— Notou alguma criança no caminho mais cedo? Quando estávamos dirigindo até aqui? — pergunto. Mas Beck já está abrindo a porta do carro e há uma corda tensa e invisível entre ele e a academia. Seus dedos tamborilam em sua coxa.
— Desculpe, desculpe, vá.

O dedo de Beck toca mais algumas vezes. Para. Mais vezes. Para.

— Ei — insisto —, eu entendi, OK? — Enfim ele me olha. O formato de seus olhos muda, um pouco de reconhecimento estreitando os cantos.

— Você sabe — diz ele, abrindo um sorriso tímido antes de fechar a porta — que nós somos os únicos normais naquele grupo, certo? — Seu rosto chega um pouco mais perto do meu, e eu posso sentir o cheiro de sabonete Dove e de hortelã e suor fresco. Por um total de seis segundos, não estou pensando em nada além de seus olhos. — Quero dizer, a menina com o cabelo? — continua. — O cara com as crostas no rosto?

*Deus, espero que sim*, penso. Seus olhos têm o seu próprio tom de lápis de cera. Será que ele sabe disso?

Eu me pergunto se sair com Beck só vai me deixar ainda mais louca.

Eu me pergunto se só esses pensamentos já estão me deixando louca.

Belisco a pele delicada do meu pulso.

— Claro, olhe para nós! — exclamo com um sorriso. — Nada muito estranho em relação a nós.

— A maioria das pessoas pensa que sou muito saudável, sabe? Quero dizer, se limpar e ficar em forma não costumavam ser coisas boas? — Esta é a segunda vez que o ouço usar exatamente esse argumento. Reparo nas mãos de Beck mais uma vez e vejo que não são apenas secas de tanto ele lavar, mas também machucadas de tanto levantar de peso. Ai.

— Você é meio enorme — digo. As palavras estavam dando coceira na minha garganta. Se não disser o que estou pensando sinto que vou explodir. — Quero dizer, num bom sentido. Não num sentido de gordo ou qualquer outra coisa. Só que... você acha que seus bíceps são maiores do que a sua cabeça? — Estava indo muito bem, até agora, em termos de não dizer cada pensamento que me vem à mente. Mas o estou absorvendo, tudo dele, e estou apavorada com o que pode acontecer se eu simplesmente não disser o que vem à mente.

— Desculpe — digo. E, em seguida: — Posso tocar seu braço?

Beck não responde, então acho que é um não. Ou, se eu tiver sorte, pensou que eu estava brincando.

— Não sou tão grande assim — diz Beck. Mas ele é, e é ainda mais estranho estar sentado ali negando isso. — Tem gente muito maior lá dentro.

— Quantas vezes por dia você malha? — pergunto.

— Na academia?

— Existe algum outro lugar onde malha?

— Bom, temos alguns pesos em casa. E corro, às vezes. Talvez três ou quatro vezes por dia no total?

Eu faço um gesto com a cabeça e tento não dizer isso, mas:

— Isso é muito. *Muito*. — E qualquer que fosse o feitiço sob o qual estávamos, e que o manteve no meu carro, se desfaz. Faz mesmo só alguns minutos que estávamos cedendo a pequenas demonstrações de amor fofinho?

— Obrigado pela carona — diz Beck. — Você pode, tipo, não contar à Dra. Pat?

Acho que sabia que ele diria isso. Eu poderia dizer que mentir me assusta e que parece injusto mentir sobre *seus* hábitos estranhos quando realmente não me permito mentir sobre os meus. Mas, em vez disso, dou de ombros. O que não é uma mentira nem uma promessa de mentir, então está tudo bem. É apenas um rápido movimento de ombros, quase como um estremecimento, como um rápido arrepio de indecisão. Beck assente e sai do carro. Ele tem um caderninho no bolso de trás da calça que eu não tinha notado até este momento. Estou morrendo de vontade de saber o que ele escreve ali. Gosto do fato de ele ter um caderno, de manter algum tipo de registro, de também permanecer no controle das coisas que acontecem ao seu redor.

Sorrio e aceno e ele responde com um sorriso satisfatório, e eu penso... *talvez*.

E é isso, ele se foi.

Tenho cerca de um milhão de chamadas não atendidas de Lisha que só vejo depois que Beck já está dentro da enorme academia. Ele está certo sobre uma coisa: há definitivamente caras muito maiores do que ele passando por aquelas portas, caras com braços tão grandes que não balançam ao lado do corpo, mas ficam quase paralelos ao chão.

Não quero que Beck acabe assim. Gosto de seu corpo agora: ligeiramente fora de proporção entre músculos e altura. Entretanto, se Austin estivesse aqui, se destacaria contra os corpos largos. Suas pernas são magras, a cintura, menor do que a minha, o cabelo grande demais para um exercício adequado. Por uma fração de segundo, acho que vejo Austin, mas é a mãe de alguém com um corte de cabelo curto e sem seios.

É um alívio estar de volta ao local da estrada onde olhei para Beck. Paro o carro para dar uma olhada rápida ao redor, certificando-me de que nada de terrível aconteceu enquanto estava tentando reviver a sensação dos lábios de Beck nos meus. Sem sinais de catástrofe, reservo um minuto para ouvir meu correio de voz.

— Bea, é Lish. Onde você está? Ainda vamos nos encontrar?

— Bea, é Lish. Que horas acaba seu grupo? Estou pensando que talvez não devêssemos ir até a casa daquele cara...

Já estou arrependida de ter contado a ela que queria ir à casa de Austin esta noite, mas ela perguntou o que eu estava pensando, e parecia que minha garganta inchava quando não respondi imediatamente.

— Bea, é Lish. Meus pais estão malucos. Você viu o tal do Beck? Foi estranho?

— Bea. É Lish. OK, podemos ver o apartamento desse cara, mas estou deixando registrado que meeeeeeio que acho uma má ideia.

Eu dou risada, um som estranho quando se está sozinho no acostamento.

Quase ligo de volta para contar a ela sobre Beck, mas não posso pensar nas palavras certas para dizer. Ele me usou para ir à academia. Sequer somos amigos. Mal nos falamos. Somos colegas de terapia, e eu sou, tipo, uma motorista e uma facilitadora. Mas só isso. Não há nada de romântico em qualquer parte disso.

Exceto, é claro, em como me sinto ao estar perto dele. Essa parte é romântica.

Entro no carro e espero um bom, bom tempo antes de voltar à estrada. Odeio essa parte, e há um verdadeiro desfile de carros passando. Carros com crianças dentro. Carros movidos por vovozinhas doces e velhinhas. Meu instrutor sempre me disse para confiar em mim mesma, mas a questão é... como?

Então fico ali sentada enquanto os carros passam um por um, e saboreio os últimos momentos de total segurança.

Respiro, como a Dra. Pat me ensinou a fazer. Provavelmente não deveria passar mais tempo no carro hoje. Mas se eu não for até a casa de Austin, ele pode desaparecer. Como ar ou num hospital ou num país estrangeiro, não tenho certeza. Preciso escrever alguma coisa no meu caderno cor-de-rosa e amanhã está tão longe, pode nunca acontecer.

Se não for ver Austin, *eu* posso desaparecer.

*Puf.*

♡ 7.

POR ELA TER LIGADO TANTAS VEZES E PORQUE PRECISO interagir com um ser humano normal por pelo menos alguns minutos todos os dias, decido não cancelar com Lisha e dirijo para a casa dela. Ela é aquele tipo perfeito de amiga que está sempre em casa e disponível, pois não tem outros amigos.

Cooter está do lado de fora jogando basquete. Ele me deixa nervosa, seu rosto com foco no aro estimula uma memória em que não quero pensar. Costumávamos jogar aqui fora: eu, Cooter, Lisha e Jeff. Jeff da camiseta do Dr. Pepper surrada e tênis colorido de canetinha. Jeff do cabelo desgrenhado como o de Austin e lábios que beijavam com força, abrindo um pouco, mas não se intrometendo. Jeff, o primeiro cara a dizer que sou bonita, e, por toda a maravilha desse pequeno momento, sinto um refluxo de bile na boca ao pensar nele.

Jeff não está mais por perto. Ele não está morto nem nada, mas se foi.

Cooter dribla e passa a bola para mim sem avisar. Ela bate no meu estômago, e deixo escapar um soluço de surpresa.

— Acho que está viva — diz ele com um sorriso, e sabendo que devo sorrir de volta empurro a bola para seu peito e agito os braços em volta de seu rosto, que é a única parte da defesa que consigo entender. Não toco numa bola desde que

Jeff foi embora, e com a boca aberta e a bola nos meus pés, Cooter percebe seu erro. — Você está bem? — pergunta. Não vem colocar a mão no meu ombro nem nada, mas parece que realmente se importa.

— Sim, desculpe, já faz algum tempo. Acho que meus dias de atleta acabaram — digo com a risada mais idiota, basicamente uma exalação de ar. Na tentativa de não me lembrar de nada, me lembro de tudo: os braços longos e magros de Jeff movendo-se com graça e os pés de palhaço dançando em volta de mim. O flash de seu cabelo tingido de neon me fazendo vibrar por dentro. A forma como ele me agarrava pela cintura quando eu pegava a bola, me levantando para a cesta e gritando quando eu enterrava.

Meu coração dói e minha boca fica seca com a lembrança. Belisco a coxa e entro na casa sem dizer mais uma palavra. Não é tão difícil passar pelos pais de Lisha e a estranha conversa-fiada deles. Não são exatamente extrovertidos, então me cumprimentam em voz baixa e apenas aceno e sorrio de forma exuberante, e com isso já ficam satisfeitos. Quando chego a seu quarto, Lish está ajeitando uma gravata no pescoço (deve ser do antigo uniforme escolar de algum menino), mas de resto a roupa é inofensiva. Seu cabelo loiro bate naquele lugar vago entre os ombros e as clavículas, e ela está usando maquiagem suficiente para suavizar a pele e dar um pequeno destaque aos olhos, o castanho sobressaindo-se sob cílios cheios de rímel. Mas é tudo para fazê-la se misturar e não se destacar. A gravata azul-marinho, estreita, frouxa) é uma espécie de triste tentativa de ser notada.

Sorrio de qualquer maneira.

— Está toda arrumada! — exclamo, e me olho no espelho para ver como combinamos (ou não). Sou pura sombra de olho com glitter, e a camada sobre camada de vestido-casaco-colete está dançando no limite entre mendiga e sexy. Mais ou menos inspirado no estilo de celebridade exagerada de Sylvia. Não me admira que eu esteja totalmente assustando Beck.

Mas quero mesmo ser estilista um dia, então pelo menos estou me saindo bem nesse aspecto. Veja, não é tudo obsessão e perseguição. Um parte é dedicação constante a meu ofício. Talvez Sylvia seja apenas minha musa para criar figurinos.

— Está muito atrasada — diz Lisha. Ela está na escrivaninha, que foi feita para uma criança, não para um adulto, fazendo a lição de casa para alguma aula estúpida na qual tenho certeza de que está se saindo bem de qualquer maneira.

— Sabe como é.

— Não. Não sei. Foi a terapia de grupo? Como foi? A garota sem cabelo estava lá? Você e Beck se falaram?

Lisha precisa de um aparelho de televisão. Ou de outra amiga.

— Já passou por aquele apartamento? Daquele cara? Qual o nome dele?

— Austin — respondo, mas preferia ter guardado aquilo para mim mesma. — Não fui ainda, então vamos nessa.

— Acho que é má ideia — diz Lisha.

Percebo que ela tem uma tesoura na escrivaninha. Com cara de profissional de tão afiada. Quase falo para ela colocá-la em uma gaveta onde não possa ferir ninguém, mas aquelas palavras soam estranhas, mesmo na minha cabeça. Ainda assim, não consigo tirar os olhos dela.

— Você vai amar o prédio. É, tipo, do futuro. E eles são totalmente fabulosos — digo, feliz em falar sobre Austin e Sylvia e afastar minha mente aos chutes e gritos daquela tesoura e suas lâminas afiadas. — Vai ser uma aventura, juro.

Podemos passar no Starbucks no caminho. — Sei que se puder ao menos fazê-la se mover, conseguirei responder a qualquer pergunta que ela inventar mais tarde.

— Entrar em seu carro e deixar que me compre um mochaccino não significa que estou me comprometendo a ir até lá — diz ela. Reviro os olhos. Lisha está franzindo a testa, mas pegando o casaco e as luvas, pelo menos, e isso é uma coisa boa, porque meu coração está acelerado. Minha mente não consegue decidir entre pensar em Beck e pensar em Austin. Está tudo misturado. Mas pelo menos eles me distraem de pensar em Jeff. — Ele é tipo, sexy, certo? — insiste Lisha. — Sexy e velho?

— Não é velho nem nada. Acho que usa delineador, o que imagino que *algumas* pessoas considerem sexy.

Lisha tem uma fraqueza por caras que usam maquiagem, o que é hilário considerando que ela mesma quase não usa. Lisha fica vermelha.

— Cala a boca e me compra um mochaccino — diz, saindo do quarto antes que eu possa dar uma olhada no sorriso tímido que nunca consegue segurar.

Passamos por seus pais sem muita discussão mais uma vez. Depois que Lisha foi aceita antes da hora em Harvard, acabou a necessidade deles de manter o controle de cada pequena coisa que ela faz. Mais ou menos como se entrar em Harvard marcasse o final da corrida dos pais, e agora qualquer coisa que Lisha faça fosse consequência daquela vitória. No entanto, assim que entramos no carro, ela começou o interrogatório.

— Pode explicar isso de novo? Como exatamente conheceu esse cara? — Ela continua olhando para mim como se eu fosse um nó a ser desatado, mas não tenho tempo nem espaço na cabeça para repetir.

Minha respiração já parece engraçada. Não me sinto bem desde que deixei Beck na academia. Talvez seja culpa por tê-lo ajudado a fazer a sua coisa do TOC.

Ligo o rádio e sintonizo no noticiário local apenas por precaução. Algo sobre um incêndio. *Merda*. Ligo o carro e Lisha estende a mão para mudar o rádio para alguma estação de rock adolescente, mas limpo a garganta para detê-la.

— Isso é meio perto de onde eles moram — digo. — Esse fogo que estão falando. Podemos ouvir por um segundo? — Sinto um medo na minha voz, mas espero que ela não tenha percebido, e decido dirigir o mais rápido possível, o que agora é a 53 quilômetros por hora, porque provavelmente há gelo nas estradas por causa do frio que fez pela manhã.

— Eu meio que, tipo, esbarrei nele e na esposa. Só acho que são... legais. Eles se consultam com a Dra. Pat. Na verdade não os *conheço*. — O carro fica mais lento enquanto falo; fazer as duas coisas ao mesmo tempo parece perigoso.

— Ai, meu Deus, ele é tipo um cara sexy e misterioso! Intrigante. E casado? Ela é gata também? Eles estão fazendo, tipo, terapia de casal? Sobre o que vocês conversam? Isso é um pouco proibido, não? Está fazendo algo proibido? — E sei que ela está tentando soar crítica ou pelo menos preocupada, mas não consegue. Parece estar cem por cento feliz.

A notícia sobre o incêndio acabou sem muitos detalhes, então tento me esforçar para conseguir um pouco mais de velocidade. Apenas por precaução. Lisha muda o rádio para a estação de indie rock e tira as botas para dobrar os joelhos até o peito e ficar mais confortável no banco apertado. É a melhor parte da amizade: a familiaridade, os pequenos pedaços de rotina que significam que está tudo bem. Lisha pega uma barrinha de cereais e quebra um pedaço para mim.

De alguma forma, minhas mãos não desgrudam do volante. Quero simplesmente pegá-la de sua mão, mas meu cérebro está dizendo a minhas mãos para ficarem ali.

— Gelo na estrada — explico —, preciso das duas mãos.
— Abro a boca e ela me deixa prender a barra entre os dentes, como se fosse a coisa mais normal do mundo. — De qualquer forma, mal o conheço. Vamos dizer que estou intrigada — digo, mas Lisha já está tendo um ataque de risos planejando meu caso de amor tórrido com Austin.

— Ah, meu Deus, isso é *péssimo*. — Ela cobre a boca com as mãos.

— Ele parece um astro do rock. Carismático. Mas frágil. A esposa, também.

Eu não digo: *Tenho bastante certeza de que se não for ver como eles estão, no mínimo algumas vezes por semana, algo terrível pode acontecer.* Eu não digo: *Se a Dra. Pat soubesse disso, ficaria ainda mais convencida de que tenho TOC.*

— Ai, meu Deus, eles estão se divorciando? E então você vai dar em cima dele? — Lisha levanta as pernas para o painel. — Pode acelerar, por favor? Isso é tortura.

— Pra ser sincera, ele nem sabe quem eu sou.

— Você é stalker dele? Não estou julgando, mas perseguição é delito. Ou crime. Alguma coisa. E sinto muito, você meio tem uma história com...

Não deixo Lisha terminar a frase.

— Lisha — interrompo, com o que pretendo que soe como um corte, mas sai mais parecido com uma súplica.

É engraçado alguém saber tanto sobre mim. Engraçado e irritante. Mas ela aperta meu ombro, fecha os lábios, respira fundo e faz o máximo que pode para mudar de assunto.

— Então. O que sabe sobre a mulher? É bonita? Quer que eu dirija, Bea? Isso está me matando. Vai demorar, tipo, duas horas para chegarmos lá nesse ritmo. O tempo não está tão ruim assim. — É como se ela salvasse toda a energia e todas as perguntas e todo o entusiasmo pela vida apenas para nosso tempo juntas. Estava acumulando toda essa energia e uma hora começou a extravasar tudo.

— Está tudo bem. Não estou perseguindo ninguém. Só estou indo com você esta única vez e então vou parar.

Lisha faz que sim com a cabeça.

— Ei, ouviu que dizer o Sr. Venner está sendo convidado a se retirar? Tipo, sendo demitido — explica, enchendo o ar com fofocas sobre nosso professor de latim que normalmente seria mais do que suficiente para manter minha mente ocupada. — E fica ainda melhor, porque acho que o Sr. Venner está envolvido com uma ex-aluna.

Quero tanto estar num estado em que essa conversa importa. Tento fazer minha mente focar nesse fato. Se puder apenas me preocupar com essa fofoca, serei novamente uma garota normal. Está quase funcionando. Estou prestes a perguntar a Lisha quem foi que descobriu aquilo e, o que a escola vai dizer e se conhecemos ou não a aluna, mas minha mente se distrai, justo quando estou começando a relaxar. Mais ou menos como se meu cérebro não suportasse ficar calmo.

Parece um grande raio de desenho animado fazendo *craque*.

— Viu o cachorro lá atrás? O labrador preto? — pergunto, interrompendo Lisha e meus próprios pensamentos e destruindo totalmente o pequeno momento de normalidade que quase tive nas mãos. Estou tentando olhar pelo espelho retrovisor, mas isso é difícil quando também se está tentando manter os olhos na estrada.

— Vi. Tão fofo — responde Lisha. — De qualquer forma, supostamente o Sr. Venner começou a tentar namorar com ela *assim* que ela se formou, mas não sabia que sua mãe estava na comissão da escola. — Ela se interrompe para aumentar o volume numa música do Journey que gostamos de cantar junto.

— Não, mas eu bati nele? — pergunto, e diminuo o volume de novo. Então mudo a estação de volta ao noticiário. Chega.

— Hum, não? — responde Lisha.

— Mas você viu com certeza?

Posso perceber pela expressão em seu rosto — boca torta, olhos semicerrado, nariz franzido — que estou sendo estranha.

— Bea, você saberia se tivesse *batido em um cachorro*. Está doidona? — Lisha tenta uma risada e cutuca meu ombro. Eu me contraio.

— Cuidado! Estou dirigindo!

— Ei, tudo bem — diz Lisha. Ela cruza os braços e se encolhe um pouco no banco. Lisha não é um bom saco de pancadas. Não gosta quando explodo com minha mãe, muito menos com ela.

— Eu só... sinto que perdi o controle do carro por um segundo lá atrás. Não estou dirigindo muito bem no momento. — Tento dizer isso como se não fosse grande coisa.

— A terapia de grupo foi ruim? Talvez esteja apenas chateada por isso ou algo assim? Encoste, eu dirijo — insiste Lisha. Suas mãos se contraem, como se fosse me tocar, mas ela reconsidera.

— Sim, não, me deixa voltar, ter certeza de que não fiz, hum, nada de errado — digo.

Lisha inspira fundo, mas não expira. Estou definitivamente a enlouquecendo.

Eu viro e dou a volta pela vizinhança, a quinze quilômetros por hora, janelas abertas para que eu tenha uma visão melhor.

— Talvez devêssemos voltar para casa? Pedir comida tailandesa ou algo assim... — sugere Lisha. Ela morde o lábio e arrepia-se com o ar frio de fora que entra rápido para dentro do carro.

— Não! — discordo alto demais. — Quero dizer, não, quero te mostrar esse lugar. Mas sim, pode dirigir. Assim é melhor, acho. Estou tensa ou algo do tipo. Acho que uma hora numa sala com esses malucos me deixou um pouco irritada. — Encosto e tento acreditar em mim mesma.

— Tudo bem. Vamos lá. — Lisha suspira, de forma intensa e sonolenta. Um som que nunca ouvi vindo dela antes. Saímos do carro. Lisha ocupa o banco do motorista, e me enfio no banco de trás.

— O que você está fazendo? — pergunta Lisha. Há um resmungo na pergunta, e sinto meu rosto corar imediatamente.

— Estou ansiosa. Talvez tenha me esquecido de tomar o antidepressivo ou algo assim. Preciso deitar no banco de trás, OK? — Não há nenhuma maneira, nenhum modo possível de fazer isso parecer normal, mas sou uma garota determinada então estou dando o meu melhor.

— Cara, eu não sou sua motorista.

— Serei bem menos irritante daqui de trás, juro por Deus — digo, e ela balança a cabeça, mas com menos desgosto do que no lancinante suspiro anterior. Verifico para me assegurar de que o cinto de segurança está bom. Então o abro e o coloco novamente, só por precaução. Chegaremos à estrada em cerca de dois minutos, agora que Lisha está no volante.

— Talvez possa apenas, tipo, me contar sobre Beck em vez desse tal de Austin? Considerando que Beck não é, tipo, nem velho nem casado? — sugere ela, quando nós duas nos acalmamos o suficiente para voltar à normalidade.

— Não quero dar azar — respondo, e abro um sorriso grande, bonito, o sorriso que minha mãe me ensinou para que todos saibam que está tudo OK.

Austin não é o primeiro pelo qual fico um pouquinho obcecada. Lisha nunca aprova, mas sempre quer todos os detalhes. Mas ele é diferente, e quero explicar isso a ela. Austin significa mais, é um interesse real. Não é como os astros de cinema para quem costumava enviar cartas, nem como Jeff, sobre quem Lisha arrancava informações do irmão a respeito de coisas como programa de TV favorito (futebol, que não é um programa de TV, aliás), cor favorita (azul), comida favorita (tacos). E Austin não é nada como Kurt, que me deu o livro de poesia e, em seguida, me largou quando percebeu que aberração eu sou. Austin é desgrenhado e parece um professor universitário e tem cicatrizes de batalha e é casado. Totalmente, totalmente casado. Com uma esposa troféu fumante de seios falsos. Não estou tentando ficar com ele ou levá-lo a me perdoar todos os meus defeitos e me amar mesmo assim. Só quero saber tudo sobre ele.

Lisha vai me matar.

Estou guiando-a do banco de trás, e, basicamente, posso fazer isso sem olhar muito pela janela. Só peço para diminuir a velocidade duas vezes, e tudo bem, porque ela ignora completamente as duas vezes, e eu belisco a perna, o que parece ajudar a manter o pânico sob controle.

Lish parece assustada com minha familiaridade com o caminho da casa de Austin.

— O que a Dra. Pat diz sobre tudo isso, afinal? — pergunta.

— Não posso exatamente contar pra ela sobre isso. Austin e Sylvia são seus pacientes. Então, é como um conflito de interesses, ok? Mas ela sabe que não estou fazendo o melhor trabalho dirigindo em geral. — Não menciono os beliscões. Acho que talvez seja a coisa menos estranha que tenho feito nos últimos dias, só que, por alguma razão, me parece pior, como uma grande coisa. Perto demais do hábito de Rudy de cutucar o rosto ou de Jenny e seus puxões de cabelo. Assim, talvez pela primeira vez eu esteja escondendo algo de Lisha, e outra coisa da Dra. Pat, e é melhor eu me lembrar de para quem contei o quê, porque não dizer a verdade é muito mais complicado do que eu teria imaginado.

Ficamos em silêncio por um bom tempo e, quando enfim chegamos, é decepcionante porque Lish não parece achar nada de especial nem o prédio. Para não falar que é enorme, tornando nossa espionagem bastante limitada. Acho que Lisha pensou que estávamos indo para uma casa ou um apartamento ou algum lugar de onde pudéssemos espreitar pelas janelas e ver o que terão para o jantar.

— Como sabe qual é o apartamento? — pergunta Lisha. Ela está franzindo a testa para toda a situação. — Você, tipo, sabe qual janela é a deles ou algo assim? Ou que horas chegam em casa do trabalho? Tipo, o que estou procurando aqui?

— Ainda não tinha pensado nisso — confesso. — Poderia procurar o número do apartamento deles. Quero dizer, se o apartamento der vista para a rua, pelo menos, posso descobrir quando estão em casa e se têm persianas ou cortinas. — Bato meu pé, tentando decidir se devo ou não sair do carro e ver os nomes nas campainhas do lado de fora ou talvez até mesmo perguntar ao porteiro onde Sylvia e Austin moram.

— Vai logo — diz Lisha, finalmente. — Se vamos ficar sentadas aqui, vamos pelo menos saber o que estamos procurando.

Quando realmente se presta atenção na atividade de um prédio de apartamentos, você repara em muitas coisas: luzes acendendo e apagando, sombras movendo-se atrás de janelas, telas de TV mudando as cores dos diferentes cômodos da escuridão para a luz, para a escuridão, para azul, para amarelo.

Mas Lisha tem razão: essa impressão geral, esse mapa de atividade, não é mesmo suficiente.

— Pode fazer isso por mim? Não quero que me vejam. Apenas, tipo, fale com o porteiro. Faça alguma coisa. Sabe que não consigo mentir — digo. Mas essa é a questão em Lisha: ela me encoraja a fazer essas coisas, mas na verdade não é de muita ajuda para executá-las. Acho que, se não fosse por mim, seria uma pessoa profundamente entediada; é tão medrosa quando se trata de ação real. Nós nos equilibramos de forma mútua.

A Dra. Pat diz que pensar dessa forma justifica meu mau comportamento, e chame do que quiser, mas Lisha é uma facilitadora e ponto final. A Dra. Pat diz que o modo como Lisha agiu depois do meu rompimento com Kurt foi problemático. Que ela deveria ter falado com alguém sobre meu comportamento. Que Lisha deveria ter ficado preocupada com minha fixação por Kurt e por seu paradeiro. Ainda acho que, você sabe, todo mundo lida com problemas de sua própria maneira. Ser largada foi uma droga, e Lisha estava apenas tentando tornar aquilo menos pior.

Eu não sei. Meio gostaria que Lisha saltasse do carro e conversasse com o porteiro e fosse uma espiã ou uma stalker, ou mesmo que me dissesse para parar e agisse como uma pseudomãe ou simples estraga-prazeres.

Ela balança a cabeça, dizendo que não. Seus olhos estão brilhando de curiosidade, mas a cabeça só continua balançando, não, não.

Até:

— Ai, meu Deus, lá está ela — falo. A emoção de ver Sylvia sair para fumar um cigarro é imediatamente abrandada pela decepção por não ser Austin.

— Essa é a mulher? — pergunta Lisha.

A aparência do vestido decotado de Sylvia, dos montes de cabelo e das botas até a coxa é suficiente para fazer nós duas calarmos a boca por um bom tempo.

*Graças a Deus*, penso, como se, caso ela não tivesse aparecido, o mundo pudesse ter acabado.

*Ai, Deus, onde está Austin?,* penso em seguida.

Lisha não nota qualquer mudança em mim, porque se tem uma coisa que ela gosta é de uma beleza trágica. Confirmo com a cabeça que é ela, e mexo as sobrancelhas, e em seguida estamos rindo e conversando sobre o estilo sexy de Sylvia e sua forma de soprar fumaça em longas tiras. Ela é uma história de tabloide, uma socialite que deu errado, bem na frente de nossos olhos.

— Ela é de verdade? — comenta Lisha, tomando um fôlego enorme. — Acha que é modelo da *Playboy*? Ou, tipo, ex-stripper? Ou do Texas? — Seus olhos estão iluminados pelas oportunidades e pela afirmação de todas as coisas que nos esperam quando sairmos da Greenough Girl's Academy.

— Não sei muito sobre o passado da Sylvia. Mas ela teve um caso e colocou silicone para impressionar o marido. Ah! E na última sessão eles discutiram sobre o desemprego dela. Acho que está vivendo do fundo deixado pelo pai racista que morreu. É complicado.

Lisha fica impressionada. Chega a desviar o olhar da sensação esfumaçada que é Sylvia e fixa o olhar em mim.

— Isso é legal? Você saber de tudo isso?

— Não é culpa minha o fato da Dra. Pat não ter colocado um isolamento acústico no consultório.

Lisha está dividida entre julgamento e fascinação. O que eu disser nos próximos minutos vai empurrá-la para um lado ou outro. A antiga Bea lhe contaria cada pequena coisa que já escreveu sobre Austin e Sylvia. A antiga Bea ressaltaria como eu absolutamente *tinha* que conhecer Austin. Mas a nova Bea leva de forma furtiva uma das mãos à coxa e belisca até a vontade de dizer a verdade parar.

Furtiva e sutil no banco de trás, pego o caderno cor-de-rosa de estrela e escrevo tudo o que Sylvia está usando. Conto quantas tragadas ela dá por minuto. Tenho certeza de que se puder entender esses detalhes, compreenderei tudo.

— Ela é como um personagem de filme, não é? — comento. Olho para Lisha com a esperança de que não esteja neste naufrágio sozinha.

— Meio inebriante, sim — admite Lish.

— Sim! Inebriante! Exatamente. — Agarro o braço de Lisha.

Meu coração vibra de amor por minha melhor amiga. Estou bem. Até Lisha está fascinada. Prova de que nem sequer preciso de terapia de grupo. Digo isso a Lish, porque é grande demais para não contar. Sylvia apaga o primeiro cigarro e acende outro. Torce o cabelo em um coque bagunçado na nuca. Sem espelho, mas fica perfeito de qualquer maneira.

— Terapia de grupo não é a pior coisa do mundo, certo? Quero dizer, talvez acabe gostando. — Ela escolhe as palavras com cuidado. Seus olhos ainda estão fixos em Sylvia, mas sei que meu olhar é mais atento, meu interesse, menos casual.

— Você também acha que sou louca.

— Será que eu entraria em um carro com uma pessoa louca? — brinca Lisha, mas meu peito se esvazia um pouco mesmo assim. — Olha. Acho que você estaria melhor se saísse com aquele tal de Beck ou se pudesse nos levar de Boston para Lexington em menos de uma hora. Até aí concordo com a Dra. Pat. — Ela disse tudo com um sorriso, mas é aquela linha invisível de qualquer maneira. Talvez eu me divirta mais do que Lisha, mas ela tem a vantagem de estar do lado da sanidade, e eu pareço ter um pé fora da fronteira em Loucaville.

— Ah — respondo, em parte engolindo em seco, em parte sussurrando.

— Ei — diz Lisha, talvez ouvindo o eco de suas palavras e testemunhando a pontada de dor no meu rosto. — Você é a pessoa mais divertida que conheço. Eu te amo até a morte. Você é basicamente a razão pela qual não estou me acabando de tanto tédio. E eu te amo assim. Só acho que deve ser... desgastante. Ser você.

Sylvia desiste de procurar mais um cigarro e entra no prédio.

— Escute, você provavelmente não deveria estar espionando essas pessoas aleatórias, mas não estou a ponto de impedi-la. E *tem* que me contar se for tentar alguma coisa. Quero dizer, se alguma coisa acontecer com Austin você tem que me dizer. — Estico o pescoço para ver se consigo avistar Sylvia indo para o elevador. É uma chance pequena, mas estamos estacionadas perto o suficiente do prédio e acho que talvez dê. Talvez eu veja em que andar ele vai parar. Talvez os números acima do elevador se acendam e sejam visíveis desta distância. E talvez, quando isso acontecer, eu não precise ir adiante.

— Vai ser a primeira a saber — afirmo, mesmo que não seja essa a questão. — Desculpe arrastar você para isso. Sei que acha muito perturbador.

— Ei, gostaria que as coisas importassem para mim tanto quanto importam para você. Você cria a emoção, sabe? Onde só há coisas chatas, você dá um sentido. — Soa como um pensamento que ela tem criado ao longo de anos assistindo a minhas obsessões e, vamos confessar, compulsões. — E ele pode ser sexy, mas gostar de um cara casado é estressante, em especial quando há um cara perfeitamente bonito, da nossa idade, que com certeza gosta de você...

Aperto os olhos até que se transformem em pequenas fendas e acho que vejo os números no elevador pararem no seis. Não apostaria nisso ou coisa assim. Mas simplesmente decido que é verdade. Que eles moram no sexto andar. Que se eu contar as janelas do lado de fora do prédio e se Lisha pudesse apenas relaxar por um segundo para que eu pudesse me concentrar, teria certeza de onde eles moram. Ou quase certeza. Ela fica falando sem parar sobre pessoas que deram depoimentos na Cosmopolitan, ou o que quer que seja, que tiveram casos escabrosos com homens casados. Está fazendo meu coração bater ainda mais forte, então meio dou um tapa em seu braço e lhe peço para ficar quieta por um segundo. Cada centímetro meu está focado na fileira de janelas que fica seis andares acima do pavimento. Estou respirando com dificuldade.

Então vale a pena, porque uma janela se ilumina, na hora certa, no sexto andar. Posso distinguir um abajur com franja na cúpula e um brilho vermelho que deve significar que suas cortinas são de algum tom de cor-de-rosa ou laranja. Ainda melhor: estou certa de que a silhueta alta e magra ao lado do abajur é o próprio Austin.

E então posso respirar. E então posso sentir o coração desacelerando. E então meus dedos param de formigar e começam a parecer dedos outra vez.

Belisco a coxa por cima da calça.
*Lá estão eles. Aqui estou eu.*

— Só estou dizendo que, quando os caras traem, é por um motivo, sabe? Então, precisa saber *qual* é o motivo antes de pular de cabeça. E acho que isso é mesmo muito fácil para você considerando como está a par de todos os seus segredos mais profundos e sombrios. — Lisha está planejando tudo como se fosse um romance ou um filme para a TV realmente suculento. Sorrio para ela. Está escuro e frio e lhe devo um chocolate quente e uma maratona de filmes durante toda a noite. Lisha gosta de filmes ruins, mas posso aguentar algumas horas de comédias românticas adolescentes para agradecê-la pelo alívio que estou sentindo agora.

— Ali — digo, meus olhos detendo-se naquela janela por mais alguns instantes perfeitos.

— Está vendo o que precisava ver? — pergunta Lisha.

— Acho que são eles— digo. — A janela vermelha. Acesa.

— É claro — diz Lisha. — Sabe escolher bem. A maldita janela de luz vermelha. Claro.

Sempre sorrio quando Lisha xinga. E ela ri também, e posso ser uma problemática, mas ainda não perdi tudo.

## ♡ 8.

O PRIMEIRO ENCONTRO NÃO É UM ENCONTRO.
    Vou esclarecer: acho que não é um encontro, então visto jeans e um colar hippie dos anos 1970 da minha mãe e um suéter de estampa de losango que encontrei no Exército da Salvação perto da escola.
    O Exército da Salvação perto da escola é o lugar onde todos os meus colegas mauricinhos doam suas roupas arrumadinhas. Então pego seus restos e os uso nos finais de semana. Minha mãe diz que é "feio" usar roupas descartadas dos meus colegas da escola. Que respeita meu espírito, mas que não posso levá-lo tão longe.
    Eu leio um blog de uma figurinista de verdade, que vive em Nova York. Ela diz que, quando está trabalhando em projetos de baixo orçamento, o primeiro lugar aonde vai é o Exército da Salvação, porque nunca se sabe o que vai encontrar lá. Quando li esse post, surtei, porque sou, tipo, cliente número um deles desde os 12 anos, tentando impressionar Jeff com minhas roupas não Gap, não Abercrombie. Acho que afirmei meu ponto de vista, mas também me apaixonei pelas pilhas de roupas, pelos tesouros inesperados, pelas horas perdidas naquela loja. Não é que eu já seja uma figurinista de verdade, obviamente, mas vamos dizer que eu preciso parecer alguém que adore viver ao ar livre ou uma prostituta

ou um benfeitor de fato conservador para uma entrevista de faculdade ou algo assim. É aí que o Exército da Salvação é genial. Posso me transformar com bastante precisão por uns 15 dólares.

Além disso, fico bem naquelas roupas usadas. Sei como pegar um monte de coisas que outras pessoas acham feias e torná-las bonitas. Ou, pelo menos, interessantes.

— Quem é o garoto? — Minha mãe pergunta antes de Beck chegar. Só agora ocorreu a ela se preocupar.

— Beck.

— E o que os pais dele fazem?

Dou uma risada com essa pergunta, porque é tão claramente uma imitação, tipo, de uma família dos anos 1950 nada parecida com a nossa. Quando minha mãe acha que não está sendo boa mãe o suficiente, usa um desses clichês antigos e dá tapinhas nas próprias costas por agir como se fôssemos uma família real.

A Dra. Pat diz que esse tipo de maternidade negligente é o que faz eu me sentir instável. Não que meus pais tenham causado meus problemas, mas também não ajudaram muito. Segundo ela, estou "procurando estabilidade" ou "compensando a falta de controle".

Beck me mandou uma mensagem pelo Facebook depois da sessão de sábado passado e disse que estava me devendo uma pela carona que lhe dei até a academia, e que poderíamos almoçar antes de nossa sessão de sábado à tarde. Evitamos fazer contato visual durante o grupo na terça-feira à tarde, mas ele confirmou o nosso almoço pelo Facebook na noite passada. E quando ele aparece, está usando uma camisa de gola e gravata e calças que foram extremamente bem passadas. Está tudo um pouquinho apertado nele.

— Suas calças não cabem — digo. E logo em seguida percebo que sou uma idiota. — Nem a sua camisa. — Eu juro, se conseguisse me controlar e não dizer essas coisas, eu o faria. Mas se não disser as coisas que surgem na minha cabeça, elas poderiam comer minhas entranhas ou eu seria condenada ao inferno por desonestidade, então não posso mesmo correr o risco.

Sei que soa como se eu fosse realmente religiosa ou uma puritana ou apenas estivesse dando desculpas convenientes por ser uma babaca. Juro que não sou nada dessas coisas. Só vou à igreja quando meus pais me obrigam, no Natal. Não sou virgem. Falo palavrão (às vezes mais que um marinheiro). E prefiro ser uma babaca do que uma aberração. Simplesmente odeio o fato de como mentir resseca minha boca e faz minha cabeça doer de ansiedade.

— Meus pais não me compram mais roupas novas, porque não concordam com o fato de eu estar ficando mais forte — justifica-se Beck, o olhar alternando entre mim e minha mãe. Acho que ele não consegue decidir com quem é mais constrangedor fazer contato visual. — É, tipo, a punição mais idiota da história.

Minha mãe está estremecendo com toda a conversa, ela não é tão boa nos momentos difíceis. Está sempre me dizendo que era uma grande mãe quando eu era pequena, e que será ótima quando eu tiver mais de 18 anos, mas que sabe que está sendo péssima na adolescência. As questões dessa fase a deixam muito desconfortável: silêncios constrangedores, aparelhos feios e espinhas dolorosas.

E meu palpite é que toda essa coisa de TOC não a deixa menos desconfortável perto de mim. Mas ela vai se esforçar, mesmo que isso a mate. Não conversamos sobre o novo diagnóstico, mas ela deu um monte de sorrisos calorosos de apoio na minha direção, então isso diz tudo.

— Você está muito bonito. Beck, não é? — Minha mãe enfim interrompe. Em seguida, se aproxima para um aperto de mão.

Fica claro no rosto de Beck que ele está fazendo um cálculo mental, mais uma vez, do que será menos constrangedor: recusar um aperto de mão ou fazer sua coisa estranha de apertar a mão e, em seguida, correr para o banheiro para lavá-las. Para sorte dele, minha mãe puxa sua mão para trás e a enfia no bolso de seu suéter feio como se não fosse grande coisa. Claramente, ela leu os panfletos sobre TOC e já conhece o negócio. Ela dá de ombros. Beck retribui, com o mesmo gesto, imitando-a.

— Divirtam-se — diz ela, quando nenhum de nós parece estar prestes a sair de nossos lugares no corredor. Beck coloca luvas antes de abrir a porta para mim. Eu me pergunto se ele as usa no verão também.

Não preciso nem dizer como o carro de Beck é superinsanamente-limpo. Há desinfetante para as mãos no porta-luvas. Ele me informa sobre isso não uma, nem duas, mas oito vezes. Seguidas. Passamos o resto do curto passeio de carro num silêncio perturbador.

— Este lugar está bom? — pergunta Beck.

Estamos estacionando num restaurante italiano de toalhas brancas nas mesas e tudo o que estou pensando é: *Deus, isso é realmente um encontro.*

— Acho que estou malvestida — confesso.

Eu poderia ter dito algo bem menos educado. Estou tremendo um pouco tentando segurar um comentário sobre como este lugar tenta ser romântico, como o tipo de lugar ao qual divorciados de meia-idade vão para encontrar pretendentes que conheceram na internet. Mas continuo beliscando a coxa porque a Dra. Pat diz que se puder resistir a dizer coisas rudes por um curto tempo, então a ansiedade diminuirá por conta própria. Vale a pena tentar.

Meus esforços para ter uma conversa calma e normal não duram muito tempo. Assim que de fato entramos no lugar chique, Beck fica tão quieto que posso ouvir cada pensamento na minha cabeça, e todos estão me dizendo para disparar um monte de palavras e opiniões e pensamentos aleatórios. Sem falar que quando sentamos tenho tempo demais sozinha beliscando pão e bebendo água. Beck passa um tempo extralongo no banheiro antes mesmo de anotarem nosso pedido. Certamente nos atrasaremos para a terapia em grupo hoje.

— Você tem uma coisa com lavar as mãos, não é? — comento. Penso que, pelo menos, temos nossas loucuras em comum. Posso não ser adepta da coisa de lavar as mãos, bater os dedos e contagens meticulosas, mas os princípios são os mesmos.

— É. Normalmente as pessoas fingem não perceber — diz Beck.

— Ah. Sim. Sinto muito. Eu faço isso. Digo toda a merda que não deveria dizer.

— Não, não, quero dizer, isso é legal. Nunca me perguntaram. — Então, ele dá de ombros, porque talvez goste da ideia de eu ter perguntado sobre suas obsessões, mas na realidade não parece saber o que fazer depois disso.

Está me matando: ele se arrumou tanto para o nosso almoço e está pedindo todo tipo de massa extravagante, mas, fora isso, fica profundamente quieto. Fico preocupada com a possibilidade de ter sujeira debaixo de minhas unhas e me pergunto se alguma coisa em mim passaria em seu teste de limpeza e exercícios físicos. Suas unhas são perfeitamente uniformes em tamanho e formato, e posso sentir daqui o cheiro de sabão e detergente vindo de sua pele. É aquele cheiro que não é um cheiro: fresco, suave e leve.

Enquanto isso, estou cem por cento certa de que estou suando, e lavei o cabelo ontem à noite em vez de hoje de manhã, então também tem isso. Estou com tanto calor com o meu suéter que faria qualquer coisa para tirá-lo, mas o que está por baixo é uma camisetinha rosa-claro listrada, ainda mais casual de uma forma embaraçosa e, com certeza, a essa altura, já úmida de suor, portanto não é uma opção. No fundo, não estou me *divertindo*, mas meu coração está palpitando só de olhar para os olhos tristes de Beck e seus músculos enormes. Quero que isso dê certo. Apenas isso.

— Você toma remédios? — pergunto.

Se ele é novo na terapia e ansiedade e outras coisas, provavelmente ainda não toma nada, mas o pensamento surge em meu cérebro, então é o bastante. Beck faz que não com a cabeça. Não sou tão socialmente inepta, então posso notar que não é sobre isso que ele quer falar no nosso "encontro". Mas Beck não diz muito, e minha mente está coçando por dentro. *Fale de outra coisa!*, grito na minha cabeça.

— Minha mãe curte aquelas coisas veganas e new age — diz —, então não concordaria com isso. — Há um sorriso se formando. Como se seu rosto estivesse me dizendo que não há problema em dizer o que me vem à cabeça, mesmo que suas palavras não consigam refletir isso. Ele só é tímido o suficiente para se sentir seguro, mas, mesmo que não fosse, eu iria em frente.

— Tomo Zoloft há séculos. Mas posso ver a Dra. Pat se coçando para me dar ainda mais coisas. Cuidado. Ela gosta disso. Comecei o Zoloft quando tinha 14 anos. Na verdade, nem sei se isso é legal. E é incrível, às vezes, mas não sei se funciona do jeito que ela quer. — Normalmente eu não falaria sobre coisas como medicação com meninos de quem estou a fim, mas Beck concorda junto com minhas palavras e franze as sobrancelhas e, debaixo de todo o nervosismo de um primeiro encontro, há conforto e intimidade. Se fôssemos pessoas diferentes, gostaria de pensar que ele colocaria meu cabelo atrás da minha orelha ou beijaria minha testa ou algo assim. O momento é tenso. Acho que eu deveria parar de falar agora, esta é a parte da conversa onde perco as pessoas, mas Beck está esperando eu continuar. Ele não está bebendo água nem brincando com o guardanapo nem batendo na mesa repetidas vezes.

— Continue — pede ele, enfim. Não está fazendo perguntas e nem mesmo tendo uma conversa comigo, mas não tenho certeza de que isso importa agora. — Parece que tem mais a dizer.

Ele está certo, mas isso não ameniza o choque. E é aí que percebo *por que* tenho um princípio de sentimento por ele. Beck não é o Sr. Personalidade, isso é certo. E é bonito, mas não lindo de morrer nem nada. Mas tão nervoso quanto ele é, não tem medo de mim. Não sou a pessoa mais estranha que ele já conheceu. Sou... OK.

Respiro e continuo, tagarelando. Teria continuado de qualquer maneira. A coisa borbulhando na minha garganta é demais para engolir ou ocultar com uma beliscada na coxa ou um vislumbre dos olhos de Beck. Minha mente pensou na coisa mais constrangedora que poderia dizer sobre Zoloft agora e se eu não repetir em voz alta, cairei aos pedaços ou o mundo cairá. Luto contra o impulso de dizer aquilo por mais um segundo, mas Beck está inclinado para a frente e não posso arriscar as consequências de não dizer as coisas que estão tentando sair.

Ele pediu.

— Tenho suores noturnos da medicação. Estou falando de uma forma muito extrema. Acordo na merda de um lago do meu próprio suor. Tipo, tão ruim que sequer me dou conta de que veio de *mim* até se passarem alguns minutos. Às vezes acontece durante o dia. Atrás do meu pescoço. Simplesmente fico encharcada, por toda parte. Ensopa minhas camisas. Então. É isso.

Posso estar me sentindo humilhada, mas dizer aquilo fez minha ansiedade diminuir. O pânico foi debelado. Mas é claro que a invencível força da ansiedade é logo substituída pelo horror do que acabo de dizer. Beck está tão vermelho que deve ter ficado com febre só com aquele rubor. Está sorrindo sob o fogo vermelho da vergonha.

Mas eu também estou.

Seu sorriso se transforma em algo realmente grande, uma coisa torta e sem jeito que não tinha visto ainda, e aquilo se acende dentro de mim. Balanço a cabeça para mim mesma e solto um pouco do fôlego que também serve como uma risada, e acho que sinto um pequeno rastro de suor descendo pela espinha. Beck passa um dedo ao longo da minha mão, que deixei na mesa. Sei que tocar em alguém é meio grande coisa para ele, porque, antes de fazer isso, ele inspira fundo e irregularmente e tamborila com o dedo na mesa muito rápido. Desta vez, eu conto. Ele faz isso oito vezes. Em seguida, coloca a outra mão em cima da mesa e tamborila os dedos. De novo, oito vezes. Anotado.

— Obrigada — digo. Não sei ao certo o que estou agradecendo. Por me ouvir? Não ir embora correndo depois de eu ter proferido a frase "suores noturnos"? Me tocar? Estar aqui, no fim das contas? Beck começa a tirar a mão. Há alguma coisa em chamar a atenção para as coisas boas que as pessoas fazem que as deixa desconfortáveis.

Então o momento acaba e isso é meio legal também. A ideia de que o mundo não para depois de contar a um cara bonito sobre o seu grande problema de transpiração.

Há um silêncio no restaurante; é o tipo de lugar cheio de controle de volume não verbalizado e falta de outros adolescentes, mesmo na hora do almoço. Tem guardanapos de tecido e pequenas velas brancas que apagam e são de imediato reacendidas e vários garfos e taças cheias de água gelada. Os menus têm capa de couro e não é minha imaginação estarmos sendo observados com cautela.

— Sua mãe parece legal — diz Beck, olhando para o prato de pão. Ele não começa a comer. Em vez disso, pega lenços umedecidos e limpa as mãos. Eu me esforço para olhar em seus olhos e não nos lenços umedecidos ou no jeito meio humilhante com que está balançando um pouco para a frente e para trás.

— Ela é legal. Trabalha muito.

— Fazendo o quê?

A conversa é tão normal que quase coloco um fim nela completamente. Não gosto de conversa fiada. Mas o resto da minha mente está vazia de emoção e tenho de me esforçar para não dizer algo sobre lenços umedecidos e como são feitos para limpar bumbuns de bebês, e não mãos.

— Na verdade ela trabalha em uma prisão. É guarda. O que é hilário considerando que meu pai é arquiteto e minha mãe é de Minnesota, e como diabos ela acabou aqui trabalhando em uma prisão? Mas. Isso meio resume minha família. — Não sei por que esta informação sempre soa como mentira para mim. Minha mãe é bonita e feminina, mas tem tipo 3 metros de altura e quando fica com raiva seu rosto se contorce como o de um leão. — Ganhou um olho roxo uma vez. — Beck levanta a sobrancelha.

Nossas massas chegam e parecem deliciosas. Pego um garfo, mas as mãos de Beck param sobre os utensílios e noto um pequeno tremor em seus dedos.

— Estão parecendo, eca, sujos ou algo assim? — pergunta.

Eu não tinha nem pensado em reparar no garfo ou na faca, mas agora que todo o foco de Beck de repente está sobre eles, presto atenção também.

— Acho que estão OK... — digo. Mas a sensação que tive na casa de Lisha quando vi a tesoura superafiada volta e minha respiração torna-se um pouco menos disponível. Não completamente difícil, mas um pouco fora de alcance.

Não acho que o garfo e a faca pareçam sujos, mas, Deus, parecem afiados.

Por nenhuma razão aparente este artigo que li no jornal há alguns meses se aloja em algum canto da minha mente e, em seguida, teima em se recusar a ir embora. Uma matéria sobre uma mulher que usou uma faca para causar danos realmente terríveis ao marido. Tinha sido apenas para machucá-lo, ela disse no julgamento, mas ele sangrou até a morte. Ela não era bonita, mas também não tinha nenhum dente faltando ou olhos de serial killer ou qualquer coisa assim. Tenho certeza de que se você a visse na rua não pensaria duas vezes. Tinha cachos castanhos não muito diferentes dos meus num bad hair day. Parecia pequena: ombros estreitos, quase trinta centímetros mais baixa que o marido, se a foto do seu casamento servisse de parâmetro.

Não acho tanto exagero pensar que eu poderia ser capaz de algo terrível também, se alguém tão simples e dócil quanto aquela mulher foi. Baixo os olhos para a faca. Ela definitivamente, *definitivamente*, corresponde ao meu olhar.

Beck está chamando o garçom, e pede talheres de plástico, aqueles embalados individualmente, ele especifica, e antes que tenha a chance de corar ou pedir desculpas, peço o mesmo. O garçom usa uma camisa branca bem-passada e tem um rosto recém-barbeado e um guardanapo dobrado impecável sobre o antebraço. Ele sabe como fingir que não se importa com o pedido.

— Não precisa fazer isso — diz Beck. — Quero dizer, obrigado, mas pode comer com talheres normais.

— Na verdade, prefiro os de plástico também. Essa faca... não é maior que uma normal? Mais afiada? Parece meio... intensa.

— Er, não percebi — diz ele. Por um momento, um silêncio constrangedor nos ameaça, mas, em seguida, Beck começa a rir. E não sei exatamente o que é tão engraçado, mas o riso é contagioso, e começo a gargalhar também. — Quero dizer, eu observo *tudo*, menos a única coisa que a incomoda — confessa, balançando a cabeça para si mesmo. — Não sei por que isso é tão engraçado. Talvez não seja engraçado. Simplesmente não consigo parar. — Uma das suas mãos segura a barriga, e a outra, fico feliz em ver, ainda está sobre a mesa. Sem tamborilar.

É bom rir, e quando nossos utensílios de plástico chegam à mesa, já estamos com bastante apetite. O menino sabe *comer*. Acho que isso é o que malhar várias vezes por dia faz por você.

Armada com o garfo de plástico, e com a faca fora da mesa, estou mais calma, e meus nós no estômago desenrolam-se de modo que abrem espaço para o ravióli de abóbora e vitela ao parmesão e o risoto de cogumelos tão cremoso que beira uma sopa. Ainda me sinto um pouco distraída pelas outras facas brilhantes nas mesas ao redor, à luz das velas, mas se eu focar nos belos braços de Beck ou em seu impressionante olhar azul, é um pouco mais fácil.

— Minha mãe diz para mover o risoto até a borda do prato para esfriar — diz Beck, demonstrando com o garfo. — Ela estudou no exterior, na Itália, quando tinha, tipo, 19 anos, e age como se tivesse crescido lá. — Ele dá de ombros, envergonhado de ter dito tanta coisa sem ter sido perguntado.

— Parece engraçado.

Ele assente e eu também, e talvez se siga um silêncio um pouco longo demais, mas não é o pior tipo de silêncio. Afasto o arroz cremoso para as bordas do prato e, em seguida, o recolho, como Beck faz, com o garfo. Então apenas comemos. Está delicioso, a variedade de comida que ele pediu, e é muito pesado e abundante para deixar muito espaço para conversar. Quando minha mente divaga demais para facas e incertezas da vida, e a noz-moscada que recheia os travesseiros de ravióli não é distração suficiente, belisco a coxa. É uma solução rápida e efêmera, mas serve.

Posso estar errada, mas acho que Beck mastiga cada pedaço oito vezes antes de engolir.

— Tive um treino muito bom hoje — diz ele.

— Ah, é?

— É. Vou fazer outro depois da terapia também. Assim vai ser mesmo um dia bom.

Estou pensando: *Este é o encontro mais estranho da história*, só que não sinto de fato como se fosse. Há algo inegavelmente íntimo sobre como a mesa é pequena, como meu pé continua acertando por acidente sua canela quando cruzo a perna, como ele fica olhando para meu prato para ter certeza de que estou comendo.

Não temos tempo para sobremesa. Já vai ser difícil chegar à terapia de grupo no horário. A conta chega, e Beck paga como se fosse um encontro de verdade, e ocorre-me que realmente nunca estive num desses antes. Os caras que namorei me levaram a festas chatas e ficaram comigo em seus carros. Kurt e eu gostávamos de alugar filmes e nos beijar no sofá ou tomar sorvete, mas ele nunca pagou. É engraçado como agir feito um adulto faz eu me sentir mais criança. É por isso que não me dou ao trabalho de ter roupas de grife ou bolsas de couro ou usar rabos de cavalo baixos e conservadores.

— Sabe, você é muito bonita — diz Beck quando nos levantamos.

Acho que ele vai pegar minha mão ou me beijar, ou algo típico de encontros. E talvez ele até queira, mas não o faz. Dou um sorriso com o elogio, mas apenas por um instante, porque a alegria que borbulha do momento tão doce é demais e, antes que tenha a chance de realmente influenciar meu humor ou meu coração ou qualquer coisa, penso em Austin.

*Eu me apaixonei primeiro por causa da sua beleza*, Austin disse a Sylvia algumas sessões atrás. Isso a fez parar de chorar. A Dra. Pat chamou de "bom trabalho" e os dispensou.

— Espera aí, ok? — pede Beck. — Sinto muito. — Ele levanta um dos dedos, dizendo-me para esperar por ele.

Fico ali observando-o levantar as cadeiras na nossa mesa e da mesa vazia ao nosso lado cerca de um centímetro acima do chão oito vezes cada. Faz isso com o menor movimento humanamente possível. Ele tenta parecer casual, como se estivesse apenas ajustando a cadeira, mas o movimento é exato e inconfundível e as pessoas estão tentando não reparar, mas estão olhando mesmo assim. O calor do seu rosto é tão forte, tão vermelho, que imagino poder senti-lo fisicamente.

Quando Beck se volta para mim, está envergonhado, mas relaxado, como se pudesse respirar de novo, mesmo que desejasse que ninguém o tivesse visto fazendo aquilo.

— Sinto muito — repete, como se o pedido de desculpas anterior não fosse suficiente.

— Vamos deixar de estar num encontro e vamos apenas, tipo, ficar juntos — digo. Lisha me advertiu sobre dizer esse tipo de coisa, que é uma prova do quanto ela me conhece, mas se Beck terá todo o trabalho de usar gravata e elogiar minha aparência horrivelmente malvestida, pelo menos serei eu mesma.

Já passamos do ponto de ser formais de qualquer maneira, e se ele foi corajoso o suficiente para fazer o levantamento de cadeiras e compulsões em oito vezes na minha frente e não se desintegrou por completo, quero que saiba quem sou também. Não sou uma menina quieta que mantém a boca fechada. Não sou uma garota sequer capaz de imitar esse tipo de garota. Ele merece me conhecer, se vou conhecê-lo.

Suponho que isso tudo deva estar claro para ele, porque a lógica está perfeitamente definida na minha cabeça, mas há um ar de preocupação em seu rosto, um reverso rápido daquele sorriso sem jeito, e sei que dei um passo longo demais. E nunca sei onde estou até que tenha cruzado aquela fronteira. Nunca prevejo. Nunca percebo que está se aproximando.

Em geral levo um minuto para entender o que foi que eu disse que deixou alguém chateado, então reviso as últimas partes da conversa na mente até ter uma das miniepifanias, que ocorrem cerca de um milhão de vezes por dia.

— Ai, meu Deus! — exclamo para o cara que costumava ser Beck. — Não, não, nós estamos num encontro, eu quis dizer, não vamos ser formais. Ou não vamos estar num encontro com um E maiúsculo. Tipo, você parece nervoso. E eu não estava preparada de verdade para um superformal... Sou um desastre e só quero dizer que devemos relaxar e...

A Dra. Pat chamaria isso de autossabotagem.

— É a gravata? — pergunta Beck. Seu rosto relaxou para alguma coisa doce de novo, mas ele ainda exibe o rubor de vergonha no rosto. — Posso tirar a gravata. Minha mãe me fez...

Ele começa a desatá-la antes que eu possa dizer qualquer palavra, mas acho que de certa forma é mesmo a gravata que está me incomodando, então deixo ele tirá-la do pescoço. Está tão abotoado e limpo que espero que o processo seja deliberado e controlado. Mas a gravata está toda desajeitada em suas mãos, ele está fazendo um nó ao invés de desfazer, e está tão perturbado que aquilo o sufoca. Eu meio rio, mas tento me manter sob controle: há algo primordial em Beck que eu não tinha compreendido quando nos conhecemos. Ele está pronto para desmoronar a qualquer momento.

Quando enfim consegue tirar a gravata, Beck a enrola na menor e mais bem-feita bola que já vi e a enfia no bolso. Então, indica a porta com a cabeça, porque precisamos mesmo chegar ao grupo.

— Realmente não sei o que estou fazendo — confessa Beck num murmúrio que parte meu coração.

Será que os momentos doces e perfeitamente desconfortáveis do início da tarde ainda existem depois que estraguei tudo? Ou será que desapareceram? Não posso ter certeza. Só sei que por alguns minutos havia algo inconfundivelmente romântico, mesmo que apenas para pessoas como eu e Beck.

Ele não me beija ou coisa assim, mas sinto como se talvez estivesse pensando nisso, porque, quando entramos no carro, ele não para de tamborilar o dedo no volante em pequenas séries de oito.

Olho para uma foto que tirei do prédio de Austin no celular e meio me odeio. Escrevo "Austin, Boston, MA" no Google pelo celular, esperando que de forma mágica apareça mais informações sobre ele, mas sem seu sobrenome é inútil. Peço a Beck para sintonizar na estação de notícias do rádio, e presto atenção para os nomes Austin e Sylvia ou menções de suas ruas transversais, apenas por precaução. Quando Beck me olha para sorrir, oculto a tela do meu telefone e admito para mim mesma que não mereço um encontro tão legal.

Acho que estou prestes a me apaixonar por Beck, e isso está me deixando mais louca do que já sou. Sei tenho certeza de duas coisas: gosto de Beck e, provavelmente por causa disso, estragarei tudo de algum jeito horroroso.

E é assim que começa.

# ♡ 9.

A DRA. PAT ME PEDE PARA FICAR DEPOIS DA SESSÃO EM grupo, como se eu tivesse 9 anos e tivesse sido pega passando bilhetinhos ou cuspindo bolinhas de papel, ou o que quer que seja que as crianças desobedientes andem fazendo estes dias. Se Beck fosse um cara normal, talvez me desse um abraço após a sessão ou mesmo apenas uma cutucada nas minhas costelas e me provocasse por eu ter me metido em confusão com nossa terapeuta. Mas, em vez disso, seu rosto fica triste e ele acena e vai ao banheiro, provavelmente para uma boa e completa lavagem de mãos.

Faz mesmo só uma hora que estávamos em meio ao constrangimento espetacular de um primeiro encontro?

Aprendi muito sobre Beck durante a sessão desta tarde porque a Dra. Pat parecia especialmente focada nele. Por exemplo, descobri que lenços umedecidos são algo que ele considera substitutos muito pobres para a real lavagem. E que faria tudo, *tudo*, em séries de oito, se pudesse. Então eu estava certa de contar as tamboriladas na mesa e levantamentos de cadeira. Mas ele não deveria ter me beijado oito vezes, então?

A sala está uma bagunça, empoeirada e superaquecida, e estou morrendo de vontade de sair daqui. Estou *pertinho* de começar a suar na blusa e não apenas na camiseta fina de baixo. Enquanto isso, a Dra. Pat está embrulhada em uma camisa de colarinho e um suéter de cashmere e uma volumosa echarpe violeta-claro que eu usaria como cobertor, de tão confortável que parece. Ela é, provavelmente, o tipo de pessoa que está sempre com a roupa mais adequada para cada ocasião. Se tivesse sido ela num encontro com Beck hoje, tenho certeza de que teria escolhido intuitivamente saltos altos e um vestido chique em vez do visual garota-sem-teto-encontra-hipster-com-TOC que escolhi para a ocasião.

— Você não tem falado muito em grupo — começa a Dra. Pat.

Ao contrário de nossas tranquilas e confortáveis sessões individuais, ela não me deixa tomar a iniciativa de começar. É estranho vê-la falar comigo de forma tão incisiva. Não sei se já me chamou a atenção assim de forma tão deliberada e isso reorganiza totalmente a nossa dinâmica. Cruzo as pernas e bato com meus dedos em cima da coxa, lembrando-me de não ceder e beliscar a pele.

— Não sei se este é o grupo certo para mim — digo enfim, como se estivesse pensando nisso muito a sério e finalmente tivesse chegado a uma conclusão madura e bem pensada.

— Tenho a sensação de que há alguma coisa que não está me dizendo — insiste a Dra. Pat. Sinto falta da velha Dra. Pat, que apenas concordaria e tomaria notas. Ela me olha bem nos olhos e não me deixa interromper o contato visual nem por um momento. Quando tento procurar em outro lugar, ela mergulha o queixo e move a cabeça ao redor, até que eu encontre seu olhar outra vez. — Parece que tem mais acontecendo dentro de você do que está deixando transparecer. Mas este é o lugar para abordar essas preocupações. Ainda temos nossas sessões particulares, uma vez por semana, mas quero que faça grande parte do trabalho em grupo, OK?

Dou de ombros. De jeito nenhum vou me comprometer a fazer isso.

Ela não para.

— Também estou preocupada por não termos falado o suficiente sobre o seu diagnóstico, depois que te dei aqueles panfletos. Fiquei esperando que viesse até mim com algumas questões. Sei que é difícil falar sobre como você realmente se sente em relação ao seu transtorno obsessivo-compulsivo.

Balanço a cabeça. Toda vez que ela falava sobre isso dizia que precisava de mais tempo, mas ela está ficando mais agressiva, e esta é a primeira vez que expõe o fato de forma tão dura.

*Meu* transtorno obsessivo-compulsivo.

— Pode ser honesta comigo — diz. Sua cabeça se move para a frente em um ângulo que me faz lembrar uma tartaruga saindo do casco, e simplesmente sei que não sairei daqui sem dizer alguma coisa.

Não vou falar sobre Austin nem Beck nem sobre o jeito estranho com que estou tentando equilibrar os sentimentos pelos dois. Mas notei algo a mais na sessão do grupo de hoje que entrou em minha hierarquia de pensamentos obsessivos.

— Você acha que poderia pedir a Rudy para não trazer esse chaveiro de canivete suíço para cá? — pergunto. Não é o que ela estava esperando, e entendo isso, mas até que eu mencione o fato não serei capaz de dizer qualquer outra coisa.

— Não tinha percebido que ele tinha um canivete — confessa a Dra. Pat. Vejo pela primeira vez que ela tem um anel de diamante na mão esquerda. Ou sou totalmente distraída ou ela acabou de ficar noiva. Tem um belo brilho, mas não gosto do quanto estou começando a conhecer a Dra. Pat. Acho que gostava mais dela quando ela era apenas móveis e declarações. — Isso te incomoda?

Ela sabe que sim.

— Não parece seguro. E sim, tudo bem, tenho me sentido um pouco incomodada com coisas realmente superafiadas. Quero dizer, as pessoas fazem coisas realmente loucas...

— Pessoas como seus colegas de terapia? — sugere a Dra. Pat. Ela junta as mãos, acidentalmente batendo uma palma bem alto quando elas se unem. É muito estranho.

— Pessoas como eu — admito, revirando os olhos e soltando um enorme suspiro.

— Ah — responde, apesar de já saber a resposta. — Não acho que precise se preocupar com isso. Você não vai fazer mal a ninguém, Bea. — Ela estende a mão para tocar meu braço, e eu me sobressalto, mas deixo que faça isso só para provar que não sou tão estranha quanto esses outros pacientes.

— Sim, sei que provavelmente não vou fazer de verdade, mas acho que é uma distração para todos e, tipo, não é nada seguro ter uma faca ali no meio da sala, certo? E você sabe mesmo o suficiente sobre todos nós para ter certeza absoluta de que não temos essas tendências? Sabe, li um artigo sobre um garoto que teve uns sonhos realmente violentos e o mandaram ignorá-los e, em seguida, ele matou alguém enquanto dormia.

Estava guardando aquela história já fazia um tempo. Não era bem um artigo de jornal, mas li na internet e colei naquele caderno que tinha para a escola, pensando em falar sobre ele na aula de atualidades algum dia, mas nunca o fiz.

Há um verdadeiro alívio em ter reconhecido isso em voz alta. Talvez agora a Dra. Pat vá me internar ou algo assim, então não poderei causar qualquer dano real.

Ela assente e escreve algo.

— Estou feliz por ter abordado isso comigo, Bea. Tenho certeza de que Rudy se sentiria terrível se soubesse que seu chaveiro estava impedindo sua capacidade de participar. Sei que normalmente você é uma pessoa muito aberta e acho que o grupo está perdendo por de repente ficar tão quieta.

— Pensei que meu problema de falar demais fosse uma espécie de compulsão. — comento. — Então, talvez só esteja progredindo, na verdade. — A Dra. Pat faz uma careta e passo as mãos pelo cabelo, exasperada, e, em seguida, as retiro depressa. Pensamentos da cabeça quase careca de Jenny atravessam meu cérebro. — Essas pessoas estão me deixando mais louca — digo a Dra. Pat. Então sou inundada por lágrimas, porque uma vez que relaxo um pouco não consigo mais conter nada dentro de mim.

— Lá vamos nós — comenta a Dra. Pat. — Boa menina. — Ela esfrega minhas costas por um segundo e, em seguida, diz que me verá na nossa próxima sessão.

Isso é o que há de tão estranho na Dra. Pat. E talvez na terapia em geral. Você acha que sabe o que querem de você, mas quando lhes dá isso, eles basicamente minimizam. E você é deixado em uma piscina de suas próprias lágrimas, quando tudo o que queria mesmo era contar sobre seu encontro ou conversar sobre largar a terapia de vez.

Não tenho certeza de que vou encontrar Beck lá fora esperando por mim. É óbvio que não vim dirigindo até aqui hoje, então preciso esperar que minha mãe e meu pai somem dois mais dois e magicamente percebam que vou precisar de uma carona.

Isso é muito improvável. Em seus dias de folga do trabalho na prisão, minha mãe vegeta no sofá com a televisão aos berros e assiste a meninas de silicone competindo por algum cara babaca e musculoso. Meu pai está quase com certeza na garagem trabalhando com madeira, seu mais novo hobby. Ele coloca Rolling Stones nas alturas e canta junto o refrão, enquanto se delicia com todas as suas brilhantes ferramentas.

Já estou tirando o telefone da bolsa para ligar para eles, e planejando uma rápida caminhada até o Dunkin Donuts, enquanto espero alguém atender.

Mas Beck está lá. Parecendo reluzente de tão limpo e andando ao redor do carro.

— Tudo bem. Se vamos fazer isso, precisa me contar mais sobre você mesma. Quero dizer, acabei de contar toda essa baboseira em grupo. Precisa me contar pelo menos uma coisa que você não quer contar. — Ele sorri. Ninguém jamais pediu para saber *mais* sobre mim. Se você diz tudo que vem à sua mente logo de cara, nunca resta mesmo nada para as pessoas terem curiosidade.

Minha boca coça, querendo dizer-lhe tudo. Engulo em seco. Engulo outra vez. Belisco com força.

— Escuto as sessões das pessoas — confesso. — Antes da terapia individual com a Dra. Pat. Escuto o casal que entra antes de mim. Sou meio fascinada por eles. — É verdade, sem ser TOC demais e informação demais. É uma confissão suficiente para temporariamente experimentar um pouco de alívio da esmagadora sensação de que derreterei se não disser o suficiente. É o mínimo do que preciso dizer neste exato segundo.

E Beck não piscou.

## ♡ 10.

— VOU DIZER ISSO COM A MELHOR INTENÇÃO POSSÍ-vel — começa Lisha, antes do segundo tempo na segunda-feira —, mas você meio parece constipada quando faz essa cara.

Eu ficaria chateada, mas sei de que garoto ela está falando. A Dra. Pat também já notou, e é a cara que faço quando não estou "me esforçando profundamente", e sim apenas focando para não ceder às compulsões. Não é um método muito eficaz para não ser louca. E, ao que parece, também me deixa com cara de quem está com prisão de ventre. Dessa forma, uma espécie de método fracassado de lidar com meu TOC.

— Assim é melhor? — pergunto com toda a seriedade, e mudo a expressão para uma que espero que seja mais normal.

— Precisa de um intervalo? — responde Lish, um código para "Não, não está nem um pouco melhor".

Balanço a cabeça, concordando. Um intervalo significa matar aula para ficar na biblioteca, que é exatamente do que preciso. O segundo tempo é de Habilidades do dia a dia mesmo. E rejeito a ideia de que temos que ter aula de economia doméstica quando somos mulheres modernas. Só me inscrevi porque era a coisa mais próxima de uma aula sobre figurinos. A primeira metade do semestre foi OK. Fizemos algumas costuras e contabilidades de um talão de cheques, ambos dos quais pareciam metade úteis e metade antiquados. Mas não sou de reclamar de costura. Costurei um pequeno casaco para o cachorro minúsculo de Lisha e tirei A.

Mas agora Habilidades do dia a dia passou a ser sobre cozinhar, então perdi o interesse.

Vamos para a biblioteca, com suas colunas de mármore falso e poltronas confortáveis e fileiras e fileiras de livros. Alguns de nós às vezes nos encontramos no andar de cima, que tem uma mesa de grupo, grandes janelas e uma política de silêncio mais tranquila. Duas frequentadoras assíduas estão lá, Kim e Lacey, e continuam a conversa aparentemente séria, mas nos entregam uma lata de biscoitos caseiros de chocolate e fazem sinal de que podemos atacar.

Kim e Lacey fizeram Habilidades do dia a dia no primeiro tempo.

Todas as meninas que vêm para o andar superior estão nesse mundo nebuloso entre populares e perdedoras. Não somos de fato um grupo, mas temos algumas piadas internas e sentamos juntas em todas as reuniões da escola. Tenho os números delas no meu celular.

Kim e Lacey costumavam conversar comigo sobre aquele garoto Reggie, aquele sobre o qual falávamos na aula de atualidades, mas em algum momento continuei falando dele e elas pararam de realmente participar das conversas. Kim tentava mudar de assunto e falar sobre o treinador de futebol novo e gato. Eu ficava toda interessada e imitava uma menina que se preocupava com treinadores de futebol gatos, mas não sou uma grande atriz, então tenho certeza de que não convencia.

Além disso, o treinador de futebol não é tão bonito, e as meninas só gostam dele porque gostam de jogadores de futebol em geral. Quando mencionei essa teoria para Kim, ela piscou rápido demais e de repente ficou superinteressada em seu livro de álgebra.

Lish e eu escolhemos livros uma para a outra, é o que sempre fazemos em nossos intervalos. Hoje eu lhe entreguei um livro italiano de receitas e ela me dá uma edição de um mês da revista *New York*, que sabe que é minha favorita. Deve estar se sentir muito mal por mim hoje, então só posso supor que pareço péssima. Nós nos sentamos lado a lado no chão durante o tempo inteiro. Nossas costas estão encostadas nas prateleiras frágeis, e consigo pular o artigo sobre o sistema penitenciário inconstante de Nova York e, em vez disso, arranco algumas fotos do artigo de Street Style: braçadeiras néon, brincos candelabro vintage, calças de linho de cintura alta, jeans verde-escuro.

Uma das modelos lembra Sylvia. Belisco a coxa e prometo a mim mesma que posso passar por sua casa depois da escola. *Não é grande coisa*, diz minha mente. É melhor para todos se eu *simplesmente checar como eles estão.*

— Isso está ajudando? — pergunta Lisha, me pegando no meio do beliscão na coxa.

—Totalmente! — digo, mas meus dentes estão cerrados quando sorrio.

Quando aquele tempo termina, nos despedimos com beijos na bochecha e planos de nos encontrarmos na Pancake House depois. Lisha tem aula de cálculo, e eu tenho uma eletiva de fotografia. Adivinha qual de nós foi aceita em Harvard antes do tempo?

Meu tempo na biblioteca com Lish me relaxou um pouco, e sobrevivo sem incidentes até o fim do dia na escola, mas antes mesmo de chegar ao estacionamento, o toque de mensagem de texto apita no meu celular. É Beck. O pessoal da Smith-Latin deve sair no mesmo horário que nós, da Greenough Girls. *Dingue-dingue*. Beck de novo e de novo. Estou prestes a responder às primeiras mensagens, mas minha mente (incontrolável, porém de alguma forma ridiculamente previsível) começa a pensar em Austin, e se preocupar com o que vou escrever para Beck se transforma depressa em se preocupar com que algo terrível aconteça com Austin. Além disso, prometi a mim mesma que poderia ir vê-los depois da escola, e seria uma péssima ideia quebrar essa promessa. E, uma vez que estou agarrada a esse pensamento, os sons da mensagem de texto de Beck são inconsequentes e simplesmente tenho que *ir*. Tenho que ver Austin.

Meu carro está totalmente abastecido com o jornal de hoje e meu caderno cor-de-rosa com a estrela dourada feia e o fichário da classe de eventos no qual há pouco colei mais alguns artigos. Queria parar de andar com o livro de poemas de Mary Oliver, do Kurt, também, mas não consigo deixá-lo para trás. Nem os poemas, nem as anotações que fiz dentro dele, nem o muito pequeno impulso de parar na sorveteria que sei que ele provavelmente ainda frequenta. Atiro o livro de poesia no banco traseiro. Não sou idiota, já tive problemas suficientes com Kurt.

De qualquer forma, tem uma garrafa térmica pela metade, na maior parte fria, de chá no carro também, e o gloss labial de 40 dólares da minha mãe, e cigarros que comprei ontem à noite, no caso de Sylvia estar lá fora à procura de um.

Penso em tudo e tenho certeza de que se pudesse usar minhas habilidades organizacionais para outra coisa, como kits de sobrevivência em ambientes selvagens ou para preparar as pessoas para uma guerra nuclear, seria milionária. Ou, pelo menos, um ser humano útil de verdade. Mas, atualmente, tenho apenas um carro cheio e um monte de merda em excesso que me faz parecer uma sociopata.

Estou com a boca seca e não quero mesmo dirigir, porque parece o tipo de dia em que eu poderia ficar louca e atropelar alguém por acidente. Então vou a 32 quilômetros por hora e me inclino para me certificar de que não tirarei os olhos da estrada, e endureço cada músculo do meu corpo de modo que não haja chance de relaxar por tempo suficiente para fazer algo estúpido.

Estou quase na rodovia, na qual terei que me forçar a dirigir entre 48 a 74 quilômetros por hora.

Odeio essa parte. Vamos ser sinceros, é uma vala de possibilidades e acidentes perigosos só esperando para acontecer. Essa parte deveria ser ilegal.

Minhas mãos estão tremendo agora, e meu celular ainda está apitando com mensagens, até Beck ter enviado exatamente oito delas. Eu sei porque, em uma parada, vejo que a última diz: *Desculpe tantas mensagens. Depois que mandei duas tive que mandar oito. Para sua sorte, agora terminei.*

Ele pode ser o cara perfeito para mim, mas não posso mandar mensagens e dirigir ao mesmo tempo e até quando tento sorrir com a lembrança dos dedos de Beck pegando os meus em meio a massas ridiculamente caras e olhares desajeitados, eu fracasso. Não consigo nem imaginar seu rosto. Na verdade, não consigo tampouco visualizar a imagem de suas *mãos* na minha cabeça, mas meu retrato mental de Austin vem claro como o dia. Seu cabelo. Sua barba por fazer. Os arranhões em suas botas de caubói. Os cotovelos gastos em seu suéter apertado. Seus olhos gentis e lábios fartos, e irrefutavelmente sexy arrogância.

Quando enfim saio da estrada quase noventa minutos depois, desacelero para 24 quilômetros por hora, mas isso parece quase justificável, considerando que é uma zona escolar. Uma menina de marias-chiquinhas está passeando com um labrador amarelo e estou me movendo tão lentamente que estamos quase no mesmo ritmo. No entanto, isso não me impede de desacelerar ainda mais. Posso ouvir meu coração e nunca tive mais certeza de nada do que agora: estou prestes a atropelá-la. Estou acostumada com o pensamento ocorrendo, mas esta é a primeira vez que sinto como se fosse uma previsão e não um medo. Desacelero ainda mais, até que mal esteja me movendo, mas a certeza do que vou fazer acidentalmente mantém-se reverberando por todo o meu corpo. O fôlego ofegante e a dificuldade para respirar tornam tudo pior. Sei que se estiver distraída pela necessidade de inspirar, estarei ainda *mais* propensa a perder o controle do carro. Tudo isso está passando pela minha cabeça, e quando enfim passo pela menina, ela vira para uma rua lateral.

Eu acho.

Então já não tenho tanta certeza. Ela não aparece no meu espelho retrovisor, nem à frente, e quanto mais penso no assunto, mais tenho certeza, *certeza*, de que realmente a atingi. Então viro e dirijo pelas ruas laterais até encontrá-la. Lá está ela: agora saltitando, deixando seu cão lamber sua mão, pura inocência ignorante e precoce energia de escola primária. Ela está bem. Posso continuar dirigindo.

Mas ela está mesmo bem? Era a mesma menina? Eu não deveria ter certeza?

Toda vez que passo por ela tenho um instante de alívio seguido por uma náusea profunda pelo perigo em que a coloco. E então vem a necessidade de ver como ela está apenas uma última vez.

Até chegar ao prédio de Austin e Sylvia já passa das cinco horas e cruzei tantas ruas e dei tantas voltas que estou enjoada e exausta. Meus olhos doem do esforço de olhar a estrada com muita atenção. Mas tenho sorte, porque o vício em cigarro de Sylvia é mesmo forte e em alguns minutos ela está lá fora fumando. Acho que até chegar aqui, eu não sabia que era isso que ia fazer, mas observando-a e esperando por Austin se juntar a ela ou aparecer na sexta janela do primeiro andar ou entrar com comida chinesa, chega a ser demais para mim. Vim até aqui, demorei tanto tempo, e preciso de mais.

As ruas estão movimentadas. Saio do carro e o ruído é familiar e desorientador depois de tanto tempo dentro dele. Crianças rindo e fazendo birra, idiotas que não usam fones de ouvido e compartilham o que estão ouvindo com todos, carros mudando as marchas, acelerando, diminuindo. Todo o som vem em ondas sobre uma fina camada de neve gelada. Pode-se pensar que as jaquetas acolchoadas e gorros de lã absorveriam alguns dos sons da cidade, mas há tanto barulho no inverno quanto no verão.

Sylvia está com poucas roupas. Sua jaqueta de couro está aberta, uma blusa decotada mostra o silicone perfeito, um chapéu e cachecol talvez a mantenham quente, mas tremo só de olhar seus dedos nus, expostos e praticamente azuis levando o cigarro à boca. Estou me aproximando dela. Não é uma decisão tanto quanto um imperativo, e acabo parando ao seu lado, mesmo sem nem perceber.

— Posso filar um? — pergunto.

Seus lábios são aumentados, mas nem mesmo essa aparência de falsidade obscurece o glamour de sua beleza. A veracidade da mesma. Ela é linda sob qualquer padrão. Suas botas têm pele que acho que poderia ser real, e o tamanho e o brilho de seu anel de diamante refletem em meus olhos com força. Posso sentir o cheiro dela. Posso sentir o calor que emana do corpo dela; posso ver a maneira como suas mãos tremem a caminho da boca.

— Ah, claro, mas isso vai te matar um dia — brinca. Ela soa exatamente como por trás da porta da Dra. Pat: estridente, rouca e opinativa. Tudo em mim está emocionado por estar tão perto dela.

— Tudo bem — digo. Sylvia ri. Não sei se é porque acha que estou brincando também ou se está rindo da forma como todos os adolescentes são cheios de dramas e angústias. Realmente não importa, porque ela me dá um cigarro e o acende e pega outro para si mesma e parece que talvez esteja inclusive com vontade de conversar.

— Gente, como está frio — diz. — Você sabe que é viciada quando chega ao ponto de congelar os dedos só para ter alguma nicotina em seu sistema.

— Tem uma regra de não fumar no seu apartamento? — pergunto.

É tão fácil. Exatamente dessa maneira estou perguntando sobre seu apartamento com Austin. Estou a momentos de ouvi-la dizer o nome dele, de descobrir mais sobre eles, de ter pelo menos um vislumbre rápido de suas vidas.

— Meu marido odeia — explica. E meu coração fica mais lento. E minhas mãos param de tremer, apesar do frio, e minha cabeça clareia, de repente pronta para funcionar em um plano normal. Sylvia cheira a perfume caro e fumaça e algo mais: desodorante masculino. Ela cheira, imagino, como Austin deve cheirar, e eu podia inalá-la. Mas primeiro preciso parecer normal.

— Ah, é? — Trago com força como se amasse fumar, mas estou me esforçando muito para engolir a fumaça sem tossir. Se vou ser mesmo amiga de Sylvia preciso ser uma fumante de verdade. É como religião: para dar certo você tem que estar lá o tempo todo, e não apenas nos feriados.

— Ele odeia um monte de coisas — continua. — Sabe? Algumas pessoas poderiam sobreviver apenas de odiar coisas.

Posso fazer isso. Posso ser a companheira de cigarro de Sylvia. Levanto as sobrancelhas e concordo lentamente com a cabeça, como se estivéssemos compartilhando um segredo.

— Mas ele te deu esse anel? — pergunto.

Pode ser um pouco demais, mas ela não é uma mulher puritana, tímida, cheia de segredos como as mulheres do meu bairro. Ela é outra coisa, e acho que poderia estar no caminho certo.

— Por que acha que o mantenho por perto? — retruca, com uma piscadela, e nós duas rimos e engolimos fumaça quase ao mesmo tempo.

— Vou me lembrar disso para quando encontrar um cara — digo, e Sylvia sorri de novo. — Me chamo Bea, por sinal.

— Sylvia. Você é nova no prédio?

Existe apenas uma resposta, e é a que vai me permitir compartilhar mais cigarros com Sylvia. Apenas uma resposta vai me permitir encontrar Austin com uma frequência regular, sem parecer louca.

— Aham. — A mentira me deixa tonta, mas a promessa de me trazer para mais perto de Austin é tão forte que resisto à vontade de retirá-la. Forço um sorriso e largo o cigarro na calçada. Eu o apago com a ponta arranhada das minhas botas de neve insanamente cor-de-rosa. — Mas estou saindo agora. Está esperando seu marido chegar? — Estou forçando um pouco demais, tentando descobrir quando Austin estará de volta. Mas se não perguntasse acabaria me escondendo atrás de uma árvore a noite toda só para ter certeza, e está frio demais para isso agora.

— Vou ficar sozinha esta noite — conta Sylvia. — Quando tiver a minha idade, vai entender o quanto isso é incrível.

Ela não pode ter mais de dez anos que eu. Lembro-me da última sessão que ouvi. Ela disse a Austin que queria um bebê, mas nunca iria engravidar se ele não pudesse "mantê-lo duro" por mais de cinco minutos. Estou ansiosa para reler minhas anotações.

— Obrigada por me deixar filar um de você — digo, e abro um grande sorriso. O tipo que vem emoldurado por batom vermelho brilhante e é quase uma grande risada. Sylvia dá de ombros e sorri também. Quero dizer alguma outra coisa, mas ela faz isso antes.

— Tenho certeza de que em breve vou vê-la aqui de novo. — Eu balanço a cabeça, concordando, e espero que não tenha parecido ansiosa como um cachorrinho.

Ela precisa entrar no prédio para eu perceber em um instante de mentalidade cristalina e reluzente que acabo de me ferrar regiamente. Agora ela sabe como eu sou e terei que ser supercuidadosa na Dra. Pat para não ser vista por eles.

Porque não chegar lá mais cedo para ouvir suas sessões não é uma opção. Você imaginaria que eu ficaria irritada com a camada extra de complicação que estou adicionando ao meu já ridículo, e provavelmente ilegal, hábito. Mas estou ansiosa para o conjunto de rituais necessários que virão para manter-me escondida na Dra. Pat enquanto também convenço Sylvia de que sou uma fumante inveterada que mora em seu prédio.

Mais regras a seguir. Isso na verdade alivia a ansiedade de ter de deixar o prédio agora.

Gostaria de ir para casa, mas estou empolgada demais para me sentir segura na estrada, então ando algumas ruas até um café e ligo de volta para Beck. Agora que vi Sylvia, posso imaginar o rosto de Beck outra vez. A imagem mental está esclarecida, nítida. Lembro-me do formato de seus olhos. Seus braços. O jeito ridículo de herói de ação com o qual ele anda.

— Oi — digo, quando seu correio de voz atende. — É a Bea. Apenas respondendo seus textos. Que foram totalmente OK, por sinal. Então, sim. Não se preocupe com isso. Mas também, não me ligue de volta imediatamente, porque estarei no carro dirigindo e outras coisas. OK. Mas me liga depois. Quer dizer, mais tarde. OK. Tchau.

Queria não ter deixado mensagem nenhuma, mas a calma de falar com Sylvia dura tempo suficiente para me deixar beber uma enorme caneca de mochaccino em paz e ir para casa em quase razoáveis 55 quilômetros por hora. Acho que, talvez pela primeira vez, consegui toda a minha dose. Que não vou precisar fazer nada disso de novo.

Mas quando chego em casa, corro para o quarto com o caderno para ler sobre a última sessão. Fiz as anotações em tal deslumbramento, como um piloto automático, num estado de zumbi, que nem me lembro do que estava lá dentro. Então abrir o caderno para reler aquilo é quase tão impactante quanto a escuta original.

> *Sylvia: Você deve estar transando em algum lugar.*
> *Austin: Não sou uma máquina. Eu não sou uma máquina de sexo para você.*
> *Sylvia: A maioria dos caras...*
> *Austin: Foi você que foi procurar alguém fora do casamento...*
> *Sylvia: UMA VEZ.*
> *Austin: Ah, tudo bem, só uma vez. Então, pode...*
> *Dra. Pat: Vamos todos fazer um momento de pausa.*
> *Austin: (murmura)*
> *Sylvia: NÃO CONSEGUI TE OUVIR.*

*Austin: (murmura)*
*Sylvia: Viu, este é o tipo de comportamento passivo-agressivo...*
*Austin: Eu disse que você me faz sentir como se eu não significasse nada.*
*Dra. Pat: (algo superprofundo e significativo que faz os dois se calarem)*

Antes que eu esqueça, faço questão de escrever o máximo que me lembro da conversa que tive com Sylvia. Não deixo os apitos de mensagens de texto chegando no meu celular me interromperem. Escrevo e escrevo até que esteja tudo ali, registrado. E depois de ler tudo uma vez e ter um pouco daquela paz de volta, estou pronta para olhar o telefone de novo.

É Beck.

Ele está na academia e precisa de uma carona.

Se eu buscá-lo, ele me leva para um filme.

Mas não posso contar para a Dra. Pat.

Não precisa ser um encontro oficial, mas ele gostaria que fosse um encontro.

Respondo rapidamente e lhe digo para não usar gravata nem blazer ou o que seja. Então acrescento uma carinha sorridente, para não soar como uma grande megera. Ele não responde, então entro no carro de imediato, antes que ele possa mudar de ideia e, definitivamente, antes que eu possa mudar de ideia, pois um pouco da calma do meu tempo com Sylvia já está evaporando com a ideia de estar perto de Beck.

Li um artigo há três semanas que dizia que pessoas em relacionamentos são menos propensas a ter tendências homicidas. Não estou dizendo que isso é um fator de motivação ou coisa do tipo, mas deixou uma impressão em algum lugar na minha cabeça, e a Dra. Pat sorriu quando lhe contei a respeito. Ela gosta de tudo o que me incentiva a ter coisas como amizades. Se posso me apaixonar por Beck, talvez signifique que não sou uma dessas pessoas secretamente perigosas. Quero dizer, aposto que Reggie não tinha paixões normais por meninas normais.

Não que eu goste de Beck por causa de algum estudo sociológico, mas torna a perspectiva de gostar dele mais gerenciável, menos aterrorizante. Talvez ele toque minha mão de novo. Talvez coloque as mãos nos meus quadris ou no meu rosto. Talvez sua boca vá encontrar a minha do jeito que aconteceu, no escuro, e eu vá lembrar daquele ritmo que encontramos, daquela pressão lenta e crescente paixão da noite da festa. Essa é a verdadeira razão de eu ir. A esperança de me perder nele por mais alguns instantes. A esperança de me perder em absolutamente nada.

Ele está esperando no estacionamento da academia quando chego. Mudou a roupa de ginástica para calça jeans e um casaco de lã que está, claro, muito apertado. Seu cabelo está molhado, espero que por ter tomado banho, e não de suor, e tem uma mulher segurando seu braço. A escola terminou um tempo atrás e sei, de olhar para ele, que está na academia desde que o segundo sinal tocou às 14h20. A senhora segurando o braço dele é mais ou menos a versão feminina de Beck e não teve tempo de trocar as roupas de ginástica. Ela é musculosa de uma forma irregular, irreal, que não tenho certeza de jamais ter visto antes em uma mulher de carne e osso. Seu cabelo está para trás em um longo rabo de cavalo suado e ela é tão sólida que é capaz de eu dirigir meu carro bem para cima dela e absolutamente não machucá-la.

Seria a amiga perfeita para mim. Inquebrável. Assim como os caras de quem em geral gosto.

Beck está se inclinando um pouco para longe dela, provavelmente por causa do cabelo sujo ou pelo fato de que ela não usa lenços umedecidos após cada série de levantamento de peso.

— Oi — chamo, e a mulher solta um gemido de alívio com minha aproximação. *Cuidar de Beck não estava na sua agenda para hoje*, penso.

— Ah, que bom! — exclama ela. Ela dá um tapinha no braço de Beck antes de se dirigir a mim, e ele a segue em um ritmo muito mais lento. Percebo que ele limpa as mãos inutilmente na jaqueta. Em seguida, usa as mangas para limpar a parte exposta do pescoço, e a testa também.

— Ele está bem? — pergunto. Seu rosto está meio cinza e sonolento, e ela parece exausta.

— Ele disse que ia chamar a namorada para buscá-lo — diz ela sem responder à pergunta.

Não consigo definir o que é mais angustiante agora: o fato de que ele me chamou de namorada ou o cheiro de talco de bebê do desodorante que vem da pele e das roupas da mulher. É uma intensa doçura infantil, mas de fato obscurece a aparência de seu corpo, de modo que ela é duas coisas totalmente contraditórias ao mesmo tempo: uma menininha e uma potencial fisiculturista.

— Não sou sua namo... — começo. Em geral sou péssima com estranhos quando se trata de falar demais. Minha garganta basicamente se enche de palavras e pensamentos e coisas que eu gostaria de gritar a plenos pulmões assim que conheço alguém novo.

— Bea. Obrigada por ter vindo. — Beck interrompe antes que a mulher tenha a chance de ouvir o que tenho a dizer. — Penny estava me acompanhando...

— Não deixe que ele minta para você — diz Penny, colocando um par de dedos no pulso de Beck como se verificando seus batimentos cardíacos. — Ele exagerou. Prefiro que vá ao médico, mas se você puder mantê-lo hidratado e em repouso, isso pode esperar. — Beck tem uma garrafa enorme tamanho família de água nas mãos e, cada vez que Penny olha na sua direção, ele dá alguns goles.

— Ah, claro — digo. Penny está obviamente louca para voltar para a academia. Ela sacode um dedo no rosto de Beck e lhe diz para ter cuidado, em seguida, volta correndo para a academia, nos deixando no estacionamento com um monte de loucura entre nós.

— O que está acontecendo? — pergunto para começar.

— Você está bem? Me chamou de namorada? Parece estranho. Está doente? Ela é médica ou alguma coisa? Ela parecia muito séria. Você caiu ou algo assim? Não sei nada sobre, tipo, ferimentos de academia, nunca nem estive numa academia. Juro por Deus. — Solto cada pensamento que consigo até que de fato me permito encarar Beck, e ele parece péssimo. O rosto está pálido, um branco suado, e os olhos têm uma aparência nebulosa, vermelhos. Seus dedos estão tremendo, e tamborilando oito vezes, repetidamente, um dedo de cada vez, em sua coxa.

— Precisa me deixar lavar as mãos — diz Beck. — Tem alguma coisa com você? — É como uma transação de drogas num universo paralelo. Ele está ansioso por um pouco de sabão antibacteriano e vai pagar um bom dinheiro para obtê-lo.

— Acho que não tem nada no... — começo. Beck está tendo outro ataque de pânico. E a percepção dentro de si de que está tendo um (arregalando os olhos, em seguida quase chorando, e então se concentrando apenas em mim) faz com que o pânico piore ainda mais. O banheiro da academia provavelmente fica a poucos metros de distância, mas deve haver uma razão por ele já não ter ido lá, então tiro essa opção da jogada. — Sua mochila! — exclamo, e mantenho a esperança de que, de alguma forma, Beck pirou o suficiente para ter esquecido que tinha alguma coisa dentro dela. Pego a mochila de sua mão, abro o zíper e reviro o interior.

É grande demais e cheia de camisas passadas e cadernos e pacotes de Muscle Milk e proteína em pó. Nenhum sabão. Nenhum lenço umedecido. Enquanto isso, há suor transbordando de cada uma das partes de seu corpo. Estranhos olham, pensam em ajudar, seguem seu caminho, dão uma volta para não se aproximar, pegam um atalho para chegar mais perto de nós, ouvir, fazem a gente se calar.

Enfim, acho um saco Ziploc com lenços umedecidos. Eu os entrego como uma enfermeira para um cirurgião e o espero limpar a doença.

Ele não o faz.

Beck abre o saco plástico, e em seguida o fecha.

— Merda — diz.

Ele bate cada pé oito vezes. Não consigo evitar ficar ruborizada. A atração ainda está lá, mas o gesto faz com que pareça mais com Jenny ou Rudy e menos com um cara gato, misterioso que quero beijar. Tento não pensar: *É assim que fico quando belisco a coxa ou faço anotações na sala de espera da Dra. Pat ou dirijo como uma velha senhora na estrada.*

— Droga droga droga droga droga droga droga.

— Ai, meu Deus, cara, limpe suas mãos. Não tente enfrentar isso *agora*. Se você quer lutar contra o desejo de limpar, faça-o quando estiver com a Dra. Pat. — Mal reconheço o tom frio da minha voz. — Por enquanto, sabe, só seja o mais compulsivo possível. Sério.

— Só tem quatro lenços aqui — observa Beck.

Imediatamente desejo que tivesse escondido minha frustração muito melhor. Porque agora a ansiedade dele está se misturando à muita vergonha. E entre o ataque de ansiedade e a desidratação e quem sabe o que mais esteja acontecendo naquele corpo perfeito dele, acabaremos no hospital se não resolvermos pelo menos uma dessas questões agora.

— Vamos arranjar mais. Mas use os quatro por enquanto. Tem uma farmácia aqui perto. — Beck meio concorda, mas não consegue parar de tremer as mãos o suficiente para de fato fazer a limpeza compulsiva. Tiro o saco das mãos dele e, antes que perceba, os lenços umedecidos estão comigo e estou limpando Beck, lavando suas mãos com cuidado, uma passada de cada vez. É um cheiro familiar, a doce pureza misturada a uma pontada de ácido e álcool.

Eu sabia muito sobre trocar fraldas de bebês. Era uma babá boa de verdade, até que vi um filme no canal Lifetime sobre uma doce babá que ficou louca e machucava as crianças. Isso me deixou tão assustada que me demiti, passei todas as famílias para Lisha e fingi que ela precisava mais do dinheiro do que eu. Penso em ligar para Lisha agora, mas tenho certeza de que Beck odiaria. Já é ruim o bastante *eu* estar vendo-o assim, tenho certeza. Mas tento fazer o que Lisha faria por mim. Falo em voz baixa, esfrego suas costas, ajo como se fizesse esse tipo de coisa o tempo todo.

As mãos de Beck não são tão suaves quanto o bumbum de um recém-nascido, mas está tudo bem. Tudo bem. Fico feliz de sentir o ritmo do seu coração começar a cair, o ritmo de sua respiração ainda rápida, porém mais funcional. Destampo a garrafa de água e a levo até sua boca para fazê-lo beber mais.

Quero a cor de volta em seu rosto.

A água derrama no seu queixo enquanto bebe. É desajeitado, passando de cuidadoso para desesperado.

Preciso arranjar mais lencinhos para ele antes que o pânico volte ainda maior, com mais intensidade.

# ♡ 11.

NÃO CHAMARIA NOSSO SEGUNDO ENCONTRO EXAtamente de "encontro" também. Ainda estou tão desarrumada quanto da primeira vez: cabelo despenteado e um suéter amarelo pálido que minha mãe tricotou na época em que achava que era boa em tricô. Não era. Estou com meias e sapatilhas, e óculos gigantes que uso para a escola. Jeans skinny cor-de-rosa. O tipo de roupa que grita *estudo numa escola só de meninas*.

E Beck está aéreo depois de tomar um Xanax que a Dra. Pat receitou há pouco tempo. Ainda está suado e cinza como quando o peguei na academia uma hora atrás. Mas acho que se qualifica como um encontro porque estamos de pernas encostadas no sofá da minha sala de televisão e estou dando uma de enfermeira por causa do estado exaurido de Beck. Não se classifica como um encontro, no sentido tradicional, mas, também, do *que* você chamaria isso?

— Sinto muito. Sinto muito. Obrigado. Sério — Beck continua dizendo. É um *loop* infinito, mas não na habitual maneira compulsiva de oito vezes. Este é apenas um pedido de desculpas normal. Também é desnecessário.

— Sei como é. — Estou misturando proteína em pó em uma enorme caneca de leite desnatado, a pedido de Beck. Parece uma concessão tranquila a se fazer, considerando que pelo menos o shake vai ajudar seu corpo a se recuperar da possível loucura que ele cometeu na academia. O cheiro é horrível: um azedo de leite materno tão forte que posso praticamente prová-lo com o nariz. É tão espesso que mexer a colher é quase como bater manteiga, e isso não pode qualificar-se como alimento.

Por mais ansioso que Beck estivesse, me esperando fazer a mistura, seu rosto se contorce quando vira o copo sem parar para respirar. Não há nada confortável em assistir alguém se torturando tão deliberadamente. Posso ouvir o som de ingestão forçada, e quando a caneca é esvaziada, ele fica com um bigode de leite e pó de proteína que precisa limpar logo para que eu não vomite bem ali.

— Desculpe, desculpe — repete. Ele simplesmente não consegue parar de se desculpar. A TV ligada ao fundo faz barulho, um filme que vi meia dúzia de vezes, mas Beck está preso na própria cabeça. — Sei como isso é nojento. Como eu... sou nojento.

— Sério. Eu entendo. Quer dizer, sou como você. Exceto pelo corpo sarado. Mas você sabe, isso não é estranho para mim.

— Mas você não fica assim — retruca Beck. — Não de verdade. Você não tem hábitos asquerosos. Não é como o resto de nós. Eu não achava que era como as outras pessoas no grupo, mas olhe para mim. Eu sou. Não sou melhor do que Jenny ou Rudy. Mas você é... Você está bem. Só tem algumas pequenas peculiaridades.

Ele não vai achar que sou "apenas peculiar" se eu for violenta do nada um dia ou se tiver que começar a esconder todos os objetos pontiagudos, de tesouras a pinças a palitos. Não vai pensar que é bonitinho quando estar perto de mim for tão cheio de normas de segurança quanto um aeroporto.

Minha mente volta para a parte machucada da minha perna. Fico beliscando o mesmo local mais e mais vezes e é engraçado como a pele responde depressa à repetição.

"Engraçado" provavelmente é a palavra errada.

— *Vou* admitir que essa porcaria de proteína está no limite do grotesco. Mas vamos lá. Você sabe que é bonito. — Beck basicamente estremece ao ouvir a palavra.

Seus olhos estão ainda mais bonitos do que o habitual: aguados e azuis e sem foco. É sexy, o estado drogado em que ele está.

Gosto de como ele parece seguro, largo e robusto, mas acho que também gosto do toque de fraqueza. Poderia me esmagar com um braço, mas é distraído com facilidade por objetos brilhantes e germes errantes. Ele é impenetrável e assustado com a mesma intensidade. É a dose perfeita de fodido. Toco seu rosto como um teste, e ele sorri. É um sorriso preguiçoso, induzido por Xanax, mas está bem ali em seus lábios, e em seguida suas covinhas aparecem e tenho que beijá-lo.

Ele cede facilmente. Não é paixão ou desespero, mas isso é bom porque nós dois temos o suficiente dessas coisas. É fácil e doce e meio que leitoso e macio. O que não quer dizer que não é o tipo de beijo no qual você pode se perder. Estou completamente perdida nele. Sua boca parece já conhecer a minha, seus lábios não têm pressa, e há um calor vindo dele contra o qual tenho que me pressionar. Tenho sentido frio há muito tempo, e posso enfim me aquecer.

Aquelas mãos — que não são lisas nem bem-cuidadas nem macias —, elas são fortes e grandes o suficiente para pegar um monte de mim de uma vez. E o fazem. Estão em toda parte. Suas mãos me seguram em cima dele e passeiam pelo meu corpo, mas sem um objetivo, sem um ponto final, e posso mergulhar no beijo sem saber o que virá a seguir.

É possível que tenhamos nos beijado por uma ou duas horas. *Uma história de amor* passava na TV quando começamos, e quando terminamos já devia estar pelo menos na metade de *Psicose*. A trilha sonora familiar e lancinante ficou subindo e descendo durante quase toda a sessão de amassos, mas quando nos separamos, é demais, então desligo o som.

Não acho que eu poderia simplesmente desligar *Psicose*. Está numa posição muito alta na lista de filmes incríveis. Lisha e eu implorávamos a minha mãe para nos alugar os filmes mais assustadores. Ela normalmente concordava, se prometêssemos não contar aos pais de Lisha que estávamos passando nossas noites de sábado com *O exorcista*, *O grito* e *O iluminado*.

Não quero ter que desligar o filme, mas também sei a que não deveria estar assistindo. Tenho saudades daqueles sábados à noite, e eles não aconteceram há tanto tempo assim.

— Já volto — avisa Beck. Foi ele que interrompeu o beijo. Não de forma abrupta, e não de uma maneira que seria muito óbvia para alguém menos ligada do que eu. Mas ele meio que me tirou de cima dele, e depois abrandou o ritmo, e então transformou os amassos em apenas beijos e os beijos em olhar o outro nos olhos, e os olhos nos olhos em nós dois sentados lado a lado no sofá. Beck se levanta e começa a andar em direção a diferentes cantos, diferentes portas, mas nunca esteve aqui antes e parece se lembrar disso no momento mais difícil, quando já me deixou no sofá e tentou fazer uma rápida saída.

— Desculpe — diz. — Banheiro?

Aponto na direção certa.

Cinco, dez, quinze minutos se passam. A torneira corre, corre e depois o chuveiro e, em seguida, a torneira outra vez. Estou sendo lavada dele.

Meia hora se passa.

Em qualquer outra circunstância eu bateria na porta, mas sei o que está acontecendo lá dentro, e qualquer coisa que eu fizer apenas atrasará a coisa toda. Além disso: ocorre-me a possibilidade de que, se eu chegasse perto dessa porta, poderia arrombá-la e empurrá-lo para debaixo d'água e afogá-lo. Uma parte de mim sabe que obviamente isso não vai acontecer, mas fico longe de qualquer maneira. Sento sobre as mãos. Evito a possibilidade de perigo. Tem a cena de *Psicose* que não vimos porque estávamos muito ocupados nos beijando para nos preocupar com a loira gritando na tela. Mas conheço o filme bem o suficiente para repetir a cena diversas vezes na cabeça. A faca, o sangue, a violência implícita de um chuveiro.

Quarenta e cinco minutos se passam.

Tento fazer os exercícios de respiração da Dra. Pat, mas não estão funcionando porque toda a minha mente está focada em me manter colada ao sofá. Por precaução, não quero chegar nem perto do banheiro. Mas me odeio por esse pensamento. Sei que não é certo nem normal. Sei que não sou simplesmente uma garota peculiar e bonitinha como Beck diz, e cada momento em que não consigo sair do sofá é um instante que me torna um nível mais louca. Aquela pesada sensação de pré-choro inunda meu nariz e meus olhos e abaixo a cabeça com o peso. Cubro o rosto com as mãos por tempo suficiente para dar um grito silencioso ou dois. Porque não há nada, *nada* pior do que não ser capaz de desfazer os pensamentos loucos. Peço-lhes para sair, mas eles não vão. Tento ignorá-los, mas a única coisa que funciona é ceder.

Tortura: saber que alguma coisa não faz sentido, fazê-la de qualquer maneira.

Uma hora se passou. Eu me esforcei tanto para não fazer nada horrível que não percebi que estava mordendo a palma da mão. É pior do que beliscar. Mais bárbaro. Mais uma prova de que sou capaz de coisas terríveis e imprevisíveis.

Não está sangrando. Não tem pele machucada. Apenas a impressão dos meus dentes na pele macia.

Preciso fazer Beck sair. Quem sabe o que vou fazer em seguida. *Psicose* se transformou em *Onze homens e um segredo*, que não deveria estar no canal de filmes clássicos, porque é a versão nova do George Clooney e não o clássico de verdade, então tento concentrar toda a irritação naquele fato, em vez de no desaparecimento de Beck.

Beck enfim sai do banheiro, ele encontrou uma toalha e está envolto nela da cintura para baixo. O resto dele é todo músculos e manchas graves de pele esfregada demais. O corpo de fisiculturista não é só gostoso. Também é totalmente seguro. De mim, quero dizer. Não estou preocupada em ser protegida ou coisa do tipo. Mas, com ele tão forte, não posso machucá-lo. Ou seria mesmo difícil

— Foi... um banho longo — digo. Presumo que meu rosto esteja com as manchas reveladoras de alguém que chorou rapidamente e não conseguiu lavá-lo, mas Beck não está olhando para mim com nada além de desculpas e vergonha.

— É. Exatos oitenta e oito minutos.

— Oitenta e oito — repito, a ênfase no *oito*. — Faz isso todos os dias? Ou, às vezes você pode simplesmente tomar, você sabe, um banho de oito minutos? — Não pergunto por que oito. Essa é uma pergunta para a terapia de grupo, não para nosso segundo encontro.

É óbvio que não há acidentes nem coincidências com TOC. Ou, pelo menos, não muitos. Não com alguém sob controle como Beck. Cada minuto que passa por ele é cuidadoso, proposital.

— Tentei tomar em apenas oito. Mas, er, meio que perdi a noção do tempo por um segundo. Você é um pensamento perturbador, sabe? — Ele sorri, tímido. Beck está sem blusa e flertando comigo.

A chuveirada de 88 minutos foi estranha, mas *eu* sou estranha, certo?

— Sou perturbadora? — pergunto. Esfrego embaixo dos olhos caso lágrimas errantes tenham se agarrado a meus cílios.

— Você é. Mas, acho... Eu não estava pronto para isso — confessa. — Com você. Todos os... toques. Quero dizer, foi ótimo. Você é ótima. Mas agora eu me sinto...

Ele quer dizer *sujo*. Ele quer dizer que se sente sujo. Ele é educado demais para deixar a palavra escapar, de modo que ficamos no vácuo onde a palavra não está.

— Pode vestir de novo suas roupas? — peço. — Não quero ter essa conversa quando você está tipo um reluzente Adônis seminu na minha sala, sabe?

— Certo, desculpe — diz Beck, mas não sorri, embora eu achasse que aliviaria o clima falando aquilo.

— Quero dizer, também pode ficar assim, mas não se quiser terminar comigo. Não que estejamos juntos. Sabe o que quero dizer. Não se desespere e depois me largue quando estiver seminu, ok?

Beck então sorri. Covinhas e tudo.

— Um dia você vai ser a confusa, e eu vou ser o normal, Bea — responde.

Estou exausta e sorrindo e sentindo-me desaparecer em algo assustador. Belisco a perna para sair daquele transe tanto quanto possível. Sentimentos são como cobertores, cobrindo você para que não consiga ver com clareza. Ou como labirintos nos quais pode facilmente se perder. Estou com medo de me perder.

— Roupas. Sério — insisto.

— Vai me levar de volta para a academia? — pergunta ele.

Rio com o pensamento. Ele tomou um sedativo, melhorou de uma desidratação, tomou o banho mais longo do mundo e passou horas numa sessão de beijos totalmente maravilhosos. É quase meia-noite. A academia não está sequer no reino da possibilidade.

Mas ele não está rindo.

— Não terminei minha série — justifica.

— É. Porque passou mal. De tanto malhar. — Mantenho um sorriso no rosto. Quero manter aquilo leve, para dizer adeus a ele na porta da casa de seus pais e saber que tivemos um dia maravilhoso.

— Certo. E agora estou bem. — Beck vai até o banheiro com sua mochila de ginástica e, aparentemente, há uma muda de roupa completa lá dentro. (Só para este fim? Só para o caso de ficar cheio dos germes sensuais dos beijos uma garota?)

— Você deveria descansar de verdade. Vou te levar para casa. Ou poderia até mesmo ficar aqui, meus pais não se importariam se dormisse no quarto de hóspedes. Ou podemos passear de carro um pouco, se quiser, e você pode decidir mais tarde? Mas não seja um completo idiota. — É a última parte, tenho certeza, que o deixa mais irritado. Mas as palavras estavam fazendo cócegas na minha garganta, então as cuspi.

Então, tudo bem, também não estou mesmo fazendo progressos.

— Vou a pé para casa — diz Beck. — Obrigado, mesmo assim.

— Vai a pé para casa? Você não mora nem perto daqui...
Beck me olha feio. Balança a cabeça. Fica vermelho. Caramba, é um monte de sentimentos e reações de uma só vez.

— Ah — digo. — Você quer ir a pé para casa. Você não quer que eu...

— Quero ir malhar — afirma Beck. — Estou dizendo isso para que não pense que estou tentando ficar longe de você. Adoraria que me levasse até a academia. Não estou bravo nem chateado nem nada. E poderia mentir e dizer que quero ficar sozinho. Poderia fazer isso para você não me julgar ou tentar me impedir de terminar minha série. Mas não quero que se sinta assim...

— Ok — respondo. Porque ele disse exatamente a coisa certa. Porque no meu conceito esse tipo de sacrifício é totalmente romântico. Esse risco. Acima de tudo, mais do que (ou talvez tanto quanto) proteger a sua capacidade de ir para a academia, ele quer me proteger.

Meio que odeio como sou fraca, e definitivamente odeio ceder com tanta facilidade.

Eu o levo até lá. Para a academia. Pegamos um galão de água e lhe dou uma palestra sobre o que pesquisei mais cedo, os riscos que o excesso de exercício e desidratação representam para a saúde. Mas o deixo ir. Vejo-o relaxar ao ver a placa ABERTA 24 HORAS. Ele relaxa o suficiente para me dar um beijo nos lábios antes de sair. Não é um beijo maratona, demorado como antes, mas lábios contra lábios e sua mão no meu pescoço e outro beijo atrás da minha orelha.

— Obrigado — diz. Ele está radiante. Acho que eu também.

# ♡ 12.

ALGUNS DIAS CAUTELOSAMENTE SONHANDO ACOR-
dada com Beck, fazendo provas de latim e evitando o perigoso laboratório de ciências mais tarde, estou oficialmente desesperada por uma boa dose de terapia.

Não para mim, mas para Sylvia e Austin.

É quarta-feira, então eles têm o horário antes do meu. Chego lá no meu superadiantado horário de sempre e levo o caderno e três canetas caso algo aconteça e eu perca uma, ou dê defeito ou acabe a tinta ou algo assim. Preciso obter o suficiente desta sessão para durar por uma semana, considerando que só estou indo à Dra. Pat para sessões individuais uma vez por semana.

Eu os deixarei entrar antes de sair do carro. E vou ao banheiro quando o horário deles com a Dra. Pat estiver terminando. Não estou brincando, e se vou fazer coisas como pausas para um cigarro com Sylvia, definitivamente preciso tomar cuidado. Ainda bem que tenho TOC, porque isso me faz ser obsessiva o suficiente para não deixar quaisquer pistas.

Foi uma piada sobre TOC. A Dra. Pat incentivou todos do grupo a encontrar alguma leveza em vez de só ver o diagnóstico como, tipo, a pior coisa de todos os tempos.

Austin e Sylvia chegam na hora certa. Carros separados estacionando no mesmo momento. Anoto isso. Eu me pergunto se a sessão será ainda pior do que de costume, se seus novos meios de chegada são um mau sinal. Ela está em um SUV, e ele, num carro que parece chique. Não ligo para carros, então deixo esses detalhes para lá. Além disso, não preciso exatamente dos números da placa deles ou coisa assim. Isso seria assédio.

Sylvia está usando o estilo de botas que parecem ter causado a morte de um coelho. Tipo, ontem. E Austin está com uma jaqueta de couro e um cachecol xadrez azul e o rosto corado do frio. É tão fabuloso que quase me distraio de todas as outras coisas que preciso gravar sobre eles. Gostaria de fotografá-los para a pasta de "ideias de figurino" que tenho na minha mesa em casa como uma completa nerd, mas duvido que poderia escapar impune dessa.

Faço o que parece ser minha primeira respiração completa do dia ao vê-lo. Eles não dão as mãos, mas ele toca seu ombro, e sorriem apenas o suficiente para fazer parecer que não estão totalmente condenados.

Tiro os olhos do casal apenas tempo suficiente para escrever o que estão usando e o olhar no rosto dele quando tocou o ombro dela (melancolia misturada com desespero). Conto até cem depois que entram, tempo suficiente para o caminho estar livre, e entro na sala de espera após espreitar pela porta de vidro.

Do lado de fora este lugar parece uma casa totalmente aconchegante, mas tem uma placa ao lado do edifício que diz PRÁTICAS TERAPÊUTICAS NOVOS COMEÇOS e lista cinco outros terapeutas. Não há porteiro ou campainha para tocar. Não há nem mesmo revistas de fofoca na sala de espera. Apenas outra garota esperando por sua consulta, e tão perdida na tela do telefone que duvido que me veja entrando. Dessa forma não teríamos que interagir de nenhuma maneira. Só que ela está na minha cadeira. A única cadeira que me permite ouvir o que preciso ouvir.

Então acho que eu poderia simplesmente desistir da pequena dose que estou querendo. Acho que talvez alguns meses, ou mesmo semanas atrás, é o que eu teria feito. *Mas*. Se estão lá, *preciso* escutar. Não é mais uma escolha e não sei ao certo quando deixou de ser uma coisa engraçada que escolhi fazer e tornou-se uma questão de vida ou morte, mas é bem por esse lado agora. Se eu não ouvir, Austin poderia basicamente cair morto. Ou eu. Algumas pessoas usam a mesma roupa íntima em todos os jogos de beisebol ou têm pequenos rituais pré-apresentação, como ouvir música favorita ou pular sete vezes antes de pisar no palco. O que estou fazendo é a mesma coisa. Exceto que não há jogo ou apresentação, apenas a vida e o desejo de lidar com isso.

Sento-me em uma cadeira diferente por um minuto. Bato meu pé e me esforço para ouvir algo através das paredes.

Não ouço nada.

Algo provavelmente está errado. Com eles, quero dizer. Alguma coisa aconteceu lá dentro. Quero dizer, se passaram cinco minutos e até agora não ouvi uma única palavra. Belisco, belisco, belisco a perna e é o bastante para que eu me concentre, mas não para interromper o rápido aumento da ansiedade.

Tento respirar até passar. Mas é inútil, porque estou prestes a cair morta e, se não for eu, será um deles, e se não for um deles, talvez o mundo inteiro. Por isso, não vale a pena pensar em como isso soará totalmente louco para a garota sentada na minha cadeira situada com perfeição. Porque quando você está tentando salvar a si mesma ou ao mundo, não tem mesmo nada mais importante que isso.

— Essa é a minha cadeira — digo para a menina. Ela está com fones de ouvido, o que eu não havia notado, por

isso não há resposta. O que significa que tenho que de fato andar até ela e, em seguida, ficar ali, pairando ao redor. Não acho que deveria tocá-la, apenas por precaução, caso ela seja, tipo, homicida ou algo assim. Pairar funciona. Minha sombra deve enfim se registrar em seu radar, e ela olha para cima e me encontra olhando para ela. Forço um sorriso, porque não quero que ache mesmo que sou louca, apenas séria.
— Desculpe — começo quando ela tira um dos fones de ouvido para que possa me ouvir. — Preciso sentar aí. É meio importante.

A menina olha para a sala de cadeiras vazias.

E sob circunstâncias normais isso seria o suficiente para me deter. Mas estou pingando de suor a essa altura. Os pequenos tremores em minhas mãos viraram um zumbido no corpo inteiro de trepidações e arrepios e o zumbido está refletido no meu cérebro. Um som de ruído branco realmente perfurando minha cabeça.

Então, dane-se. Sério. Não é totalmente louco pensar que alguma coisa poderia acontecer com eles. Superstição existe por um motivo, certo? E as coisas que fazemos *importam*. Como aquela coisa toda do efeito borboleta. Cada movimento que fazemos, mesmo o movimento das asas de borboletas, importam. É sobre *isso* que essa teoria fala. Então, sim, a garota não entende por que estou fazendo o que estou fazendo, mas isso não significa que seja errado. Eu limpo a garganta com mais confiança e seguro a mão direita com a esquerda para tentar impedi-las de tremer tanto de ansiedade.

— É. Desculpe. Você tem que sair. Agora. *Agora*.

Tento dizer aquilo como se talvez eu fosse uma figura de autoridade de verdade, mas pela expressão em seu rosto não estou convencendo. Não importa. Ela se mexe. Não apenas para uma cadeira diferente, mas para o outro lado da sala até um sofá estofado brega que está tentando demais fazer este lugar parecer caloroso e acolhedor. E eu me acomodo na minha cadeira. Estou com tanto pânico que não consigo determinar se é mais importante para mim abrir o caderno ou focar a escuta antes de tentar fazer anotações. Arrisco fazer as duas coisas ao mesmo tempo.

Meu coração está batendo de forma tão fervorosa que tenho medo de que ele pare. Que continue acelerando até novos níveis, até que não haja mais como acelerar e estoure. Belisco a coxa o mais forte que consigo e me encosto descaradamente na parede com a caneta pronta sobre as páginas do caderno. A menina está evitando olhar para mim, então não vai notar e, além disso, já está me rotulando como uma completa lunática.

Dane-se. Simplesmente começo a rabiscar. Não me importo com o que parece.

> *Austin: Nós não temos filhos. Não temos que tentar fazer dar certo.*
> *Sylvia: Esse não foi bem o voto que você fez. Essas não são as estipulações reais, você sabe.*
> *Austin: Às vezes olho para você e apenas penso... Onde está minha mulher? Onde está aquela mulher que eu...*
> *Sylvia: Bem aqui. Estou bem aqui. Não posso competir com cada menininha que você...*
> *Dra. Pat: Lembre-se do que falamos sobre não acusar Austin de gostar de "menininhas". Precisamos falar sobre essa insegurança de alguma outra forma.*
> *Austin: Os homens têm coisas em seus computadores.*
> *Sylvia: Você acha que por causa disso não tem problema...*
> *Austin: Eu nem mesmo conheço aquela mulher.*

> *Dra. Pat: Eu sinto muito, podemos esclarecer? Estamos falando sobre alguém específico ou sobre material pornográfico em geral...?*

Há uma longa pausa, onde ninguém diz nada. Meu corpo esfriou, o que deixa aquela sensação horrível de suor rançoso. E meu coração abrandou e estou sentindo certa repulsa, mais ou menos. No entanto, também quero ouvir cada palavra, ter todo o registro bem nas minhas mãos sempre que precisar. Então, quando as vozes abafadas recomeçam, mais silenciosas agora, fecho os olhos para ouvir melhor.

> *Austin: Ela tem 20 anos.*
> *Sylvia: Ela.*
> *Austin: Lei-Lei*
> *Sylvia: ...apelido... pelo amor de...*
> *Austin: ...foca no mais arbitrário...*
> *Sylvia: ...me diga o que sentir... e então você escreve canções sobre outras mulheres... e eu me sento ali cantando essas músicas pelo amor de...*
> *Dra. Pat: (cerca de cinco minutos de discurso)*

Sou inteligente o suficiente para adivinhar algumas partes. Ele está tendo um caso, ou tem uma queda por alguém, ou há alguma garota de webcam chamada Lei-Lei por quem está apaixonado. E Sylvia está furiosa. E, ao que parece, ele escreve canções sobre tudo isso e faz com que ela as cante. Ou algo assim.

Mas não é a adivinhação que me interessa. Não é a troca de acusações conjugais que é tão fascinante. Quero dizer, é intrigante, escandalosa, emocionante, mas não estaria aqui se isso fosse tudo. Não é interesse, é *necessidade*.

E o mistério real aqui não é se Austin está ou não dormindo com alguém de 20 anos, ou quais tipos de métodos de comunicação são os melhores para seu casamento. Essas não são as grandes questões em que estou trabalhando tão pesado para responder. O que quero saber é: *por que estou tão focada neles?* Quando estava superfocada em Kurt era porque eu realmente, realmente o amava, e fiquei toda empolgada com Jeff porque foi meu primeiro beijo e porque ele acabou se revelando um pouco assustador. E Reggie era quase infame e estava em todos os jornais e conhecia minha mãe. Mas com Austin e Sylvia não posso apontar o amor ou o medo ou o trauma para explicar a obsessão. Além de Austin ser gato e se parecer um pouco com uma versão adulta de Jeff, e Sylvia ser basicamente uma boneca Barbie hipster-glamour em tamanho natural, não há nenhuma razão real para eu me apegar tanto a eles.

Tenho páginas e páginas de anotações quando a sessão deles termina. Algumas bem definidas em frases completas e outras são rabiscos, mas está tudo lá, semidecifrável e, em seguida, escondido na minha enorme bolsa para que Dra. Pat não veja quando for minha vez de sentar no seu sofá. Escuto o arrastar de pés e gentilezas que significam que terminou a sessão. Eu planejava ir ao banheiro me esconder para que não me vissem, mas não consigo me obrigar a sair da cadeira. Quero mais um vislumbre deles. Então escondo o rosto no cachecol e, em seguida, me escondo mais ainda atrás de um livro. E a coisa mais segura a fazer seria me enterrar nele, nas páginas, queixo colado no peito, olhos completamente para baixo.

Não posso.

Todos estão conversando de forma casual quando abrem a porta, e preciso olhá-los. Porque se olhar apenas uma última vez vou ficar bem, me lembrar de como são, e vou parar.

Não é o que acontece.

— Tenho que fazer xixi — diz Sylvia. — Espera aqui um segundo?

Austin concorda e se senta perto de mim. É o mais próximo que já estive dele e nada pode quebrar o feitiço, porque a Dra. Pat está em seus 15 minutos de intervalo entre as sessões e Sylvia não pode me reconhecer porque está no banheiro, e há essa euforia com a ideia de que tudo vai dar certo de alguma maneira mágica como num quebra-cabeça.

A garota que estava na minha cadeira antes obviamente entrou na própria sessão já faz um tempo, ela não chegou uma hora mais cedo como eu. Assim, com Sylvia no banheiro, somos só eu e Austin na sala de espera. Posso sentir o cheiro dele: amadeirado e forte, como perfume feito para caras que não usam perfume. Talvez desodorante. É um cheiro marcante. Seus tênis estão encharcados da mistura de neve lá de fora, e eu gostaria de olhar de forma lenta de seus pés até o rosto, mas não *há* tempo, então me obrigo a simplesmente encará-lo.

Minha garganta está em chamas com as palavras. Sou o pior tipo de extrovertida.

— Tenho horário marcado depois do seu — começo.

Não que ele estivesse perguntando. Não que estivesse sequer olhando para mim, ou percebendo de algum modo vago que uma pessoa estava ao lado dele. E agora minhas bochechas estão queimando: "maçãzinhas", meu pai as chama, uma vez que a combinação de ossos da face e gordurinhas e blush rosa-claro destacam o formato do meu rosto mais do que qualquer outra coisa. Algumas meninas são todas olhos ou peitos. Eu sou toda bochechas.

Não é a pior coisa do mundo. Sou bonita e meu rosto é fresco. Sou saudável.

— Ah, OK — responde Austin com um meio sorriso.

Eu não tinha notado quantas tatuagens ele tem. Claro que tinha, mas precisarei fazer uma lista inteira delas agora. Vou fazer isso mentalmente primeiro, e então espero que me lembre de todas mais tarde no carro.

*O nome de Sylvia em seu pulso e no seu dedo anelar.*
*Símbolos chineses nos antebraços.*
*Um anjo subindo no pescoço.*
*A palavra ECLIPSE logo acima da gola da camiseta.*

— Você tem tantas tatuagens — observo.

— Ah, sim — diz Austin. — Você tem alguma?

Praticamente caio da cadeira com o fato de Austin ter me feito uma pergunta, porque isso significa, sem sombra de dúvidas, que está tendo uma conversa de verdade comigo agora.

— Minha mãe me mataria se eu aparecesse com tatuagens.

— Isso não é desculpa — diz Austin com uma piscadela. Ele é o tipo de cara que pode dar piscadelas e fazer high fives com uma ironia sofisticada. Austin pega o telefone, e eu deveria tomar isso como um sinal de que a conversa acabou, mas não consigo. Enfio a unha do dedão na coxa, mas não importa, as palavras transbordam de qualquer maneira.

— "Eclipse". O que isso quer dizer? — Aponto para seu pescoço e sorrio. Mas sou uma idiota, porque Sylvia estará de volta a qualquer momento e a Dra. Pat ainda não voltou à sala de espera para me levar.

— É uma longa história. Conto para você algum dia. — Depois, outra piscadela e, em seguida, Sylvia abrindo a porta da sala de espera para ir embora com Austin.

Puxo o cachecol um pouco mais para cima, mas é inútil. Não tenho um daqueles rostos que as pessoas confundem com a melhor amiga da irmã ou do inimigo mortal da escola primária. Não lembro as pessoas ninguém além de mim. Sylvia não vai ter dificuldade em me reconhecer ou identificar onde me encaixo no seu índice de nomes e rostos que, como o resto do mundo, ela gasta cada dia arquivando.

Vai saber exatamente onde me viu antes. Fico vermelha de novo.

Sylvia foi reaplicar qualquer que fosse a maquiagem que borrou quando chorou durante a sessão. Ela torceu o cabelo em um coque frouxo, e seus lábios estão agora num tom roxo-escuro. Não diz nada. Não acena nem sorri nem pergunta o que diabos estou fazendo aqui. No entanto, o reconhecimento registra-se em seu rosto, seguido de um momento de caos total em sua cabeça, e então nada.

— Você está pronto? — pergunta para Austin. E talvez pareça que está tudo bem, mas posso vê-la guardando este momento comigo para pensar no assunto mais tarde.

— Claro que estou — responde Austin. — Divirta-se lá dentro — acrescenta ele, a cabeça inclinada em minha direção. Sylvia faz outro conjunto de cálculos mentalmente, eu acho, e então eles saem e a Dra. Pat me chama, e acabei de ultrapassar mais um limite.

— Preciso te explicar um pouco mais sobre o que esperar — diz a Dra. Pat quando me acomodo no canto do sofá mais próximo da porta do consultório.

Tenho uma teoria de que ela julga você com base em onde você se senta, porque sempre gesticula vagamente para o sofá e as duas poltronas, e não se senta até eu ter escolhido um lugar para mim. Sempre escolho o sofá.

— Esperar?

— No grupo — esclarece a Dra. Pat. — Acho que você viu um pouco do meu sistema com Jenny no outro dia, e me perguntei como estaria se sentindo sobre isso.

— Tipo, você não deixar Jenny arrancar todo o cabelo? Acho que é uma boa ideia — digo, ajustando a almofada nas costas para me encostar nela com mais facilidade. Não tem nada que eu odeie mais do que a Dra. Pat achando que pareço toda sem graça e desconfortável durante a terapia. Gosto de, pelo menos, dar a ilusão de estar à vontade.

Sem chance.

— Exatamente. Não deixando Jenny se entregar à sua compulsão. Tenho certeza de que viu o quão difícil foi para ela — continua a Dra. Pat. É tudo tão discursado, mas não sei por quê. Não arranco o cabelo ou cutuco o rosto, então não sei bem onde ela quer chegar. Mas Jenny estava suando e gemendo no meio do grupo da última vez. A vontade de puxar o cabelo dela era tão forte que pensei que ela talvez fosse vomitar com a força daquilo.

O que não seria realmente engraçado, mas a ideia de alguém soltando um jato de vômito numa sala cheia de hipocondríacos e maníacos por limpeza me faz sorrir mesmo assim. A Dra. Pat diz que meu senso de humor saudável me salvará. Espero.

— Parecia difícil — comento.

— Na próxima semana vamos fazer algo semelhante com Rudy e suas compulsões. Aos poucos vamos fazer isso individualmente. Colocar cada um de vocês em uma situação que agrave a ansiedade e impedi-los de se entregar à compulsão. O que acha disso?

Uh, terrível?

— Tudo bem... — digo.

Ao final da sessão com Jenny, seus gemidos e suor e tremedeira aos poucos diminuíram. Ela não se tornou de repente um monge zen ou qualquer coisa assim, mas o ataque de pânico se transformou no que pareceu ser total exaustão e as mãos cruzadas sobre o colo pareciam menos como se estivessem arrancando uma à outra e mais como se estivessem apenas descansando.

— É chamado de terapia de exposição, e é assustador, mas realmente eficaz.

— Não acredito que precise disso — insisto. Não é como se achasse que a Dra. Pat vá mesmo me dizer que não tenho TOC, mas quero que ela pelo menos admita que meu caso é menos grave do que o resto deles. Ela não faz isso.

— Entendo... e por quê? — pergunta, em vez disso. Pega a caneta, e a mantém acima do caderno.

— Eu só... Ao que você iria me expor?

— Acho que ainda temos muito a descobrir sobre quais são seus gatilhos e compulsões de verdade, não é? Mas claro que teríamos que expô-la a dirigir sem parar para checar, dirigindo a uma velocidade normal, fazendo menos anotações. Coisas assim. Uma parte seria apenas você e eu, outra com todo o grupo. Todo mundo é diferente.

— Ah.

Há um mundo de diferença entre alguém que puxa os cabelos do próprio couro cabeludo, um de cada vez, e alguém que é cauteloso na estrada, eu acho. E, fazer anotações sobre pessoas e situações não é exatamente arruinar a minha vida. Não há nenhuma maneira de dizer isso à Dra. Pat, mas ela parece achar isso mesmo assim. Às vezes acho que ela pode ouvir meus pensamentos. Como se não fosse apenas terapeuta, mas também vidente ou algo assim.

— Jenny está bem? — pergunto, enfim.

Às vezes, o silêncio se estende por tempo demais e o desconforto me leva a deixar escapar pensamentos aleatórios, e acho que este é um desses momentos.

— Como acha que ela se saiu?

— Parecia... difícil — digo.

A Dra. Pat olha para trás da minha cabeça, onde o relógio está. Nunca consigo ver que horas são sem virar o pescoço, mas sempre percebo quando ela o faz.

— Sim? — Outra tática para me fazer continuar falando. Ela sabe que odeio o espaço vazio em que a conversa diminui ou para por completo. Sabe que vou acabar querendo preenchê-lo, com qualquer porcaria se for preciso.

— Quero dizer, é meio, talvez Jenny seja mais feliz podendo fazer o que quer. Não sei. Não que ela queira ser careca, é claro. Mas parece que fazer suas, eca, compulsões, ou o que seja, a ajuda e quem sabe não seja assim tão bom tirar isso dela, certo?

— Interessante.

— Quero dizer, não sei. Acho que, tipo, eu sempre me sinto mal por essas pequenas crianças cujos pais tiram seus travesseiros de estimação quando fazem 7 anos ou qualquer outra coisa. Sabe, qual é o mal em fazer com que a gente se sinta melhor? — A Dra. Pat balança a cabeça, e eu sequer sei ao certo o que estou dizendo. Não é bem algo em que tenha pensado muito, mas estou criando toda uma teoria sobre essas coisas de improviso. — Quero dizer, quando os meus pais pararam de me deixar dormir no quarto deles depois daquela coisa com Jeff, achei muita maldade, sabe? Dormir em um colchão no quarto deles de fato ajudava com meus pesadelos e outras coisas, e então simplesmente tiraram aquilo de mim, e sei lá, parece meio errado, não?

Fico surpresa ao ouvir o nome de Jeff sair da minha boca. A Dra. Pat sabe tudo sobre ele, mas só por meio da minha mãe, nunca de mim. Não penso em Jeff, nem nos meus pais dormindo no meu quarto por um tempo, quando eu tinha 14 anos, nem nada disso, mas de repente estou toda chorosa e a Dra. Pat me lembra de que há lenços de papel na mesinha de centro se eu precisar, mas insisto que estou bem, tudo bem, tudo bem.

— Bom trabalho hoje, Bea — elogia a Dra. Pat quando o relógio lhe informa que é hora de encerrar. Ela diz: "Bom trabalho" toda vez que choro. Saindo do consultório, desejo que Austin e Sylvia tivessem a consulta após a minha e não antes, porque com a cabeça doendo por causa das lágrimas e o coração palpitando por ter mencionado Jeff e escutar demais sobre terapia de exposição, eu realmente gostaria de ter aquela distração.

Não tive essa sorte. Vou ter que passar por isso sozinha. Mais ou menos como a minha própria terapia de exposição. Exceto, é claro, que tenho meu caderno. Eu o folheio no banheiro antes de ir para o carro. E então posso respirar de novo.

# ♡ 13.

FICO TÃO CANSADA DEPOIS DA SESSÃO COM A DRA. Pat que decido que não posso dirigir. Não seria seguro. Por uma fração de segundo considero ligar para Beck, que definitivamente me deve uma carona, mas não consigo fazer meus dedos apertarem as teclas, então em vez disso ligo para Lisha.

— Por favor, diga que está me convidando para beber uma garrafa de vinho no seu closet, porque estou tendo uma merda de dia — diz ela, em vez de um "olá". É tão raro Lisha estar chateada e precisar de mim para confortá-la que esqueço o que dizer por alguns instantes. — Alô! — ela praticamente grita ao telefone.

— Oi! Podemos beber no closet. Ou mesmo na sala de TV, minha mãe e meu pai vão sair hoje à noite.

Algumas vezes celebramos nossas vidas chatas com um vinho tinto de um bom ano e fingimos ser imponentes e maduras. Lisha sabe sobre "bons anos" porque seus pais fizeram questão de ensiná-la sobre coisas assim. Para que se sinta confortável em Harvard.

Acho que eles não sabem muito sobre como Harvard vai ser.

Nestas noites normalmente sequestro as pérolas da minha mãe e compramos meio quilo de brie e ocupamos meu porão ou meu closet — dependendo das circunstâncias — e fazemos um dia de merda ser menos ruim.

— OK, vou aí. Ai, meu Deus, muito obrigada, não posso nem explicar. Estou prestes a matar Cooter e meus pais — diz Lisha.

Odeio que tenha usado a palavra "matar", mas deixo para lá com apenas uma beliscada na coxa e a consciência de que, enquanto sou totalmente descontrolada, Lish é normal.

— De nada, mas tem que me buscar na Dra. Pat. Não estou em casa.

— Buscar você? Onde está seu carro?

Ando para a lateral do edifício. Não quero nem olhar para meu carro agora, verdade seja dita.

— Aqui, mas não posso dirigir, OK?

— Ah — diz Lisha. Nem soa como a voz dela. Deixei seu mau humor ainda pior com minha total incompetência.

— Eu sei. Sinto muito. Você é incrível. O resto da noite será todo dedicado a você — prometo. E estou sendo sincera. Posso me recompor para uma noite de vinho e reality show e pipoca com queijo cheddar ralado por cima e tudo aquilo que Lisha quiser.

— Tudo bem. Chego aí em 15 minutos. Sério, eu te amo — digo.

— Bem, dã. — Lisha manda beijo pelo telefone e o som bate no meu ouvido com um *smack* alto.

Sou a pessoa mais sortuda na face da Terra.

Durante 15 minutos observo meu carro à distância. É uma coisa quadradona e resistente e não deveria aterrorizar ninguém. Acendo um cigarro. No começo eu só precisava de uma desculpa para estar perto de Sylvia, e ainda odeio o gosto, mas passa de novidade a hábito muito rapidamente.

Eu me sinto poderosa, sugando a fumaça, imitando os movimentos graciosos que me lembro de Sylvia fazendo, a bela forma que seus lábios tomam ao soltar a fumaça. Não estou fumando um maço por dia nem nada, mas a vontade está lá, e continua crescendo. Especialmente quando estou estressada.

Estou estressada.

Acho que vejo um arranhão na frente do carro e talvez um pequeno amassado de um lado, mas não posso ter certeza daqui, e não quero me aproximar; ficar a alguns metros de distância parece mais seguro.

Mas se parece com um amassado, se não for apenas a sombra que o sol está fazendo quando bate na porta do passageiro. E se há um amassado pode significar que bati em alguma coisa. Em alguém. Talvez daquela vez em que olhei para Beck no sinal de trânsito, no momento em que me distraí com as sombras de seus cílios sobre os olhos ultra-azuis. É por esse motivo e tantos mais que os meninos não deveriam ter cílios ridiculamente longos.

Lisha chega assim que estou dando alguns passos cautelosos em direção ao carro, para ver se o sol mudando, enquanto a tarde vira noite, faz com que o amassado suma. Isso não acontece. Merda.

— Anda, vem aqui! — grita ela. Dou um meio passo, mas nada além disso. — Bea, sério, vamos lá.

Eu me viro para olhar em sua direção, e ela está com os olhos borrados de rímel derretido e manchas de choro nas bochechas. Lisha não chora.

— Você pode checar meu carro? — peço. Não quero dizer isso. Sei que Lisha ficará chateada comigo ao dizer isso. Mas digo isso de qualquer maneira.

— Está quebrado ou algo assim?

— Tenho a impressão de que está amassado.

— Você *tem a impressão* de que está amassado? — Lisha não desliga o motor. Ela não sorri nem ri nem me olha nos olhos.

— Não sei... — Estou ficando seriamente vermelha, e o avermelhado é tão quente que me dá dor de cabeça, me deixa tonta.

Se ela puder apenas checar o carro, podemos ir beber o cabernet que sei que trouxe em sua bolsa e falar sobre seu dia ruim e irmão chato.

— Podemos, por favor fazer isso depois? — pergunta Lisha após esfregar os olhos com a palma da mão e espalhar o rímel ainda mais.

— Sim, quero dizer, é claro. Mas talvez você possa, tipo, olhar pela janela? — sugiro, e o rubor que não poderia ficar mais vermelho ou mais quente fica tanto mais vermelho quanto mais quente. — Desculpa. Prometo que se você só olhar...

Lisha olha pela janela, estica o pescoço para conseguir um bom ângulo e balança a cabeça.

— Nada amassado, Bea — declara.

Seus olhos estão inundados de lágrimas, porque fui longe demais. Quero chorar também, de alívio e de vergonha, mas seguro para que Lisha tenha um segundo de seus próprios sentimentos.

— Eu... Obrigada — gaguejo, e sinto o rubor recuar um pouquinho. Ainda gostaria de checar o carro mais uma vez e talvez passar pelo semáforo onde Beck e eu paramos na outra noite, e algumas outras tarefas que me deixariam calma. Mas o desejo diminuiu o suficiente para eu entrar no carro de Lisha, passar o braço ao redor dela e ouvi-la fungando. — Sinto muito por seu dia estar sendo uma porcaria.

— Vamos sair daqui. Quero beber bastante antes que seus pais estejam de volta. Vou dormir na sua casa também. Trouxe roupas para a escola amanhã, obviamente.

— Obviamente — repito, e aperto seu ombro. Não falamos muito no caminho até minha casa. Tenho certeza de que se Lisha ao menos respirar muito fundo começará a chorar, e não confio em mim mesma para dizer coisas não loucas ainda. Fecho os olhos e peço para parar de ter TOC para que possa ser uma amiga decente de novo. Se desejar com vontade o bastante, tenho esperanças de que se torne realidade.

Na sala de TV do porão, Lish e eu realizamos um trabalho tão desleixado para abrir o vinho que a rolha fica boiando na garrafa, provavelmente envenenando o cabernet, mas não tenho medo de intoxicação acidental, graças a Deus. Bebemos em canecas e assistimos a um mundo de sotaques feios, seios enormes e risos falsos na MTV. Lisha ocupa uma extremidade do sofá e eu a outra e nossos pés se encontram no meio.

Ela não quer falar sobre o que fez seu dia tão terrível, então, em vez disso, conversamos sobre o que devo escrever a Beck e o que deveria usar se sairmos novamente.

— Se eu não consigo ter um encontro, você precisa pelo menos fazer algo divertido com o bonitinho da Smith-Latin — afirma ela.

— Ele lava as mãos oito vezes a cada vez que usa o banheiro. *Oito* — digo.

Não quero que ela pense que tirei a sorte grande com algum interesse amoroso maravilhoso quando na verdade somos duas pessoas ridiculamente estranhas que parecem gostar de se beijar.

— Manda a mensagem de uma vez. E daí, então ele é uma pessoa estranha — diz Lisha.

Ela não diz: *Você também* é, o que é especialmente agradável dado o fato de que teve que me buscar na *terapia* porque eu não podia dirigir meu próprio carro durante dez minutos numa rua de mão única do interior. Então mando a mensagem e digo para me encontrar na Harvard Square na sexta-feira depois da escola, e Lisha sorri de uma maneira que totalmente não mereço.

— Quer vir com a gente? — pergunto.

Quero incluí-la de alguma forma, que ela saiba o quanto a amo. Além disso, posso visualizar totalmente nós três comendo sorvete no J.P. Licks e escolhendo CDs usados e tirando sarro dos punks fajutos que ficam no centro da praça.

— Acho que ainda não estou pronta para todas as coisas de... compulsão — responde ela, com muito cuidado. — Quero dizer, estou acostumada com *você*, mas... — Balanço a cabeça, porque não quero que ela termine a frase, não importa quão delicadamente a coloque. — Desculpe — sussurra depois de olharmos um momento para a tela da TV, evitando contato visual.

Forço um sorriso e me recuso a acreditar que haja algo entre nós duas sobre o qual não podemos falar. Um grande gole de vinho desce meio mal, e praticamente o cuspo de volta. Ele levemente pinga para fora da minha boca, um pouco de saliva vermelha.

— Elegante — observa Lish, batendo meu pé com o dela, e tento segurar uma risadinha, mas sai, de qualquer forma, com um pouco mais de vinho babado da minha boca, e ela chuta um pouco mais forte com os pés até estarmos rindo e chutando e quase derramando nossas canecas de cabernet.

Logo preciso enxugar as lágrimas dos olhos: sou uma menina que chora quando ri, e Lisha bufa, então a combinação é o caos total. Depois de alguns minutos de tirar o fôlego resolvemos voltar para nossos lugares e jogar fora comentários sarcásticos sobre os biquínis com estampa de leopardo e apliques de cabelo danificados dos quais a MTV parece nunca se cansar. Estou orgulhosa de mim mesma pela primeira vez em meses, pensando que a diverti e por ter feito algo legitimamente útil.

— Cooter disse aos meus pais que acha que não podemos pagar Harvard — sussurrou Lisha, a voz quase escondida sob o jingle implacável e chato tocando num comercial de toalha de papel.

— Hein?

— Só por que ele está, sabe, na escola estadual, pensa que é burrice eu ir, tipo, para a escola mais cara da história — diz ela, um pouco mais alto e com mais raiva.

— *Como é que é?*

— Não sei. Ele está enchendo. Leu alguns artigos sobre universidades particulares, e acho que estava apenas querendo causar um confronto no começo, mas então, não sei, ele meio começou a se convencer e a convencer a meus pais disso. — A voz de Lisha hesita e depois falha, aos prantos. Passo para seu lado do sofá e coloco um braço ao redor dela. Rezo para ser normal pelo tempo necessário para confortá-la.

— Isso é completamente escroto — digo.

Cooter gosta de fazer discursos de tempos em tempos. Certo dia, fez a família virar vegana por algumas semanas. Outra vez protestou em frente à Igreja Católica por vários domingos seguidos. Quando Jeff estava em julgamento, Cooter escreveu um milhão de cartas ao editor sobre seu melhor amigo, apesar de a família de Jeff ter pedido a todos para por favor não falarem com a imprensa.

— Meus pais deram mesmo ouvidos a ele! Meu pai disse: "Faz sentido. Harvard é muito cara, e Lisha não se qualifica para receber ajuda financeira." Quero dizer, ele literalmente disse isso. Tipo, como se o fracassado Cooter, que mora até hoje em casa, tivesse *razão*!

— OK, tente respirar. Eles não vão tirar você de Harvard. Ou, se tentarem, você pega um empréstimo sozinha ou algo assim. Vai dar um jeito.

— Harvard é tudo que tenho — diz Lisha, e o choro piora.

— OK, agora isso não é verdade. Você tem um milhão de coisas incríveis, incluindo Harvard — afirmo, esfregando seu ombro e diminuindo o volume da TV para que a nossa conversa não seja conduzida pela trilha sonora de meninas de fraternidades chorando e bebendo.

— Você não entende. Você tem, tipo, pais agradáveis e toda a sua coisa de ser figurinista e namorados e tudo. Se eu não for para Harvard, serei basicamente um desperdício de espaço.

Nunca ouvi Lisha falar dessa maneira, e a mudança em nossos papéis naturais é enervante. Continuo apertando seu ombro e dizendo *shhhh*, e quando isso não dá certo, reabasteço sua caneca de vinho e observo Lish bebendo tudo. Sua boca fica roxa quase imediatamente, os dentes tingidos de vermelho, e combinado com seu rosto manchado de lágrimas, tem um efeito esmagador e confuso. Logo ela está soluçando e movendo a cabeça em câmera lenta para os lados. Mal estou embriagada. Bebo apenas o suficiente para ajudar a ansiedade e para apoiá-la da mesma forma com que ela sempre, sempre me apoiou.

— Você tem tanta coisa — digo, com certeza de que ela nem vai lembrar amanhã de manhã. — Harvard, balé, eu.

— Sinto que ninguém é mais patético do que eu.

Isso dói em meus ouvidos, o ridículo de alguém normal como Lisha se odiando. Todos os seus membros estão soltos e flexíveis por causa do álcool, e ela está triste, mas por um motivo real. Não há tamboriladas ou beliscadas ou anotações, ou, Deus me livre, puxões de cabelo. Apenas Lish e algumas lágrimas e a capacidade de dormir e esquecer e se sentir melhor pela manhã.

Enquanto isso, pessoas como eu e Beck são assombradas.

— Quer que eu te conte mais sobre Austin e Sylvia? — sugiro. Espero que não pareça o que tão obviamente é: algo que vai *me* ajudar a me sentir melhor, e não a ela. Quero ler minhas anotações, apenas uma vez antes de pegarmos no sono. Não me importaria de verificar as últimas notícias também, mas provavelmente posso fazer aquilo mudando de canal enquanto Lish estiver no banheiro.

— Depende. O quão patéticos eles são?

— Não tão patético, mas totalmente ferrados e destinados a, tipo, nunca serem felizes — respondo.

Acho que poderia ser verdade: são magnéticos e fabulosos, mas tudo o que escuto em suas sessões me diz que são infelizes. O mesmo acontece com a lenta ponderação com que Sylvia fuma um cigarro. Como se fosse a melhor parte de seu dia. Como se fosse sua única válvula de escape.

— Tudo bem — aceita Lisha, e inclina a cabeça para trás para repousar no encosto do sofá e olhar para o teto.

— Vou pegar meu caderno.

Lisha levanta a cabeça do sofá e suspira. Remexe a boca como se precisasse mastigar as palavras antes de colocar tudo para fora, mas, mesmo depois de um instante olhando para mim e remexendo, ela não fala.

— O quê?

— Precisa do seu caderno? — pergunta, enfim.

— Só achei que...

— Sim, está bem. Vai buscá-lo. — Eu me pergunto se ela também vai se esquecer dessa parte da conversa pela manhã.

Seus olhos estão embaçados de novo, prontos para deixar sair mais algumas lágrimas, e ela morde os lábios para impedi-las de chegar. Por um segundo, sinto minhas defesas subindo, mas com a mesma rapidez elas se acalmam. Porque ela vai me deixar pegar o caderno. Vai me deixar ler para ela a respeito de Austin e Sylvia, mesmo que saiba que é para mim e não para ela própria. Lisha ainda vai me deixar fingir que estou sendo uma boa amiga por fazer isso.

— É muito divertido, juro — digo, sorrindo para afastar a tensão.

Lish retribui o sorriso, mas parece que dói.

— Sim, parece ser.

— Ei, você vai para Harvard. Cooter é um idiota.

— Sim.

— E eu *não* tenho um namorado.

Isso faz Lisha rir, finalmente. Uma rápida explosão de uma risadinha e um aceno de cabeça. No estilo desleixado, meio bêbado, mas ainda assim...

— Vai pegar seu caderno. Estou bem. — Ela não parece bem, toda esparramada e com o rosto vermelho no meu sofá, mas faço o que ela diz, porque estou muito exausta para ter um ataque de ansiedade no momento.

Quando volto e me enrolo outra vez no sofá com o caderno rosa com a estrela, Lisha está quase completamente desmaiada, mas sorri e balança a cabeça, enquanto leio em voz alta, e deixa escapar um ruído ocasional de risos. Isso me anima, de verdade.

— Então eles falaram sobre os hábitos alimentares de Sylvia. Austin quer que Sylvia compre mais "comida normal" e Sylvia afirma que está cuidando de sua saúde. E, em seguida, Austin fala que os homens precisam comer carne, e Sylvia disse que se isso vai ajudá-lo a se sentir como um homem, quem é ela para discutir, e, em seguida, a Dra. Pat perguntou o que a palavra "homem" significava para eles e por que era o foco de tantas discussões.

— Hummm — diz Lisha.

Eu deveria arrastá-la para o quarto de hóspedes para que tivesse uma boa noite de sono e estivesse apresentável para a escola de manhã, mas até terminar toda a leitura e rever e lembrar tudo de que precisava, ela está totalmente adormecida, e sendo bem mais alta do que eu, não haverá como fazê-la subir as escadas.

Sem falar que eu poderia ficar louca e deixá-la cair. Poderia ter uma explosão violenta e quebrar seu pescoço. O pensamento me dá calafrios, então enfio a unha na palma da mão, agarro o caderno contra o peito e prometo não tocar na minha melhor amiga no mundo.

Sabe, só por precaução.

No entanto, pego um saco de dormir e durmo no chão, para que ela não acorde sozinha, confusa e dolorida. E quando vou desligar o telefone para que possamos ter a garantia de um sono razoavelmente tranquilo e sem interrupções, vejo que Beck mandou uma mensagem respondendo ao meu pedido de nos encontrarmos na Harvard Square na sexta-feira. Uma sequência de oito perfeitos "sim".

## ♡ 14.

QUANDO ESTOU NA HARVARD SQUARE É IMPOSSÍVEL não pensar no meu primeiro beijo, quando eu tinha 12 anos. Tudo acontece em Harvard Square: meu primeiro beijo com Jeff, minha primeira vez dizendo "eu te amo" com Kurt, e agora minha primeira vez em um encontro totalmente intencional com Beck. Alguma coisa nas faixas de pedestres de tijolos e postes de iluminação duplos causa essa mudança radical em mim.

Percebo, enquanto ando por edifícios de tijolo centenários, que nunca deveria ter pedido a Beck para me encontrar num lugar onde é tão impossível lutar contra essas lembranças. Meu estômago se agita quando um skatista desliza por perto e faz eu me lembrar mais ainda de Jeff.

Belisco a coxa para espantar o pensamento, que volta como bile: desconfortável e irrefreável.

— *Quero te beijar* — disse Jeff na calçada em frente a um imponente edifício acadêmico.

— Agora? Em público? — perguntei.

Cooter e Lisha tinham ido à Starbucks para usar o banheiro, mas ainda não era uma circunstância ideal. Jeff e eu estávamos de olho um no outro havia meses e, acidentalmente-de-propósito, esbarrando cotovelos, joelhos e quadris enquanto jogávamos basquete ou sentávamos no sofá ou corríamos pela cozinha em busca da perfeita combinação de lanches para devorar.

— Aqui não é público. Poderíamos começar um incêndio aqui e ninguém notaria. O lugar mais seguro do mundo para beijar você — disse ele, e então se aproximou e ficamos absortos em um beijo durante talvez um minuto.

Foi mais úmido do que eu tinha imaginado que um primeiro beijo seria. Fiquei com aquilo na cabeça por semanas. Ele tinha 14 anos, e eu, apenas 12, e parecia escandaloso, estranho e secreto. Escrevi no meu diário da época que aquele foi o melhor dia da minha vida. Mas pensando agora não posso sequer lembrar realmente de seu rosto. Acho que estávamos habituados a ter longas conversas enquanto Lish e Cooter tinham brigas de irmão e irmã, mas eu não poderia mais dizer sobre o que conversávamos ou como sua voz soava nem se minha vida dependesse disso.

A melhor coisa em relação a Cambridge é o fato de ser cheia de adolescentes com vários piercings e acadêmicos de meia-idade que querem parecer descolados, e estudantes mauricinhos de Harvard que estão tão ocupados em fazer anotações sobre Faulkner que não prestam muita atenção a qualquer coisa estranha que eu esteja fazendo. É um alívio, porque a tensão de não lembrar e lembrar ao mesmo tempo faz o meu fôlego se encurtar e minha cabeça girar. Não é a primeira vez que tive que lutar contra a onda de lembranças e esquecimento, mas saber que Beck vai aparecer a qualquer momento intensifica as ondas às quais pensei estar acostumada.

Toda semana vou à Newbury Comics, a melhor loja de música da história, porque tenho pavor que ela feche como todas as outras que já amei. Convidei Beck para vir junto para ver quem ele é fora da zona de conforto da academia, dos banhos e da terapia.

(Verdade: Jeff me apresentou a Newbury Comics também. Logo depois de me apresentar ao beijo.)

(Verdade: esta é a maior quantidade de vezes em que pensei em Jeff em um ano.)

Peguei o trem para a cidade para eliminar o estresse do carro. E a boa notícia é que não há nada a temer na Newbury Comics (além de memórias, acho. Mas com algumas respirações profundas e um olhar no meu caderno, eu as afasto). Fora isso, é uma zona-livre-de-objetos-afiados, o que hoje é extra-atraente. Tive um mini-incidente com uma faca de pão na cozinha de casa esta manhã, antes da escola, e embora tenha certeza de que tem uma tesoura atrás do balcão e o caixa de sempre, com seu piercing no lábio e tatuagem de um demônio no pescoço, que pode estar carregando uma faca ou algo assim, no geral, todo mundo está seguro.

Beck está esperando do lado de fora quando chego, e se passam dois tensos segundos antes de decidirmos nos abraçar. Sinto o arrepio de resistência em sua espinha quando minha mão o toca, mas então ele inspira e expira profundamente e sorri para mim. *Reluz* para mim.

— Não fica brava — começa ele. Reviro os olhos e dou um passo atrás, porque com certeza sou uma garota que sempre vê o pior cenário.

— É uma péssima maneira de começar um encontro — digo.

— Contei à Dra. Pat. Sobre nós.

— Nããão — digo, mesmo que esta definitivamente não seja a pior coisa que ele poderia ter dito. — Por quê?

— Sessão particular hoje — explica Beck. — Simplesmente não consegui segurar. — E mesmo que ele com certeza saiba que estou chateada, está sorrindo de forma estúpida para mim. O que significa que de fato não posso ficar brava. Na verdade, é uma espécie de estratégia genial. — Mas aqui é onde digo uma coisa boa, certo?

— Certo.

— Contei a ela sobre nós, porque agora quero melhorar — diz ele. Ninguém jamais manteve um sorriso tão imenso por tanto tempo pra mim. Jamais. — A Dra. Pat chamou de um grande avanço.

— Não entendo — retruco.

Estou ansiosa para entrar na loja de CDs, verdade seja dita. A rua tem distrações demais com os skatistas e os trechos errantes de conversas ao celular de pessoas que passam por nós. E embora não me canse do sorriso com covinhas de Beck e do fato de ele não ter higienizado as mãos depois do nosso abraço, não sei se o quero melhorando. Não sei se o quero sorrindo e entusiasmado e cheio de charme e energia casual. Não de verdade. Porque enquanto ele está tendo avanços e trabalha suas merdas, estou ficando pior porque estou usando a terapia para ver Austin e Sylvia em vez de trabalhar nas minhas merdas.

Para não falar nesta manhã, quando tive que arrancar um pedaço do meu pão favorito com minhas próprias mãos, em vez de cortar o troço como uma pessoa normal. Meu pai sentou-se com seu café e olhou para mim como se eu fosse um homem das cavernas. Não entendendo que fiz aquilo por ele, para salvá-lo de mim.

Beck está falando de ficar melhor e só agora estou percebendo o quão grande ficou a loucura em mim. Algumas semanas atrás eu era uma menina um pouco reticente sobre dirigir e que gostava de ficar escutando algumas sórdidas sessões de terapia. Agora sou uma aberração do TOC, que não pode cortar a própria comida, e oficialmente uma stalker.

E essa é a verdade. O que significa que quero confessá-la agora para o rosto luminoso e esperançoso de Beck.

Engulo aquilo em seco, ou tento, mas tenho que dizer algo honesto ou vou explodir.

— Eu gosto de você problemático. — É o que acabo dizendo. — Talvez não o ache tão bonito se estiver todo estável e coisa e tal. — Então aceno na direção da loja como se o que falei não deixasse brecha para mais conversa.

Beck dá de ombros como se talvez eu estivesse brincando. E enquanto estamos cruzando o limiar para a maravilha retrô que é a Newbury Comics, ele se inclina e beija minha bochecha.

— Foi a Dra. Pat que te disse para fazer isso? — pergunto. Então balanço a cabeça, porque me ouvi e pareci agressiva demais. — Quero dizer, você contou à Dra. Pat sobre nós, e o que ela disse? Ou, na verdade, o que você disse a ela?

— Só que gosto de você — diz Beck.

— Ah! — exclamo.

A frente da loja tem algumas prateleiras de discos, então começo a olhar esses. Borbulho um pouco por dentro com o impacto das palavras "gosto de você", mas não as digo em resposta e deixo escapar apenas um vislumbre de um sorriso.

— A Dra. Pat disse que sair com você pode ser uma boa oportunidade de me esforçar. Então falei que ia tentar lavar as mãos não mais que cinco vezes com você hoje. Quer dizer, eu provavelmente vou fazer as três extra quando chegar em casa, mas esse é o plano, tá?

— Tá — respondo balançando bem a cabeça, indicando o fim da conversa.

— Eu disse a ela que você é uma inspiração. Como está indo bem, quero dizer. Como você está no controle.

Empino um pouco o queixo e deixo meus dedos caírem na coxa para um beliscão. Era necessário, e expiro profundamente com o pequeno alívio. Meu peito se desmorona, aquela pequena pedra de tensão escorregando apenas o suficiente para me deixar respirar.

— Então, qual é a deste lugar? — pergunta Beck. — É bem legal. Olha esses discos! Clássicos. Você tem um toca-discos? Ou um CD player, aliás?

É solitário ser a única com segredos. Acho que é por isso que nunca tive segredos. Mas ele quer que isso se pareça com algum tipo de encontro normal, então vou fazer o máximo para dar isso a ele.

— Não sei. Devo ter um em algum lugar. É deprimente CDs serem retrô agora? Parece deprimente.

— Mas é deprimente — concorda Beck. E coloco a mão em seu pescoço porque posso. Porque se ele não vai ser esquisito comigo, então pelo menos posso deixar meus dedos permanecerem nas linhas duras do seu corpo. — Vem aqui. — Pego sua mão e o levo para a parte de trás da loja, para a seção de música country que ninguém em Cambridge visita mesmo, e com certeza ninguém que é cool o bastante para estar na Newbury Comics. E na parte de trás da loja, com Garth Brooks e Blake Shelton e as Dixie Chicks como testemunhas, aperto meu corpo no de Beck e roubo um bom beijo dele.

— Então, falando sério, não está brava por eu ter contado para ela? — insiste ele.

Estou cansada da Dra. Pat com a gente neste encontro, então tento deixá-lo na dúvida, mas, em seguida, o dedo dele tocando meu antebraço tamborila oito vezes e sei que, sob a bravata de alguém recém-saído de uma sólida sessão de terapia, ele ainda é a confusão que eu conheci na outra semana.

— Um pouco brava — digo, um pouco de tensão evaporando nas duas palavras verdadeiras. — Mas gosto que goste de mim. — E então mais da ansiedade se esvai do meu corpo, e Beck sorri.

— Acho que fiz a Dra. Pat perder a neutralidade durante meio segundo — diz Beck. — Foi tudo nas sobrancelhas. Elas pularam. — Ele imita.

Isto que é um bom encontro. Isto é provocar e flertar e sentir a tensão de uma nova intimidade.

Pego a mão de Beck. Ele deve estar despreparado, porque a afasta de mim como se tivéssemos atingido o limite. O êxtase pós-Dra. Pat dura apenas alguns minutos. Sei disso tão bem quanto qualquer um.

— Desculpe — diz ele. — Eles têm banheiro aqui? Quero dizer, tenho certeza de que é horrível, mas eles têm um, certo? — Aponto na direção do que será certamente o pior banheiro em que ele já esteve.

Sabe quando se aprende uma nova palavra do vocabulário e, de repente, a escuta quase em todos os lugares? Tipo, quando estava estudando para o SAT e aprendi "viscoso" e, em seguida, em todos os livros que lia, todos os diálogos que tinha, "viscoso" estava lá, bem à vista. Eu poderia jurar que nunca em minha vida tinha visto a palavra antes, mas, assim que descobri que ela existia, estava me seguindo. "Viscoso".

Austin é essa palavra do SAT.

A Dra. Pat insistiria que a vida só tem coincidências, e que meus pensamentos não têm qualquer poder. Ela diz isso várias vezes por sessão: "Seus pensamentos não têm poder. Está tentando controlar algo além de seu controle."

Independentemente: tenho quase certeza de que é a cara de Austin no quadro de avisos perto da seção de música eletrônica/dance, então olho com mais atenção e é o rosto dele, e o rosto de Sylvia ao lado, e no mesmo instante faz todo o sentido do mundo e ao mesmo tempo sentido nenhum.

VENHA VER O PODEROSO CASAL INDIE TRYST
NO CLUB PASSIM
TERÇA-FEIRA, 13 DE MARÇO.

E então, embaixo do texto, seus rostos: o dela cheio de maquiagem, o dele com sua barba áspera por fazer, ambos olhando um para o outro com aquele olhar intenso e vago de amor, que parece de alguma forma essencialmente indie rock. São uma espécie de dupla, e eles se chamam Tryst. Típico da minha parte me apaixonar acidentalmente por um músico. Aproveito para arrancar o pôster (é permitido?) com a maior segurança que consigo passar, como se estivesse ali exatamente para fazer isso.

Ninguém percebe. Os funcionários da Newbury Comics são um bando de maconheiros com piercings, e eu estou usando uma saia evasê, meias de lã e óculos de bibliotecária, então posso me safar de qualquer coisa neste cenário.

Ou quase.

— O que você tem aí? — pergunta Beck, vindo atrás de mim. Sem me tocar, mas se precipitando meio que perto do meu pescoço para que eu possa sentir a respiração e a vibração de suas palavras sem arruinar seus meticulosos rituais de limpeza.

— Ah! Uma banda que eu gosto.

— Deixa eu ver.

— Você não vai conhecê-los nem nada. Eles são todos, sabe, hipsters e coisas assim.

— Eu poderia ser hipster. Está fazendo suposições terríveis só porque estudo na Smith-Latin e gosto de malhar. — Beck pega o pôster das minhas mãos e não posso impedir sem levantar suspeitas, então tento parecer o que imagino que seja sexy e o deixo dar uma olhada no pôster.

— Bem, a gente tem que ir vê-los então! — exclama. — Deixa que eu compro os ingressos. — Enorme sorriso Beck. Onda rápida de *aimeudeus, ele gosta mesmo de mim*, imediatamente seguida pela percepção da confusão que tudo isso está virando.

— Não, não quero que faça isso, já falei. — É isso que sai do pânico e vai entrando em minha cabeça.

Há algo na maneira como Beck está se sentindo no topo do mundo, após a terapia hoje, que é inquietante e está fazendo com que "a gente" decididamente não pareça *a gente*. Como se o que dava certo entre nós, ou o que gostei nele, fosse a distância entre nós, as estranhas obsessões concorrentes e compulsões, a forma como ambos alternávamos entre felicidade e infelicidade. Este Beck, cheio de esperança, recuperação e vontade, não é tão fácil de contornar. Como se a disponibilidade fosse em si algo ruim.

Não ruim. Aterrorizante. Mas, para minha sorte, minha recusa totalmente estranha à sua oferta realmente doce para comprar os ingressos do show o traz de volta ao seu estado vulnerável.

— Tá — diz Beck.

Em seguida, ele tamborila oito vezes.

— Não me olha enquanto faço isso, OK? — pede ele. — É constrangedor.

Viro o rosto, mas meu olhar periférico o nota tamborilando os dedos mais oito vezes. Ele começa a tocar as coisas. Contando CDs. Há filas e mais filas de CDs, então vai ser causa perdida, mas ele está contando-os em grupos de oito.

Em seguida começa a reorganizá-los. Paro de assistir de rabo de olho e o enfrento de frente. Vira, vira, vira, vira, vira, vira, vira, vira. Então para. Deixa um espaço nas prateleiras, e, em seguida, agrupa o próximo conjunto de oito.

— Desculpa, fui mal-educada. Tive uma noite longa. Não dormi muito. Ir ao show seria ótimo. É ótimo.

Mais oito CDs criados em um pequeno grupo.

Oito mais.

Depois começa a contar em voz alta. É um sussurro, mas é audível "Umdoistrêsquatrocincoseisseteoito", um sussurro longo e estranho. Esquisito o suficiente para que as pessoas percebam, inclinem as cabeças e cutuquem os amigos nos ombros para apontá-lo. Quero cobrir sua boca com a mão, levá-lo para fora e encontrar um lugar seguro e escondido para coexistirmos.

Os caixas estão começando a olhar para nós de um jeito engraçado. Newbury Comics não é exatamente um ponto de encontro sexta à noite, por isso não há uma multidão por trás da qual se esconder. Há apenas alguns garotos punks, uma mãe jovem e moderninha, Beck e eu, e alguns veteranos que procuram discos de jazz.

— Ei — digo.

Não o toco. Mas chego perto, como ele acabara de fazer. Então, minha respiração está lá, o atrito do meu corpo está bem ao lado dele, mas não o bastante para quebrar o muro entre nós. No primário brincávamos de Batatinha Frita Um, Dois, Três, e namorar Beck é meio assim. Estamos jogando a mais longa, mais cansativa versão de Batatinha Frita Um,

Dois, Três da história. Quando somos apenas adolescentes normais temporariamente desonerados por nossa própria loucura, temos pressa um com o outro. Em seguida, as consequências acontecem e paramos. No meio da frase às vezes. Meio do beijo. Meio da paquera. Você congela.

— Chamaria este de nosso terceiro encontro? — pergunta Beck.

Ele não parece melhor nem energizado. Ele parece só o Beck. Eu me sinto terrível e acesa ao mesmo tempo. Sinto-me mais segura com este Beck danificado.

— Sim, terceiro encontro. Claro. Por quê?

— Só queria saber — responde ele, e por uma fração de segundo acho que Beck é adorável, como se estivesse celebrando minianiversários ou alguma coisa assim, e me viro para sorrir na sua direção, mas ele está tamborilando oito, oito, oito com o dedo na coxa, e com algo parecido com um suspiro que me diz que está contando. Não apenas de forma aleatória, na coxa, e não apenas o número de vezes que lavou as mãos ou ligou e desligou as luzes. Está me contando. Estamos na direção de oito encontros. E se a sua mente for como a minha, estamos caminhando para o oitavo encontro a uma velocidade irrefreável. E estaremos em apuros quando chegarmos lá.

# ♡ 15.

AINDA NÃO OUVI O CD DO TRYST.
— Escuta logo. Eu quero ouvir — diz Lish quando nos enfurnamos no meu quarto pesquisando obsessivamente sobre Tryst na internet na noite seguinte.

Gasto um cartucho inteiro de tinta imprimindo artigos, comentários, tweets aleatórios sobre a banda. Visito o site deles e anoto todos os músicos que ele lista como "influências". Então procuro no Google *todos* esses músicos, e Lisha fica apenas observando e, ocasionalmente, tentando me distrair de toda a história com as duas garrafas de vinho que conseguiu roubar da enorme adega dos pais. Não me distraio com facilidade, uma vez que neste mesmo segundo estou colando uma entrevista que Austin deu para um blog tosco de música no mês passado no meu caderno cor-de-rosa de estrela cadente, o que ocupa a maior parte do meu poder mental. Isso e a ansiedade e o desejo de fazer mais, saber mais, vê-los mais.

— Me serve mais um copo? — peço. Estou muito ocupada digitando, imprimindo e colando para fazer isso sozinha.

— Desisto de taças. Bebe da garrafa — diz Lisha. Nenhuma de nós sabe beber, mas Lish fica particularmente abalada. Ela ainda está com dor no pescoço por ter desmaiado no meu sofá ontem à noite.

— Tenho que ir vê-lo. Austin. Você está bem para dirigir? Eu estou bem para dirigir? — pergunto.

*Merda.* Não pensei direito *nisso. É exatamente por isso que não vou a festas.* Na batalha entre uma condução segura e ver Austin e Sylvia, não tenho ideia do que acabará por vencer. Talvez se eu dirigir ainda mais devagar do que de costume, vá ficar tudo bem. Ou talvez possa pedir carona. Ou poderia ligar para Beck e lhe pedir para me levar.

É um mau sinal estar sequer considerando isso.

— Mas não estamos vendo eles agora? — observa Lisha, gesticulando vagamente para o computador e a coleção de papéis cada vez maior em pilhas enormes no chão, na mesa, na cama.

— Não é a mesma coisa — retruco. Derramo um pouco de vinho no teclado do computador. Estou começando a entrar em pânico por saber que nenhuma de nós pode ficar atrás do volante.

— Aqui vai uma pergunta — diz Lish. Ela é uma bêbada agressiva. Notei isso nas pessoas: beber lhes dá permissão para ser a pessoa que sempre quiseram ser, em vez de a pessoa que realmente são. — Você faz todas as suas próprias regras, certo? Então, tipo, por que não pode fazer uma nova regra de que pesquisar sobre eles durante duas horas na internet é tão válido quanto ir até o apartamento deles?

Quando Lish está bebendo tem dificuldade em esconder o quão pouco realmente entende a razão de eu fazer o que faço. Ela é melhor em fingir sóbria, mas depois de uma ou duas taças de vinho começa a franzir o nariz e inclinar a cabeça e fazer todos os gestos e movimentos de uma pessoa que simplesmente não entende. Quando as coisas estavam ruins antes, não tínhamos vinho para incentivar aquela honestidade, então nunca soube o que ela achava dos erros que eu cometia.

É solitário.

— Eu não faço as regras, Lish. Sério, você pode dirigir? Pareço sóbria o bastante para dirigir? — Estou me aplicando um teste de sobriedade de improviso, que é provavelmente a coisa menos útil que já fiz. Fico vesga vendo meu dedo tentar tocar meu nariz.

— Pensei que você quisesse mais bebida. — Ela está tomando um gole atrás do outro. Agora está fazendo isso apenas para ser difícil, apenas para me irritar, só para provar que *pode* e que não vai me levar para ver Austin e Sylvia.

Sinto pequenas gotas de suor brotarem nas costas. Posso sentir cada uma se formando individualmente. É algo que odeio: esperar que se formem e depois deslizem. Uma espécie doentia de tortura concebida para fazer eu me odiar ainda mais.

— Talvez possa ligar para eles — sugiro. — Talvez possa saber como estão, mesmo que nenhuma de nós precise dirigir. — Só estou provando que Lisha está certa, que de algum modo estranho estou fazendo as regras no meio do caminho, mas não é assim que me sinto. — Quer dizer, só preciso saber que estão bem esta noite e então vou vê-los na sessão de quarta-feira. Certo? Acha que está tudo bem? Quero dizer, se estão atendendo o telefone, significa que está tudo bem. E eu, tipo, fiz meu dever.

Lisha encolhe os ombros.

Decido que a Dra. Pat aprovaria a ligeira mudança na minha rotina. Se soubesse que tenho uma rotina de stalker. É meio a mesma coisa que Beck lavando as mãos cinco vezes em vez de oito: não uma solução exatamente, não um sinal de sanidade, mas um passo na direção certa.

— Isso é bom. OK — digo.

Lisha morde os lábios e bebe da garrafa com alguns goles longos. Ela é toda ossos e joelhos nodosos e sanduíches não comidos e é impossível não se perguntar se o vinho talvez tenha sido o primeiro alimento do seu dia. Então, sabe, ela me julgar não tem o maior impacto do mundo. Harvard ou não, Lisha também não é perfeita.

Não é preciso muito esforço para encontrar o número de telefone da casa de Austin e Sylvia. As coisas ficam fáceis quando você tem o endereço de alguém junto a um sobrenome e profissão, e em pouco tempo estou ouvindo o telefone tocar e sinto mais frio no estômago a cada toque sem resposta. A secretária eletrônica atende, então desligo e ligo outra vez.

— Eles não estão em casa — constata Lish.

— Mas vão estar — respondo.

— Esta noite está sendo um saco, Bea. Sem ofensa.

— Talvez seu irmão pudesse nos levar até lá — sugiro.

— Jesus, não.

— Eu poderia ligar para Beck.

— *Bea* — diz Lisha, alto e repentino como um tiro. Passa por mim como um tiro também. Eu belisco a coxa. — Por favor, não seja do mesmo jeito que você era com Kurt, tá? Por favor?

Não respondo nada.

— Quero dizer, ele é bonitinho e músico e outras coisas, mas... por favor. Estou exausta.

Não digo nada. Disco o número de Austin e Sylvia novamente, escuto a secretária eletrônica, desligo com um suspiro.

Acabamos com o vinho chique.

— Lembra o amigo de Cooter, Jeff? — pergunta Lisha numa voz sonolenta de bêbado.

— Hum?

— Jeff. Você tinha uma grande queda por ele?

— Eu sei quem é Jeff. O que tem ele?

É difícil ter qualquer tipo de conversa agora. Bebi mais meia garrafa quando percebi que não poderia dirigir até a casa de Austin. Pensei que, como não ia checar Sylvia e Austin, faria o meu melhor para acalmar a mente.

Não estou sequer ouvindo Lish de verdade, porque quero ligar bêbada para Beck. Quero ligar bêbada para Beck e quero que ele venha e me leve para sair e que tentemos outra vez ser duas pessoas normais gostando uma da outra. Quero dizer, primeiro quero que ele me leve até Austin para me certificar de que está tudo bem por lá, mas *depois* quero ser normal. Neste momento, a voz de Lisha é basicamente apenas uma distração daquele desejo. Pequenos pensamentos dão voltas como um carrossel na minha mente: Austin, Beck, facas, carros e, só então, de vez em quando, seja lá o que Lisha está dizendo.

Ligo para Sylvia e Austin outra vez. Definitivamente já poderiam estar em casa agora. Enquanto isso, Lish continua falando de Jeff, a pessoa menos relevante do mundo.

— Não é como se Cooter fosse amigo dele *agora*, claro. Mas sua mãe lhe contou que Jeff está preso de novo? — pergunta Lisha, sua voz enfim reaparecendo em meio a meu carrossel de pensamentos.

No começo não registro o significado das palavras e então acho que ouvi errado, porque estou discando para a casa de Austin e Sylvia outra vez e, finalmente, alguém atende (Austin, presumo), sem ar, como se tivesse entrado correndo em casa para atender a ligação. Estou muito distraída por um milhão de coisas, então nada do que ela está dizendo é absorvido.

Mas depois, do nada, há uma sensação de zoom no fundo do meu peito, e posso realmente ouvir, respirar e me concentrar no rosto de Lisha pela primeira vez depois de horas. É assim que o carrossel de pensamentos opera.

Desligo o telefone.

— Espere, por que estamos falando de Jeff? — pergunto.

— Eu estava pensando em todos os seus caras. Nunca pensa nele?

Estranho Jeff estar surgindo neste momento. De repente, ele está em todos os lugares. Mesmo tendo estado na Newbury Comics, geralmente lá é *meu* espaço agora, não dele. Tenho todo um mar de lembranças na Harvard Square, que nada tem a ver com Jeff. Três anos de lembranças. Mas ultimamente ele está aparecendo em tudo o que faço.

— O que quer dizer de *volta* à prisão? Jeff estava preso antes? — Tem tanto tempo desde que sequer pensei no cara que é como se tivesse esquecido tudo sobre ele e tenho que começar do zero. Tudo o que sei sobre ele está pela metade. É tudo um nevoeiro, onde seu rosto e biografia deveriam estar.

Às vezes me lembro de pequenas partes de informação, como o basquete na garagem de Lisha ou como seu rosto tinha o mesmo formato do de Austin, mas na maior parte do tempo ele é um borrão para o qual tento não olhar muito de perto.

Passo a língua nos lábios.

Tinha acabado de relaxar ao ouvir o som da voz de Austin atendendo o telefone. Isso foi apenas um minuto atrás, mas já estou apertando os dedos na coxa. Não quero pensar em Jeff e realmente não consigo descobrir por quê.

— Hum, alô? — diz Lisha. Ela suspira, um som monstruoso. — Pode parar de ser tão esquisita? Você sabe tudo sobre Jeff ter ficado preso ou na detenção juvenil ou o que seja um tempo atrás...?

Gosto mais de Lisha sóbria.

— Certo. Acho que esqueci? — explico.

Algumas coisas são enterradas profundamente e para encontrá-las de novo é preciso da porra de uma escavação. Acho que essa é uma daquelas coisas. É melhor quando estou no controle desses pensamentos e lembranças. Tremo só com o reconhecimento de um pedaço de informação esquecido. Algo sempre sabido, mas nunca, nunca encarado.

— Não posso acreditar sua mãe não te contou que ele está de novo lá. Foi *ela* que contou à minha mãe.

Mas minha mãe não me conta mais essas coisas. Ela aprendeu a lição. Viu meu caderno de artigos de jornal crescendo com delinquentes violentos loucos e motoristas embriagados. Notou os bastões de cola desaparecendo, porque, sim, OK, estou seguindo essas histórias um pouco mais, ultimamente. Talvez ela soubesse que eu descobriria sozinha, e é por isso que me perguntou se eu estava conversando com a Dra. Pat sobre Jeff. Talvez tenha sido um indício de que alguma coisa estava acontecendo com ele.

Lisha adormece antes de me contar muito mais coisas. E depois somos só eu e a escuridão e o pensamento em Cooter e seu velho amigo Jeff e o centro de detenção e Lisha e saber que pessoas normais fazem coisas terríveis. Tento acordar Lisha, porque a combinação de vinho e ouvir a voz ofegante de Austin no telefone antes de desligar na cara dele, mais o desejo insistente por Beck acima de todo o resto, estão esclarecendo algo que estava preso na minha cabeça por um longo, longo tempo. Como quando você tem um caleidoscópio e a maioria das coisas é caos e manchas e, em seguida, por um instante, há um misterioso clique no brinquedo e você vê uma imagem coesa e totalmente vibrante.

Estou vendo aquela imagem agora, e preciso mostrar a alguém.

— Lisha, ei.
— Hummm?
— Lisha, acorda. Ei. O que aconteceu com Jeff? O que ele fez? E me lembra por que ele esteve na cadeia antes? Há quanto tempo foi isso? — Mas ela desmaiou e agora seu hálito tem o cheiro quase coalhado de vinho e sono misturado. Tento me juntar a ela na cama e no sono, mas tenho aquelas ideias e a mente muito ativa, e meu vício acidental em cigarro

(cortesia de Sylvia), meio que estão me mantendo acordada também, então vou para a varanda com um maço. Meus pais estão dormindo, não tenho nenhuma compulsão para cuidar, e é tarde demais para ligar para Beck.

São três horas e minha mente é um armário lotado de porcaria, mas se você reorganizar e agitar algumas partes, o tênis, o brinco, a luva que estavam sumidos aparecerão uma hora ou outra, bem onde você os deixou, exatamente onde sabia que sempre estiveram. Como o caleidoscópio. Padrões, memórias e imagens bonitas e formas inesperadas que você nunca imaginou que encontraria lá.

Então só tenho que sacudir a coisa toda e lembrar.

— Meninos brigam — minha mãe dissera isto alguns anos, quando tudo acabou. Essa é a primeira coisa que lembro quando estou revirando minha memória.

Então, o resto.

Meu pai e eu indo ao centro de detenção onde minha mãe estava trabalhando. Esperamos por ela no estacionamento perto do seu trabalho, um lugar sombrio, com mesas de piquenique se desintegrando e garrafas quebradas e seguranças mal-humorados fazendo pausas para fumar.

Um garoto saiu correndo do edifício: um bloco de tijolos de um lugar decorado com cercas de arame e holofotes superfortes na lateral. Consigo me lembrar porque o som da cerca balançando colidiu com o flash de luzes acendendo e o guarda no seu intervalo pisando no cigarro.

O garoto correu direto para o guarda. Este disse alguma coisa numa voz baixa e calma, e o garoto gritou em resposta.

Em seguida, o garoto pegou uma garrafa quebrada no chão e enfiou-a rápido com força na barriga de cerveja do guarda. Foi cerca de um milhão de vezes pior do que a pior coisa sobre a qual eu já tinha lido no jornal.

Aconteceu tão rápido, mas eu vi tudo.

Havia sangue.

Então vi o rosto do garoto. Ele tinha sardas e era magro com cabelo castanho-claro que parecia-se com penas caindo em volta do rosto.

— *Jeff!* — gritei. O nome dele machucou minha garganta, cheio de arestas e ruído irregular em seu caminho para fora. — É o Jeff! — disse para meu pai, que estava colocando o braço ao redor do meu ombro para me afastar da cena.

Jeff, que havia me beijado apenas alguns meses antes na Harvard Square. Jeff da boca bonita e beijo molhado e cotovelos pontudos que sempre acidentalmente-de-propósito batiam nos meus.

O Jeff que eu conhecia não faria isso. O Jeff que eu conhecia beijava de forma suave e flertava baixinho, sorria quando eu ria e cheirava a chocolate amargo da Hershey's, que comia vorazmente. Alguém tão doce, tão gentil e suave foi de repente capaz de fazer algo horrível e violento e sangrento.

Vomitei nos sapatos do meu pai. E outra vez no carro.

Comecei a ter pesadelos, quando conseguia dormir. Acordava suada e sem fôlego. Então começava a chorar e não conseguia parar. Foi humilhante. Minha mãe e meu pai me deixaram dormir no quarto deles durante seis meses.

Pensando nisso agora, é incrível eu ter voltado a dormir. É uma maravilha, realmente, ter esquecido aquilo. Fiz um grande esforço para enterrar essa lembrança.

Adormeço no sofá do andar de baixo em vez de voltar para o meu quarto, e digo a mim mesma que é por estar com cheiro de fumaça e porque não quero acordar Lisha, mas tem outra coisa também. Talvez se eu dormir aqui embaixo, com uma distância confortável entre mim e Lish, consiga esquecer de novo. Deixar esse armário bem-arrumado outra vez. Esconder este episódio de novo, e colocar tudo de volta no lugar.

## ♡ 16.

FINJO TER UMA SESSÃO DE TERAPIA ANTES DA ESCOLA na segunda-feira de manhã. Quase de madrugada. Disse à minha mãe que estava tendo uma semana ruim e que precisava da sessão extra, mas, na verdade, ouvi Austin agendar uma consulta extra com a Dra. Pat depois de sua última. Se Austin e Sylvia estarão lá, quero estar também.

— Ah, é maravilhoso você estar tomando a iniciativa, querida — disse mamãe, com um sorriso de boca fechada e um olhar por cima da minha cabeça para o meu pai, como quem diz: *Ei, vai ficar tudo bem.* — Percebi que andava tendo alguns problemas. Com as facas e outras coisas. — Ela arregala os olhos para me dizer que está disponível para conversar mais se eu quiser, mas não quero.

— Sim — respondi.

— Mas acha que já sente melhora? — continua ela quando o silêncio ameaça diminuir seu entusiasmo. — Você sabe, com as coisas do TOC. Acha que está esclarecendo todas as coisas sobre o, er, TOC?

Nem sabia o que responder, considerando que ela estava basicamente falando como se TOC fosse como uma crise de acne e não uma prisão total na minha cabeça. Dei de ombros. Nem sequer gosto da maneira como aquelas letras soam quando vêm da boca da minha mãe ou do meu pai.

— Eu só queria mesmo uma sessão extra — desconversei, e ambos se agitaram a minha volta me parabenizando por estar cuidando de mim mesma, de mãos dadas como adolescentes sem TOC.

Estou quase deprimida com o quanto foi fácil.

Para me animar, levo o CD do Tryst comigo e decido que este é o momento para finalmente ouvi-lo. Aperto play antes de pegar a estrada. Sei que sentirei algum alívio quando as primeiras notas tocarem, e quero ter aquela sensação imediata de tranquilidade antes de começar a dirigir. Talvez seja até mesmo capaz de chegar lá em um espaço razoável de tempo.

É um pouco sexual a maneira como as primeiras notas me atingem, e a euforia que vem forte e dura e, em seguida, volta para momentos de calma. Por um segundo sou uma garota normal, porque a emoção e as primeiras notas românticas e a chegada daquele alívio fazem-me pensar em Beck, o cara em quem acho que deveria estar pensando. Não por muito tempo, e não de uma maneira que me impediria de ter a necessidade de estar perto de Austin e Sylvia. Mas o suficiente para me deixar saber que há algo em mim que não é tão desordenado. Algo que tem a aparência e a forma geral de uma adolescente se apaixonando.

Beck me disse que eu era seu amuleto da sorte para melhorar.

Ele segurou minha mão por alguns minutos, e só passou cinco lavando-as mais tarde

Tenho a impressão de que eu poderia lhe mostrar a minha coxa machucada e ele talvez a beijasse, em vez de se encolher com a realidade crua daquilo.

Eu poderia amar o jeito como ele é em geral tranquilo, com apenas a ocasional explosão de alegria ou terror. Poderia amar suas mudanças de humor.

Então isso some antes de eu ter a chance de apreciar de verdade. Porque poderia machucá-lo se o amasse. Quero dizer, alguns dos crimes mais violentos são os passionais cometidos por pessoas sem nenhum histórico de agressão. Se os seres humanos são imprevisíveis, em geral, são totalmente loucos quando se apaixonam. Decido parar de pensar na possibilidade de me apaixonar por Beck, o que talvez seja um sinal de que o amo mais do que pensava. Afasto todos os pensamentos agradáveis e sentimentos por ele, para seu próprio bem. Tento esquecer o frio no estômago quando fazemos contato visual sem palavras por mais de três segundos.

Começo a dirigir para a terapia a 24 quilômetros por hora. A última neve do ano ainda tem alguns centímetros de altura sobre os gramados, o restante de uma deprimente nevasca de março. Mantenho a música muito, muito baixa, para que possa ouvir sua forma geral, mas não me distrair com isso. Aumentarei o volume quando chegar à autoestrada. Uma mãe e sua filha estão fazendo anjos de neve no jardim da frente, então diminuo a velocidade caso a menina corra para a frente do carro. As pessoas deveriam ter cercas. Meu coração está palpitando quando passo por elas, e acho que correu tudo bem, mas não sei ao certo, então volto. Lá estão elas de novo, movimentando pernas e braços na neve, os rostos queimados e vermelhos por causa do vento.

E realmente, realmente acho que foi tudo bem, estavam no gramado, e eu, na estrada, mas tenho uma noção terrível de profundidade e simplesmente... nunca se sabe. Dirijo passando por elas outra vez. A mãe percebe. Ela para por cinco segundos, enquanto assiste ao meu carro passar por sua casa, e em seguida toma a mão de sua filha e a arrasta para dentro de casa.

É humilhante, mas seguro, pelo menos.

Finalmente sigo em frente aumentando o som do CD do Tryst meio nível e deixando a beleza de um solo de violão e piano me acalmar. Suas vozes enchem o carro: a dela, rouca e quente, a dele, uma tentativa de rebelião de um menino do coro da igreja. Ele tem uma voz clara de tenor que está se esforçando muito para deixar mais suja. Soam bem. Cantam sobre o amor. Há a sugestão de uma briga em suas letras, um atrito no dueto.

Eu gosto, e gosto do fácil acesso que agora tenho a suas vozes no meu ouvido.

No entanto, não é nenhum substituto para a coisa real. Ouvir o álbum é bom, mas não faz nada pela *necessidade*, pela insistente e concreta natureza daquela necessidade. E a voz de Austin ontem à noite no telefone não foi suficiente. Acho que nada nunca é suficiente.

*Huh. Pequena epifania acontecendo agora.*

O tempo que levo até a Dra. Pat e a duração do álbum são quase exatamente os mesmos. Chego alguns minutos depois do que deveria começar a sessão de Sylvia e Austin, mas entro praticamente na ponta dos pés de qualquer maneira, meu corpo reflexivamente com medo de ser visto ou ouvido por Sylvia ou pela Dra. Pat. Ainda assim, estava pensando em uma sala de espera vazia, e vou direto para a minha cadeira antes de vê-lo. Austin. Revista na mão, barba por fazer em pleno vigor, um murmúrio silencioso mal roçando seus lábios, um ruído tão pequeno que quase se confunde com o do aquecedor. E, o principal, nenhum sinal de Sylvia.

Meu. Deus.

Austin sempre foi o foco, e Sylvia o caminho secundário para chegar até ele. Eu sabia disso, mas vejo ainda mais claramente agora. Minha ansiedade se esvai apenas em ver Austin. Sem me preocupar com Sylvia estar aqui, ou com o que isso significa para a segurança dela ou a minha, nenhum pensamento em precisar ouvir o que está acontecendo na sua cabeça esta manhã. Austin tem uma garrafa térmica e um boné feio de propósito, e noto (como nunca percebi isso? Um lembrete de que preciso ser mais aplicada) uma tatuagem que vai da orelha ao topo do ombro que diz TRYST. A palavra se instala em mim. Está bem ali, à vista de todos, e ele é semiquase famoso, e é como se, agora que vi isso em seu corpo e o escutei no carro, eu sentisse uma frase se formando em minha boca que vai ter que sair.

Engulo em seco. Talvez consiga resistir.

Não, vou dizer algo deprimente de verdade. Quero dizer, preciso. As palavras estão lá, ele está lá, e por mais que eu trinque os dentes e morda os lábios, eu sei, sem sombra de dúvidas, que se não disser isso *agora* estou pedindo para ter problemas. Para mim. Para ele. Vou me sentir como uma completa idiota, mas é o menor dos males.

— Eu amo a sua banda — digo.

Sei que há uma risadinha na declaração e pareço demais uma adolescente. Austin ergue o olhar do telefone e sorri. Inclina a cabeça. Lembra-se da outra conversa boba que tive com ele no outro dia.

Incrível.

— Ei, obrigado. — Ele pisca. Um gesto incrivelmente perfeito.

— Vocês têm um show em breve, né? — Jogo um pouco de cabelo para trás do ombro. Cachos rebeldes que não ficam parados e não têm nem mesmo uma ligeira semelhança com a seda loiro-mel ensolarada na cabeça de sua mulher. Eu poderia muito bem ter 10 anos.

— Sim, sim — confirma Austin. Ele está com um sorriso bobo no rosto que não faz muito sentido. Não há ironia nele. E não está se afastando de mim nem procurando o caminho mais rápido para sair da conversa. Seus olhos estão em mim. Primeiro meu rosto, mas, em seguida, o restante de mim também.

Talvez eu não pareça ter 10 anos afinal.

Seus olhos permanecem nas minhas partes mais curvilíneas. Também olho para ele, concentrando toda a atenção em suas tatuagens. Ele é coberto de símbolos, datas e nomes, como se seu corpo fosse um calendário ou um caderno de anotações, onde registra as coisas mais importantes que lhe aconteceram.

— Último lugar onde pensaria em conhecer alguém, certo? — comenta ele, apontando ao redor do consultório. Há um aquário com peixes azuis tristes e um rack de panfletos sobre diferentes doenças.

— Ah, é. Desculpe. Não costumo puxar conversa com as pessoas no consultório da terapia. — Balanço a cabeça, como se aquilo de alguma forma ajudasse a provar meu ponto de vista. É difícil ter os olhos dele em mim e a sala de espera vazia, exceto por nós dois.

— Estou feliz que tenha aberto uma exceção para mim — diz ele. Enquanto Sylvia sempre tem aquele ar perfeito de estrela de cinema, exagerado e agressivo, Austin é diferente: um pouco sujo, um pouco despenteado, como se talvez tivesse dormido com as mesmas roupas na noite passada, mas talvez você não se importasse. Ele meio que sacode a cabeça como se eu devesse ir sentar ao lado dele. Ele dá um tapinha na cadeira. Então me sento ao lado dele, e ele se inclina e posso sentir o cheiro de sono nele e algo mais também: talvez uísque ou café ou apenas o que homens crescidos usam depois de fazerem a barba.

Não sei. Nunca estive tão perto de um homem *real*, além de meu pai, que só cheira a sabonete Dove. Kurt gostava de colônia e Jeff cheirava a cigarros e pastilhas para tosse e a sujeira debaixo das unhas.

— Você gosta de músicos? — pergunta Austin.

— Sou uma nerd da música — respondo. Minha mente está passeando pelas conversas que ouvi entre ele e Sylvia. Momentos de terapia. Sei quase tudo e ao mesmo tempo quase nada sobre Austin.

— Entendo bem isso — diz ele.

Estou falando com Austin. Austin está flertando comigo. O que não é realmente com o que me preocupo, a paquera. Quero dizer, ele é um gato, e eu tenho algum tipo de paixão por ele, mas não como tenho por Beck. Com Austin estou ansiosa por alívio. Sinto-me *compelida* por ele.

Não é a mesma coisa que amor. Mas do jeito que o observo, o modo como tenho que dizer seu nome quando ele está na minha presença, tenho certeza de que se parece bastante com o que as groupies fazem, como se eu fosse uma adolescente apaixonada.

Coisa que eu sou.

Mas não por ele.

— Acho que minha terapeuta está atrasada — diz Austin, quando ninguém parece estar saindo para chamá-lo para a familiar sala.

— Isso é tão estranho, a Dra. Pat nunca se atrasa! — exclamo, antes de ter a chance de me censurar. Há alguns terapeutas no lugar, e apenas uma pessoa louca saberia em qual ele vai.

— Você se consulta com a Dra. Pat? — pergunta ele, inclinando a cabeça, como se mudar o ângulo fosse ajudá-lo a dar sentido a este lapso de lógica.

— É. Sim. Você também, né? Acho que já o vi entrando, talvez. Qual o horário da sua sessão? — Minhas bochechas estão queimando. Não há nenhuma maneira razoável de explicar a minha presença aqui, agora, e ele já está se remexendo no assento ao saber que reparei nele antes. Meu coração palpita e minhas mãos tremem, então as escondo embaixo das coxas para ganhar algum controle. Inspiro fundo. Provavelmente pareço ainda mais instável agora. Mas não posso deixá-lo saber que não tenho um horário marcado. Não posso deixá-lo saber que estou aqui para vê-lo. Que ele é o meu compromisso.

— Oito — diz ele. — Você?

— Ah. Pensei que, er, o meu fosse às oito. Ela deve ter confundido os horários. — Passo a mão para a parte de cima da perna e dou um beliscão forte, o único remédio em que posso pensar para a mentira enorme que acabei de dizer. Minha voz está trêmula. Ele deve conseguir ouvir a estranha vibração das palavras, a forma como deixam minha boca com um tremor.

Austin dá de ombros e ri. Como se não fosse grande coisa.

— Atrasou e confundiu os horários, não é? A Dra. Pat está perdendo o jeito. — Dá aquela risadinha de novo. É em parte ar, em parte resmungo. Um som profundo, fluido, gentil.

— Deus, isso não é nada típico dela.

É uma coisa engraçada, brincar a respeito da terapeuta em comum. Pelo que ela sabe sobre nós dois, temos maneiras limitadas de fazer julgamentos sobre ela. Apenas sobre o estofado do seu mobiliário e a forma rotineira com que lida com seus compromissos com a gente. Mas nós dois assentimos e sorrimos como se isso, de alguma forma, dissesse tudo o que há a dizer a respeito dela.

Uma das terapeutas sai de uma das salas dos fundos.

— São pacientes da Dra. Pat? — Fazemos que sim com a cabeça. — Ela está doente. Pediu desculpas. — Ela tem o mesmo comportamento neutro que pensei que talvez a Dra. Pat tivesse inventado, mas um olhar para esta mulher em seu terninho grande demais e óculos de armação fina me diz que esses terapeutas são todos iguais, todos têm o mesmo conjunto de expressões, gestos e palavras semirreconfortantes.

— Sorte a nossa, me deixe te oferecer um café. É cedo para cacete, né? Tem escola hoje?

— Sim, mas posso ir mais tarde — digo. — Um café parece ótimo.

Tudo isso antes das nove da manhã.

— Você gosta da Dra. Pat? — pergunta Austin quando já estamos confortáveis nas poltronas verdes padrão da Starbucks.

Oficialmente não me importo se não conseguir ir à escola hoje. Estamos nos sobressaindo na Starbucks também. Está cheio de empresários a caminho do trabalho e mães esperando para deixar as crianças na creche, e então tem Austin e eu. Gostaria de estar usando algo diferente das minhas calças cáqui escolares adequadas, mas totalmente feias. Tiro o suéter de cashmere que minha mãe me emprestou, e assim pelo menos me sinto mais moderninha numa camiseta quase transparente e um cachecol feito a mão listrado em azul e preto.

— Ela é... boa — digo, ainda pensando sobre minha aparência.

Eu poderia estar em uma peça off-Broadway sobre romance, pobreza e jovens fugitivos. Poderia estar em *Rent*. Faço isso às vezes, quando odeio minha aparência. Penso em uma peça onde me colocar, em um traje que poderia estar usando, e depois tenho prazer na perfeição da minha roupa naquele contexto, em vez do modo como as calças cáqui são muito duras e caem desajeitadamente, se amontoando em torno de meus tornozelos.

Não consigo parar de me mexer, então me dou uma beliscada com força quando Austin vai pegar açúcar.

— Normalmente vejo você com sua esposa — comento quando ele volta para a mesa, como a total e completa psicopata que sou.

— Ah.

— E ela é sua parceira também, certo? Na Tryst? O que veio primeiro?

— Me apaixonei primeiro. Estávamos fazendo nossas próprias coisas musicalmente. Então, unimos forças.

Balanço a cabeça, concordando, e dou um gole no meu *chai* e sinto falta da sensação correta de estar com Beck. Eu me pergunto se ficar sentada aqui com Austin está curando meu TOC. Talvez se falar com ele durante uma hora conseguirei tirar tudo isso do meu sistema: se o impulso de vê-lo, conhecê-lo profundamente e me preocupar com ele desaparecerá.

— Ela é bonita.

— Ela é. — Ele balança a cabeça, todo sério, e acho que com uma vibração que talvez vá fazê-lo me dizer que *eu* sou bonita.

Engulo em seco, e ele também, e não quero o que está prestes a acontecer, mas talvez eu *queira*, apenas um pouquinho. Etta James está tocando no estéreo ruim da Starbucks, o *chai* está queimando minha boca e Austin está recebendo olhares das mães de futebol e dos homens de negócios. Dou um sorriso de boca fechada.

— Muito bem — digo de novo, em algum tipo de voz gutural.

— Então, falando da minha esposa, ela mencionou que você esteve no nosso prédio.

*Bam.*

Lembro o olhar em seu rosto quando ela me viu na Dra. Pat. Estou ficando vermelha, quente e com lágrimas nos olhos agora. O que eu achava que fosse intriga e flerte e talvez até mesmo perversão no rosto e nas ações de Austin era realmente triste preocupação. Algo muito parecido com pena.

Esta maldita poltrona está basicamente me engolindo. Não sei que tipo de pessoa senta-se de maneira confortável nessas coisas. Austin se sentou na beira da sua, mas cometi o erro de me inclinar demais para trás na minha e agora estou presa nessa monstruosidade verde feia de pelúcia. Austin parece mais velho do que poucos instantes atrás. Como um pai. Como alguém com vergonha de estar aqui comigo em minha camisa transparente e peitos ridículos.

— Você parece muito doce. E achei que poderia ser uma boa oportunidade. Aproveitar, de alguma forma, para que saiba exatamente o que sentimos, para não termos que falar com a Dra. Pat sobre isso.

— Ah. Obrigada — respondo. Mordo o lábio com força e acho que sinto gosto de sangue. Preciso sair daqui.

— E talvez seja apenas uma fã de Tryst? O que é ótimo. Ei, quando eu tinha sua idade escrevi uma centena de cartas para o vocalista do Foo Fighters. De quem você provavelmente nunca ouviu falar. Mas é isso. Quero dizer, escute, eu ser o Foo Fighters de alguém, isso é simplesmente fantástico.

Já ouvi falar do Foo Fighters antes, eu acho, e se vou ficar passando tempo em lojas de discos e usando roupas de brechó, acho que deveria saber quem são, então faço uma anotação mental para pesquisar sobre eles quando chegar em casa.

— É. Sou fã de Tryst. Muito fã. Desculpe. — Talvez meu TOC esteja melhorando, porque estou prestes a deixar escapar uma enorme mentira. — Eu o reconheci quando saiu da Dra. Pat uma vez... e vocês são simplesmente minha banda favorita. Então meio que me empolguei. Escuto vocês o tempo todo.

Não é uma sensação boa, as palavras saindo todas suaves, sedosas e falsas, e tenho que me beliscar para tornar aquilo aceitável.

Ainda não está tudo bem.

— Entendo *totalmente* — diz Austin. Seu rosto parou de se enrugar em posições incômodas, e ele se inclina para o lado da poltrona como se, agora que está tudo em aberto, pudéssemos apenas conversar.

— Desculpe — digo.

— Nah, não nos importamos. Quero dizer, pensamos em perguntar à Dra. Pat se deveríamos nos preocupar, mas olhe para você. Posso distinguir o obcecado assustador do obcecado legal. Sylvia costumava ir a todo show do Green Day. Você sabe, quando eles eram legais. Ela achava que se fosse bastante eles a perceberiam na multidão.

— E perceberam?

— Sylvia não costumava ser tão impactante. Quer dizer, ela era bonita. Mas se cuida mais agora.

— Huh — respondo. Parece uma maneira cruel de falar. Parece decididamente uma maneira pela qual não gostaria de ser amada.

— Assim, não tem razão para se sentir desconfortável, né? Somos todos fãs de música, certo?

— Certo. — A palavra mal sai. Meus olhos estão colados ao desenho no piso de linóleo e todo o meu corpo grita com o calor. Estou certamente vermelha como fogo, do meu couro cabeludo até os dedos dos pés.

— Deixei você envergonhada — comenta Austin. — Sinto muito. Se o Foo Fighters tivesse falado comigo sobre eu ser assim tão fã teria ficado envergonhado também. Ei. *Ei*. Olhe para mim. — Eu obedeço. — É totalmente tranquilo. Disse a Sylvia que verificaria, e agora verifiquei, e estou empolgado por termos uma garota tão legal como fã. Quero dizer, que sorte a nossa de ter você como fã, certo? Você é, tipo, exatamente para quem e sobre quem queremos estar cantando. Então, por favor, não fique assim.

Austin provavelmente não fala com uma garota de 16 anos há muito tempo, mas ele reconhece a mudança na minha respiração, sabe que as profundas inspirações estão prestes a virarem lágrimas reais, e nenhum homem adulto sabe lidar com isso.

— Sabe o que eu adoraria? — diz ele, dando um tapinha no meu ombro, tímido. — Que fosse nossa convidada especial no show da próxima semana. Isso significaria o mundo para mim. E só para ter certeza, não há nada de estranho nisso, estamos totalmente tranquilos. Estamos felizes por termos uma verdadeira fã.

— Sim, quero dizer, estava pensando em ir — respondo. Minha voz ainda não é a de sempre, mas minha temperatura corporal cai um pouco e o suor escorrendo pelo meu traseiro parece ter abrandado, esfriado e se transformado em arrepios. Bom.

— Vamos arranjar isso para você — diz Austin. — Os ingressos, quero dizer. — Então ele dá um tapinha no meu joelho, e continuo pensando se havia realmente alguma carga sexual antes ou se sempre foi só pena e preocupação com a adolescente obcecada e louca.

Provavelmente, a última opção.

— Estar na escola é uma merda, né? — continua ele. Dá um sorriso de forma condescendente.

Dou de ombros e tento sorrir e parecer uma adolescente problemática e inofensiva, o que não deve ser muito difícil, porque *sou* uma adolescente problemática. E, de acordo com a Dra. Pat e minha mãe e Lisha e toda a literatura que li sobre TOC, supostamente também sou inofensiva.

— Então, não vai dizer a Dra. Pat que eu, tipo, fui toda estranha com você, certo? — pergunto, como se fosse uma piada.

Austin sorri, e sei exatamente o que é isso agora. Sou um caso de caridade. Estou lá para fazer Austin e Sylvia sentirem que, no meio de seu casamento de merda, podem ajudar uma problemática fã adolescente que também é solitária, desesperada e patética.

Existem stalkers de celebridades que acabam matando suas fixações. Eu não consigo pensar em um exemplo específico agora, mas perseguição tem um tipo de implicação violenta, e me pergunto se todo o tempo que passei me preocupando com as pessoas e com a segurança de Austin e de Sylvia tem alguma coisa a ver com aquilo. Talvez eu seja a verdadeira ameaça a eles.

Olho ao redor da Starbucks. Facas de plástico, embora atrás do balcão. Não posso fazer muito mal com guardanapos, leite de soja e pequenos utensílios de madeira. Estamos todos a salvo por enquanto.

E essa percepção me torna uma princesa zen de tanta calma, apesar do constrangimento.

— Vamos fazê-la chegar à escola, certo? — diz Austin.
— Não pode ficar matando aula para sair com astros do rock. — Piscadela. Pausa. Piscadela de novo.

Caminhamos juntos até o consultório da Dra. Pat. Austin dá um tapinha no teto do meu carro, o que é apenas um pouco menos humilhante do que ele acariciando o topo da minha cabeça.

— Aguente firme, Bea — diz. Eu o deixo sair primeiro, para que não veja que tipo de motorista eu sou.

E durante as quatro horas seguintes sou um exemplo de frieza e calma e não sinto a necessidade de fazer nada a não ser anotações de *O grande Gatsby* para a aula de inglês e pensar em admiração e obsessão e em como Austin é tão falho, belo, inatingível e incorreto quanto Gatsby. Quando o professor pede um trabalho sobre o livro, fico quase animada para enfrentar o assunto. Sei exatamente o que escrever. Sei exatamente como me sentir a respeito de Gatsby e Nick e do mundo do qual nunca faremos parte de verdade, não importa o quanto tentemos.

# ♡ 17.

NA MINHA PRIMEIRA AULA DE INGLÊS NO DIA SEGUINte (sim, tenho duas aulas de inglês, isso é ensino médio no seu melhor), escrevi a conversa com Austin nada menos que cinco vezes. Tento explicar tudo para Lisha de novo, mas fico esquecendo detalhes, e a crescente certeza de que não estou recriando aquilo direito começa a pressionar meu peito. Logo, parece que um Austin em tamanho real está sentado no meu peito, esmagando minhas costelas, e então tenho que tentar novamente escrever a história toda do jeito *certo*.

Lisha dá de ombros.

— Sim, quero dizer, acho que entendi o básico. — Ela tenta sorrir, mas o sorriso sai mais parecido com uma careta.

É engraçado o quanto quero contar a Beck que enfim falei com Austin, que conversei com um dos pacientes, que contei a ele que escuto, mas ele está começando a ter muita informação. Se tentasse muito seria capaz de ligar os pontos e fazer uma constelação da minha loucura, e não posso permitir isso. Sendo assim, já ignorei oito mensagens de texto e oito chamadas não atendidas, e sei que será assim por enquanto, pelo menos.

Sorte minha, estamos apenas passando por vocabulário avançado hoje. Sou uma máquina de vocabulário, então não preciso usar nenhuma peça extra do meu cérebro.

— Inépcia — diz a Sra. Peters. Ela está dando a cada um de nós uma palavra para definir em voz alta, um a um. — Clemência. Mendaz. — Esta última sou eu, recentemente: dada a mentir. — Denegar. — Rejeitar. Também totalmente relevante neste momento. — Venerar. — continua ela. Conheço bem essa também. Adorar. Venero Austin. É como uma merda de teste de vocabulário da minha vida agora. — Meticuloso — diz ela quando chega a mim, e pelo amor de Deus, é claro que também conheço essa.

— Prestar atenção aos pequenos detalhes — digo, incapaz de impedir minhas bochechas de corarem.

Sinto falta de Beck, se é possível sentir falta de alguém que você tem evitado ativamente durante todo o dia.

Meio que sabia que isso aconteceria dessa forma, que a abertura da pequena janela de informações sobre mim tornaria as coisas mais difíceis, e não mais fáceis, entre nós. Que se eu contasse até mesmo uma coisa pequena a meu respeito, gostaria de contar-lhe tudo. Não é uma coceira na garganta, não estou dizendo tudo numa mensagem de texto ou tendo um colapso de tantas palavras presas. Não é o TOC que está me fazendo querer compartilhar, não dessa vez. É a expressão em seu rosto e o formato de suas mãos e o jeito que somos quando nos beijamos. É que ele contou à Dra. Pat que gosta de mim.

Sei o que vai acontecer: Ele vai me pedir para lhe contar mais uma coisa sobre mim e não vou ter escolha a não ser colocar tudo para fora em uma enxurrada de palavras, pensamentos, sentimentos e loucura.

— "Esotérico" — prossegue a Sra. Peters. — Pode usá-lo em uma frase, Bea?

— Eu gostaria de permanecer esotérica, porque ser misteriosa é melhor — respondo. Há risos, e a Sra. Peters sorri e dá de ombros.

— Claro — concorda. — Tudo bem.

Bem. Pelo menos me darei muito bem em nosso teste de vocabulário.

Quando Beck liga para meu celular durante o intervalo do almoço, ele me chama de "gata" e diz que está ouvindo o álbum do Tryst que ambos compramos na Newbury Comics, e pensando em mim.

— Mas que porra? Vocês não têm dever para fazer? Ou os caras da Smith-Latin apenas ficam sentados ouvindo seus iPods? — provoco, mas ele não está a fim de brincadeira.

— Sabe aquela faixa "Amante perigoso dos olhos azuis"? — pergunta. — Gosto dela. O título me faz rir, mas também... Eu não sei. Amei as letras. Ele é meio Bob Dylan, não acha? E ela soa como uma cantora de jazz old-school. Ah! E a música "Pergunte"? É ótima também.

Eu não falo muito. Não porque não goste da doçura em sua voz. Às vezes, conseguir o que quero me deixa emocionada, e acho que sempre quis que alguém falasse exatamente dessa forma comigo, então meio que fico engolindo as lágrimas enquanto como um sanduíche de queijo na lanchonete com Lisha. — Estou sendo muito intenso? — pergunta Beck. — Desculpa. Talvez sejam os remédios que a Dra. Pat me mandou tomar. Costumo ser um pouco mais frio, juro.

— É bonitinho — digo.

Lisha revira os olhos e me deixa sozinha na mesa para buscar uma porção de batatas fritas que provavelmente não vai comer. Já desliguei o telefone quando ela volta e mordisca uma única batata frita salgada.

— Será que ele sabe que você está, tipo, apaixonada por outro cara? — pergunta Lisha. — Sabe que teve um encontrinho ontem na Starbucks com um astro do rock? Quero dizer, deixe alguns homens para o restante de nós, mocinha.

Esta é a maneira com que sempre falamos uma com a outra: cotoveladas verbais e grandes sorrisos. Mas hoje os olhos de Lisha estão apertados como pequenas fendas e há um novo vinco em sua testa. Suas pernas estão cruzadas com muito rigor, as coxas e os joelhos apertados. Mordo meu sanduíche de queijo e tento rir disso.

Meu maior medo, maior do que de carros ou facas ou de ficar louca, é que a nossa amizade mude. Mas, claro, quanto mais temo isso, mais se torna realidade.

— Acho que está confusa quanto ao que se classifica como um *encontro*. E já falei. Não estou apaixonada por Austin — afirmo. Estamos nos esforçando para manter o clima leve.

— Ah, eu sei. É apenas o seu TOC.

Então, o almoço termina antes mesmo que Lisha realmente tenha tempo de revirar os olhos.

Terminamos de discutir *O grande Gatsby* ontem na minha aula de literatura avançada, por isso hoje estamos lendo o conto *A loteria* em voz alta, e estou achando que vai ficar tudo bem, então percebo que é uma história sobre apedrejar alguém até a morte.

Nunca antes havia pensado na possibilidade de apedrejar alguém até a morte. Mas agora o pensamento existe e sei que farei isso algum dia, porque há pedras por *toda parte* e não posso evitá-las com a mesma confiabilidade com a qual posso evitar objetos cortantes.

Merda. Não quero ser uma daquelas pessoas que não podem sair de casa.

Belisco a coxa o mais forte que consigo. Não posso ter um chilique no meio da aula. Não é como se tivesse grande reputação aqui, mas ainda não posso ser considerada uma completa lunática. Pareço OK. Garotas populares às vezes elogiam meus acessórios. Recebo ocasionais convites para festas, assim Lisha e eu temos a aceitação relutante de meninas mais bonitas, mais ricas e muito mais atléticas. Mas na Greenough você não pode ir a lugar algum sem ser atleta. E mesmo as meninas que passam tempo juntas na biblioteca têm me lançado olhares engraçados ultimamente.

Como agora, por exemplo. Kim e Lacey estão sussurrando na fileira de trás e acho que é sobre mim.

*Não pense sobre isso*, digo para mim mesma. *Esqueça o apedrejamento. Não dê ouvidos. Pense sobre os antebraços do Beck.*

Quero que isso seja o suficiente. Sei que, para outras meninas, isto é. Essa quedinha por alguém é suficiente para tornar até mesmo os piores pensamentos, os mais terríveis, suportáveis. Pensei, quando estava beijando Beck no outro dia, que seria capaz de relembrar sua boca na minha repetidas vezes e que apenas aquela lembrança me tornaria de alguma forma magicamente normal.

Estava errada.

Então volto para o que funciona: o beliscão na coxa e algumas intensas anotações. Listo todos os objetos da casa que poderiam ser usados para matar alguém. Então listo materiais escolares que deveriam ser mantidos trancados ao invés de soltos por aí para que qualquer pessoa possa pegar e usar para atacar.

Subitamente, uma preocupação muito séria: como posso ser figurinista se tenho medo de tesoura?

Dizer que me odeio neste momento seria subestimar a coisa toda. Lisha tem de me cutucar quando a aula termina para me lembrar de levantar. E talvez estejamos no limite uma com a outra, mas ela ainda é um farol para mim, ainda é algo para me dar esperança no meio de toda essa droga.

— Está suada, Bea — observa, e me puxa para o banheiro, onde me dá um monte de toalhas de papel frias e molhadas. — Vamos embora. Vamos matar a aula de história — diz ela, quando termino de me enxugar.

— Hein?

— Se não consegue ouvir nem uma pequena história sobre sacrifício e agricultura, certamente não vai conseguir aguentar uma aula inteira sobre câmaras de gás e sofrimento humano.

— Estou bem.

— Bea. Você não está me enganando. Não estava fazendo anotações durante a aula, mas furos no papel. É o que parece quando fica totalmente hiperfocada e estranha. Não é como se estivesse escondendo isso bem nem nada. Sério. Você acha que as pessoas não percebem esse tipo de coisa?

Aperto mais o caderno contra o corpo. Ela não está querendo ser cruel, mas ainda assim dói.

— Você realmente acha que não tem problema fazer um monte de *jovens* instáveis lerem sobre apedrejar seus *pais*? — pergunto. Acho que se eu enfatizar bem as palavras certas, Lisha enfim vai entender. Que não sou louca por ser cuidadosa. Talvez seja apenas madura.

No entanto, Lish balança a cabeça e dá uma risada que é mais um suspiro do que qualquer outra coisa.

— Bea — recomeça. É um tom de voz ao qual estou ficando acostumada. Parte exasperação, parte condescendência. Sinto falta do jeito como era apenas alguns meses antes: contando a ela sobre como era fazer sexo e como deveria usar seu cabelo, e que coisa fabulosa fiquei fazendo a noite toda. — Você precisa matar a última aula. Vou me preparar para meu recital. Vá fazer o que precisa antes, OK? Quero de verdade que você esteja lá.

— Eu não tenho que *fazer* nada. Estou totalmente bem — afirmo, mas nós duas ouvimos mentira naquilo. Ela vai ensaiar para o recital de dança mais chato do mundo, e eu vou dirigir devagar até o prédio de Austin, mas voltar a tempo de entregar-lhe algumas rosas e fingir que ela poderia realmente ser uma bailarina formada em Harvard. (Ela não será. Se Lisha pode ser honesta quanto ao meu TOC, posso ser honesta quanto a seu futuro como bailarina.)

Lisha vai embora e tenho que sair do estacionamento antes que algum professor me pegue. Ainda falta uma hora para o fim do dia escolar, mas não há nada seguro para aprender aqui. Estão empurrando violência goela abaixo como se o massacre de Columbine nunca tivesse acontecido, como se estivéssemos no Canadá ou algo assim e as escolas fossem seguras.

Não são.

Sei que, se eu entrar no carro, ele seguirá para Austin e Sylvia e conseguirei respirar normalmente, mas estarei de volta à estaca zero. A Dra. Pat encoraja-nos a encontrar maneiras de resistir às compulsões quando podemos. "Desafie-se", é como coloca. Como se não realizar os rituais que mantêm vivos eu, meus amigos e estranhos do mundo todo fosse algum tipo de objetivo digno, em vez de um desejo de morte.

Mas faço o que ela diz. Eu me desafio.

Novo plano. Quero amar algo normal; quero algo que outras meninas querem. Um cara bonitinho, com músculos, uma boca adorável e um interesse por indie rock.

A Smith-Latin não fica muito longe daqui. E ironicamente estou usando as botas vintage de trilha sobre as calças cáqui apropriadas do meu código de vestimenta, e um casaco de inverno pesado, então não é uma caminhada completamente insana para se fazer. Se mandar uma mensagem antes de ir ele pode dizer não, então apenas sigo em frente. Um pé na frente do outro. Preciso acreditar que a Dra. Pat ficaria orgulhosa.

Ando pelas estradas, e estar sozinha é maravilhoso. Posso passar por rochas grandes ou perigosamente lascadas, galhos de árvores quebradas, e isso não importa, porque não há ninguém para eu machucar. *Entendo* totalmente Thoreau ou Salinger ou outros escritores famosos que se recolheram numa floresta por décadas a fio. Talvez não fossem eremitas. Talvez não odiassem as pessoas. Talvez apenas estivessem cuidando do resto do mundo.

Ao chegar ao campus da Smith-Latin, parei de sentir frio e o vento e passei para um estado totalmente suado e quente.

Juro por Deus, um dia sairei com Beck me parecendo com um ser humano normal, com cabelos sedosos e mãos limpas (embora não limpas no padrão TOC), mas acho que hoje não é esse dia. Não sei onde encontrá-lo, então resolvo fazer a única coisa em que consigo pensar, que é ficar perto dos banheiros e esperar que o pegue entrando em um deles. As aulas devem estar quase no fim, portanto ou ele está na sua última aula ou se preparando para algum esporte, mas de qualquer forma sei que não vai a lugar nenhum até que lave as mãos.

Realização súbita aterrorizante/gratificante: não estou perseguindo Beck porque preciso, estou perseguindo Beck porque quero estar perto dele. Não há nenhum propósito maior. Não é uma criação do TOC. Ele é como Lisha, apenas uma pessoa de quem realmente gosto.

Eu o encontro do lado de fora do banheiro bem depois do corredor principal. Está usando o código de vestimenta

Smith-Latin: camisa de colarinho, gravata e sapatos sem cadarços. Os dele estão tão brilhantes que me lembram o kit de polimento de sapatos que meu pai guardava na cozinha e usava todos os dias antes de ir trabalhar, quando ainda estava numa grande corporação. Eu gostava do ritual matinal e da forma como a caixa era deslocada ao redor para se tornar o suporte de pé, e depois dobrada sobre si mesma para se tornar uma caixa de novo.

A lembrança daquele pequeno prazer não é suficiente para me distrair da onda de palavras na minha garganta e, em seguida, derramando-se para que não chamusquem o delicado interior da minha boca.

— Decidi fazer uma caminhada e acabei aqui. Estou horrível porque foi realmente uma longa caminhada. E prometo me lavar primeiro, mas quer ir a um recital de dança comigo? Essa é a coisa mais estranha que já te pedi?

— É — diz Beck. Mas então: — Qual o tempo de duração? Quantas danças são?

— Não vou ficar lá para as oito danças — digo. — Você não tem ideia de como vai ser chato. Estamos falando de uma coreografia seriamente boba e algumas meninas seriamente descoordenadas. A única coisa de que gosto nisso tudo são os figurinos ridículos, mas você não deve gostar disso também.

— Está tentando me convencer a ir ou a não ir?

— Quero que venha — digo. — Oitava fila? Oito minutos? Quais são as regras da sua coisa com oito?

Beck abre um sorriso tímido e dá os ombros. As aulas estão acabando em todo o edifício e de repente sou o centro das atenções na entrada da escola para meninos. Nunca fui tão desejável quanto pareço ser durante estes momentos. Os padrões de beleza mudam um pouco quando não há ninguém com quem competir.

Não preciso beliscar a coxa ou coisa do tipo: estou *aqui*. Estou chamando a atenção de todos e, se há alguma coisa que sei com certeza é que, neste momento, mesmo sob iluminação fluorescente e com minhas botas mais feias e meu cabelo numa pilha no topo da cabeça, eu *existo*.

— Meio uma grande coisa, conhecer a infame Lisha — diz Beck por fim.

Ele se aproximou um pouco mais desde que os meninos começaram a sair em cada sala de aula. Mas ainda não está perto o suficiente para tocar e ainda está mantendo um olhar constante no banheiro pensando na boa sessão de limpeza que ele promete.

— Famosa. Não infame. Não ensinam nada aos alunos nesta escola pomposa de vocês?

— OK, sabe-tudo. Famosa Lisha. Você disse que ela é a pessoa que te conhece melhor.

— Disse? — Não estou lembrando de nada disso. Acho que estou tendo uma experiência de amnésia de terapia em grupo. Estou me esforçando tanto para não falar sobre Austin e para não arrancar o canivete suíço de Rudy de suas mãos que é impossível ter de fato muito conhecimento dos pequenos pedaços de minha vida diária que divulgo. Meio acho que não faço a menor ideia sobre o que realmente conversei com Beck, só sei o que consegui esconder dele.

— Bem, você parece ter percorrido todo o caminho até aqui só para me convidar para sair, então está combinado — diz Beck. Vou lhe dar um empurrão de brincadeira, um pouco de flerte tocando seu ombro ou a massa sólida de seu braço ou qualquer outra coisa, mas ele recua, em piloto automático, para evitar. — A gente se encontra do lado de fora, tá bem? — Ele esconde as mãos nos bolsos, inclina a cabeça e empurra a porta do banheiro para abri-la antes mesmo de ouvir minha resposta.

Se Austin morasse a uma distância remotamente alcançável daqui, eu desistiria de tudo e iria até seu prédio, onde é mais seguro, e eu estou mais segura e Sylvia está mais segura, e talvez o mundo inteiro esteja realmente mais seguro.

Ando até o outro lado do campus da Smith-Latin, um campo de futebol perto do estacionamento onde acho que reconheço o carro de Beck. Sento-me no chão, sem pensar no potencial de ficar com as calças enchacardas de neve ou lamacentas das manchas onde ela derreteu. Às vezes desejo mais do que qualquer coisa que eu tivesse um tipo totalmente diferente de TOC que me mantivesse limpa, bonita e apresentável. Vou precisar que Beck passe na minha casa ou no shopping ou coisa do tipo para comprar outras calças. Migrei para um nível Inaceitável, mesmo para mim.

Pelo menos dessa vez ele não demora uma hora. Beck se limpa depressa e me encontra como se estivéssemos magneticamente atraídos um pelo outro, e dou um meio sorriso de desculpas pela minha roupa, agora um total desastre. Botas endurecidas de sujeira. Irônico. Calça cáqui larga e molhada. Para alguém que odeia sujeira tanto quanto Beck, ele certamente é tolerante em relação a mim.

— Você tem que passar na minha casa — digo. — Estou parecendo um menino de 5 anos. Não consigo ficar limpa de jeito nenhum.

Beck não responde, mas entramos no carro, e ele dirige e parece que está indo na direção da minha casa até que faz uma curva rápida e entra em alguma estrada inacabada e acidentada.

— Faz trilhas? — pergunta Beck.

— Eu não estava brincando. Legitimamente tenho que ir neste recital de balé...

— Eu sei. Responda a pergunta.

— Já fiz antes.

— Eu também. Costumava realmente gostar dessas caminhadas — revela. — Suas botas me fizeram lembrar. E a lama em suas calças. E seu cabelo. Seu couro cabeludo. Está meio arrepiado, e é como o da minha irmã costumava ficar quando estávamos em uma caminhada em família.

— O motor ainda está ligado, então acho que não vamos sair do carro, mas temos uma visão do que nunca deveria se qualificar como uma montanha. Trilhas surgem ao redor, batizadas com nomes deprimentes. TRILHA DO LÍMPIDO RIACHO. DESFILADEIRO DO URSO DA MONTANHA. TERRA DAS MARAVILHAS DA CACHOEIRA BRANCA.

Sequer preciso segurar a língua. Não estou lutando contra revelar demais nem qualquer outro impulso. É bonito aqui, a forma como o sol bate na neve e as árvores sacodem pequenos chuveiros de flocos a cada poucos segundos. E Beck está lindo aqui, com os olhos semicerrados e focados, os dedos totalmente imóveis.

— Sinto muito — diz ele, após alguns instantes respirando em sincronia e observando apenas o vento.

— Não. Por quê? Não.

— Quer experimentar o jeans que guardo no porta-malas? Isso é um insulto? Sei que garotas não gostam de ter o mesmo tamanho da cintura do seu... — Eu o interrompo na palavra "namorado". Não porque não quero que seja verdade, mas porque não aguento tanta coisa em um dia só.

A Dra. Pat diz que para algumas pessoas até mesmo uma boa notícia induz à ansiedade.

— Sua calça jeans seria ótimo.

Beck é todo ombros largos, mas tem cintura fina e pernas pequenas, e é o tipo de cara que gasta dinheiro em coisas como jeans, por isso os que ele me entrega estão bem dobrados e são de brim escuro e, provavelmente, mais caros do que qualquer coisa que eu tenha.

— Devo...? — Aponto para o banco de trás, e a atenção de Beck é despertada.

— Ah, sim, claro. Eu não quis dizer que você tinha que, tipo, tirar a roupa na minha frente. Desculpa. Estou fazendo tudo errado. Vou fechar os olhos.

Tenho certeza de que existem meninas que não achariam romântico um jipe surrado no inverno. Meninas que não veem qualquer tipo de sensualidade no cheiro de lama seca ou nos sons desajeitados de um carro velho ou na ideia de que você pode fazer a coisa que menos se espera e ver o que acontece.

Tenho certeza de que existem meninas da minha idade que não tiveram relações sexuais e estão à espera de algum tipo de sinal divino ou de um gesto romântico ou, no mínimo, de um cara agressivo insistindo para cederem. Mas essa não sou eu. Já fiz sexo. Foi muito divertido. Não me importaria de tentar novamente.

— Me ajuda a tirar essas coisas? — peço.

Meu coração está batendo forte: *tum, tum, tum*.

Acho que é seu medo de tocar que me faz querer mais. Como uma espécie de desafio, mas como uma espécie de validação também. Se eu conseguir que ele me ame assim (suja, desarrumada, afobada, descaradamente eu), talvez isso seja algo real.

Beck mantém os olhos abertos, mas não se apressa na minha direção. É ainda mais doce desse jeito. Estou arrepiada com a espera, e ele está dando um meio sorriso, e, em seguida, coloca a palma da mão ao redor do meu pescoço e o puxa para me beijar.

Ele não me ajuda a tirar as calças, nem mesmo a camisa, mas dá aquele beijo de perder a noção de tempo e espaço outra vez. Meus lábios se agarram aos seus, e não quero deixá-los escapar nem por um momento. A metade inferior do meu corpo se inclina em direção a sua e aperto os braços em volta de seu pescoço. Um pequeno suspiro escapa da minha boca para a dele.

Então, Beck fica mais lento, como da última vez. Ele se ocupa com seus lenços umedecidos quando nos afastamos, e me troco no banco traseiro.

— Ei, está tudo bem — digo para seu rosto no espelho retrovisor. Ele está no décimo lenço. — Não me importo que se limpe. Então, assim, não vamos nos sentir mal com isso, sabe? Podemos fazer uma promessa de não nos sentirmos mal com as merdas estranhas que fazemos? — Enquanto estou dizendo acho que é um momento perfeito e altruísta: aceitar alguém por quem ele é. Mas, quando volto para o banco da frente, percebo que pedi para que ele não me odeie quando descobrir todas as coisas que não contei ainda.

As calças jeans de Beck ficam largas, caindo dos meus quadris de uma maneira que espero que pareça bonitinha e confortável, mas o jipe não tem exatamente um espelho de corpo inteiro, então não posso ter certeza. Estou com um suéter pesado e um cachecol grosso e talvez todo o visual esteja dando certo para mim.

A Dra. Pat sempre se espanta com meu inerente otimismo.

— Então. Recital de dança? — diz Beck.

Agora que se desinfetou e eu ao menos estou de roupas limpas, ele é todo sorrisos. Sento-me em minhas mãos para que não pegue a dele por impulso. Sei que ele não se importaria, mas senti as manchas secas de suas palmas quando ele envolveu a mão na parte de trás do meu pescoço, e não quero fazer nada que faça com que ele esfregue as pobres partes descamando de seu corpo ainda mais.

— Recital de dança — repito. Estou sorrindo também.

Por alguns minutos.

Continua parecendo que a magia de me apaixonar por ele durará mais tempo, mas a onda boa é sempre seguida por um pânico ainda pior do que aquele com o qual comecei.

Beck está dirigindo com facilidade, e não sei se é o mesmo para ele, essa parte das coisas. Acho que ele está bem com aquilo, desde que esteja limpo e devidamente sarado. Sou seu espelho oposto. Tudo é bagunçado e sem frescuras até que eu sinta algo bom.

— Gosto que seja uma boa amiga — diz Beck. Ele balança a cabeça com as próprias palavras, como se fossem uma melodia favorita. Está orgulhoso do elogio, da forma adulta com que sai da sua boca.

— Ah. Não. Lish é a boa amiga. Este é exatamente o tipo de coisa que faço porque sou tão difícil de aturar. É, tipo, a única maneira em que posso pensar para recompensá-la.

Só chegamos quando a apresentação já está quase no fim, o que é bom, pois é quando as meninas mais velhas, as que ainda se prendem à ideia de ser bailarinas, mesmo que nunca vá acontecer, fazem a sua grande dança. É um alívio perder a maior parte dos grupos mais jovens, aquelas tão crianças que mal conseguem andar, muito menos dançar; e aquelas batalhando com embaraçosos aumentos de peso e altura que não deviam ter se submetido a coisas como *collants* e *tutus* em seus estados pré-adolescentes.

Teve um ano que me ofereci para fazer o figurino da apresentação. Achei que seria bom para entrar numa faculdade e, honestamente, pensei que poderia fazer algo magnífico. Ou, pelo menos, um pouco significativo. E, na minha opinião, *foi* magnífico, mas acho que o resultado foi falta de lantejoulas e mangas bufantes, e, no final, são essas coisas que as pessoas querem num recital de dança, por isso, em última análise, minhas fantasias foram vetadas.

Lisha me disse que fiz um ótimo trabalho, e que nossa pequena cidade estúpida não era inteligente suficientemente para apreciar a forma como eu estava transgredindo o meio.

Realmente acho que ela estava sendo sincera. Lisha até usou o traje que fiz para ela no baile da escola aquele outono. Um minúsculo vestido prateado com o tipo de saia que abre como um paraquedas quando você gira. Passamos aquela festa dividindo uma garrafa de vodca de pêssego com Kim e Lacey e girando tanto que ficamos tontas. Eu não conhecia Kurt, no entanto, e não tinha feito nada muito louco ainda. Era uma Bea toda diferente. A melhor Bea. Sinto falta daquela Bea.

Beck gosta da história. Ele sorri para o jeito que rio durante a narração. Gosto de tê-lo ali ao meu lado, ainda corando do beijo no carro e, em seguida, do silêncio que se seguiu e da química que surge ao evitar em vez de ceder ao toque.

Não damos as mãos no recital. Seu corpo fica se mexendo ao lado do meu, os músculos de seus braços e pernas se flexionando e relaxando como se estivesse fazendo um pequeno exercício.

Ele fica olhando o relógio. Temos oito minutos e, em seguida, ele terá seu momento Cinderela e desaparecerá.

Dois minutos e os acordes iniciais de "Tiny Dancer" pipocam dos alto-falantes de baixa qualidade, e sei que é a vez de Lisha e está tudo bem.

As três bailarinas mais velhas, Lish e duas meninas com quem dança há anos, estão nos mais claros dos *collants* azuis.

Tão claros que estou com medo de avistar mamilos escuros. São todas tão magras e sem peito que não usam sutiã, e isso me deixa preocupada em relação a problemas imprevistos com aquele traje. (Viu? Elas precisavam de alguém como eu, ajudando-as.) Mas depois dos exagerados trajes baratos e deslumbrados dos bailarinos antes delas, a elegância do longo filó e da silhueta clara é, na verdade, meio completamente linda. Não única, não inovadora, mas delicada e encantadora. Nunca vi Lisha assim.

No entanto, após os primeiros saltos e rodopios, não presto atenção em mais nada. Fico observando Beck verificar o relógio. Eu me preocupo com sua preocupação. E então, como a dança é curta, acaba muito antes do limite de oito minutos e temos que ficar no auditório enquanto todos os outros passam por nós. Ficamos em silêncio, e o palco vazio está coberto por uma camada de glitter e condensação, e não é totalmente diferente do cenário de hoje mais cedo, com as árvores brilhantes e a neve derretida.

Beck olha para o relógio, esperando-o alcançar a marca mágica dos oito minutos. Fica me dizendo que posso ir, posso procurar por Lisha, que ele está bem. Mas espero, mesmo que, no instante em que os oito minutos chegarem, ele vá correndo ao banheiro de qualquer maneira.

Quando Lisha aparece, está coberta de base escorregadia, cheia de sombra brilhante nos olhos e suando debaixo dos braços, mas está mais feliz do que jamais vi alguém estar. Tenho um buquê de rosas que Beck e eu nos lembramos de comprar no supermercado no caminho e um grande sorriso, e um impulso muito forte de contar imediatamente a ela tudo o que aconteceu com Beck esta tarde, mas ela nem sequer me deixa começar.

— Você trouxe alguém — diz. — Quero dizer, obrigada por ter vindo, mas eu não disse que não tinha problema em você *trazer alguém*. — Ela fala tudo isso diretamente no meu ouvido enquanto ainda estamos abraçadas e seus grampos estão saindo de seu cabelo e me espetando no pescoço.

— Achei que gostaria de conhecer Beck.

— Sim, percebi que era ele. Algumas das outras dançarinas viram, sabe? Vi vocês parados lá depois de a cortina se fechar enquanto ele malhava ou o que seja. Ele se parece... com... Arnold Schwarzenegger ou sei lá — continua Lisha. — Quero dizer, ele é *enorme*. E meio suado. — Ela está me empurrando em direção à saída, me fazendo ir embora, mantendo os braços em volta de mim.

— Epa, o quê? Ele não... o *quê?*

— Eu não disse que podia trazê-lo! Este é o meu mundo, o meu lugar, onde não sou uma grande aberração, e você trouxe... Quero dizer, vamos lá, Bea! Não está tudo bem. Desculpa, talvez seja maldade minha, mas ele parece estranho. As pessoas estão definitivamente espantadas.

— Do que está falando? — Estou quase gritando agora. Não consigo segurar as palavras, nem manter o volume baixo.

— Ai, meu Deus, *xiii*. — Lisha praticamente cospe no meu ouvido. — Olha só, posso encontrar vocês mais tarde no jantar ou algo assim. É que... por que vocês não vão e eu os encontro mais tarde, e falaremos sobre isso. — Lisha está tirando o batom de tanto morder os lábios.

Entendo que não posso ser superexigente quanto a meus amigos quando sou uma pessoa tão estranha. E sei que Lish é realmente boa para mim e, em geral, muito divertida e, tipo, cento e dez por cento legal. Quero dizer, provavelmente não a mereço.

Mas.

Este é um grande e poderoso soco, porque o que tem me preocupado mais ultimamente é mesmo verdade: as mesas viraram. Eu sou a amiga louca e Lisha está me fazendo um favor ficando ao meu lado. Ela está ali, sussurrando em meu ouvido e pressionando-se contra mim, me forçando a caminhar para a saída. E está nervosa, procurando ao redor por Beck como se um momento em sua presença pudesse arruinar tudo. Como se ele fosse a pior coisa que ela conseguisse imaginar.

Eu não queria estar pensando: Os grampos de cabelo de Lisha são talvez pontudos o suficiente, talvez fortes o suficiente, para machucar a pele. A. Pele. Dela.

Dou alguns passos para trás dela.

Não quero machucá-la. Isso não é grande coisa. Mas, então, Beck volta do banheiro muito depressa, o que deve significar que apressou seus rituais para sair logo e conhecer Lish. E isso me mata de uma forma esmagadora. Está tentando ser apenas um pouco mais normal, e enquanto isso estou estragando tudo com minha amiga vaca e, vamos confessar, a minha identidade secreta de stalker.

Esta noite está se transformando depressa de cintilante para a perfeita receita de um desastre.

Carregar todos estes pensamentos é absolutamente *pesado*. Sei que eu deveria pegar a mão de Beck neste mesmo instante e tirá-lo da zona de perigo e tentar ser apenas boa e compreensiva com todos, com essas duas pessoas que têm sido tão boas para mim. Beck pode perceber, eu acho, o que está acontecendo. As amigas bailarinas de Lisha estão circulando por ali e um cara quase atraente de quem acho que ela gosta está se aproximando de nós e seus pais estão acenando para nós e posso ver seu nariz torcendo ao ver Beck, com a forma como sua pele é seca e descascada, com as proporções estranhas de seu corpo, com cada movimento engraçado que ele faz.

Não gosto de vê-lo através de seus olhos. Não gosto de *me* ver através de seus olhos. Ela agarra meu cotovelo, as unhas arranhando a pele fina na articulação. Posso sentir o calor de suas mãos passando para a minha pele, de tão forte. Beck e eu somos constrangedores a esse ponto.

— Ah, meu Deus, tire ele daqui, por favor — implora Lisha num sussurro que definitivamente chega aos ouvidos de Beck. E eu deveria abraçá-lo e levá-lo a salvo. Deveria talvez até mesmo dar um tapa em Lisha ou gritar com ela ou pedir desculpas em nome de Beck. Se eu fosse uma boa pessoa, alguém capaz de tomar as próprias decisões, faria uma dessas coisas. Mas não sou essa pessoa, e tudo em que posso pensar em meio a essa humilhação é que não chequei o suficiente hoje. Algo terrível vai acontecer.

Encontro o olhar de Beck tempo suficiente para fazer uma careta de tanta tensão.

E então saio correndo.

## ♡ 18.

EU ME MANTIVE CALMA DURANTE TANTO TEMPO PERto de Beck e, justo nesse momento, em que ele deveria conhecer minha melhor amiga e precisava de mim como um amortecedor e estava tentando refrear as próprias compulsões que o fazem ser quem é... é nesse momento que saio correndo. Levanto a barra da calça de Beck para que não tropece durante minha espasmódica corrida porta afora.

Todas essas horas que passei totalmente melosa e doce por causa de Beck deveriam ter sido gastas prestando atenção às coisas importantes. Preciso reler as anotações sobre Austin e Sylvia. Preciso ficar isolada numa sala de paredes acolchoadas e sem facas. Cada momento que passei beijando Beck no carro e pressionando meu corpo no dele foram momentos que deveriam ter sido gastos com minhas outras tarefas.

A Dra. Pat diz que você só consegue reprimir as coisas por certo tempo, e acho que foi isso que ela quis dizer.

Saio correndo de lá, volto correndo para a escola e entro no carro. Quando duas compulsões insanas estão lutando uma contra a outra, você nunca sabe qual vai ganhar. Preciso muito ver Austin e certificar-me de que ele está bem, e queria muito *não* ter que dirigir aquele carro e causar estragos nas ruas do subúrbio de Boston.

Foda-se. Austin ganhou dessa vez.

Percorro as estradas e saio do carro pelo menos quatro vezes para ter certeza de que nada está errado com o motor, as rodas, os limpadores de para-brisa. Ando em círculos ao redor do estúpido Volvo, à procura de arranhões ou sangue ou fumaça. Estou suada da corrida, chorosa das decisões terríveis que estou tomando e tão zangada com Lisha e comigo e com a Dra. Pat que algumas vezes simplesmente solto um grito nos limites do meu carro. É uma angustiante viagem de duas horas.

O Homem Ansiedade de 140 quilos está sentado no meu peito outra vez, comprimindo meus pulmões e dificultando a respiração.

A garoa só começa no momento em que paro o carro no estacionamento perto da residência de Austin. Por meio segundo, isso parece um milagre de proporções enormes, prova de que estou destinada a estar aqui, verificando se estão bem. Mas o alívio é dolorosamente curto, e percebo que uma hora terei de ir para casa e, mesmo se parar de chover no momento que estiver pronta para ir embora, as estradas estarão escorregadias com os remanescentes da garoa.

E desta vez não posso pedir para Lisha me buscar.

Não há espaço no meu cérebro à mil para realmente sentir a tristeza desse fato.

Eu me encosto no prédio, fumando. Essa obsessão com Sylvia e Austin está fazendo um estrago em meus pulmões. Posso sentir meu corpo desejando a fumaça, os tragos, o alívio na cabeça e no corpo quando recebem uma dose de nicotina. O porteiro me olha um pouco. Eu tinha esquecido o que estava usando, e do simples e óbvio fato de que nada sobre meu traje fazendeiro-encontra-colegial-encontra-assexuado-desleixado está ajudando a me ofuscar aqui.

A parte inferior das calças de Beck está molhada da água da chuva agora, e meu suéter pesado tem um buraco na manga que eu não havia notado antes, e uma mancha na gola. Meus cachos estão ficando arrepiados na chuva; não me dei ao trabalho de providenciar um guarda-chuva nem mesmo um capuz.

Dou apenas alguns tragos no primeiro cigarro antes de esmagá-lo com meu pé e acendo outro. A única parte de fumar de que realmente gosto é a primeira explosão de luz e o momento antes de tragar. Gosto da certeza daquele começo, dizendo para o mundo: *Estarei aqui fora me acalmando durante os próximos cinco minutos e não me importo que saiba disso.*

Depois de apagar o segundo e um terceiro cigarro também, sei que estou parecendo ainda mais suspeita. Não é como se houvesse uma placa dizendo PROIBIDO VADIAR nem nada, mas acho que a regra é implícita, porque quando meus dedos começam a ficar azuis e congelados do frio, o porteiro vem até mim e levanta as sobrancelhas. É desse jeito que alguém te olha quando está sentindo pena.

Ele não é muito mais velho do que eu, tem os cabelos curtos cheios de gel e uniforme amarrotado. Tento abrir um sorriso bonito por cerca de meio segundo antes de decidir que estou cansada demais para flertar. Com o último cigarro esfregado na calçada, volto a ser uma pilha de nervos.

Desde a conversa com Austin é ainda mais perigoso do que o normal estar na frente de seu prédio. Eu definitivamente não deveria, em hipótese alguma, estar aqui.

— Espero que esse seja seu último cigarro — diz o porteiro.

— Hábito nojento, né? — comento, apontando para a pilha de guimbas aos meus pés.

— Está esperando alguém? — pergunta. Não há nenhum sorriso, nenhum tom de desculpas. Devo estar parecendo péssima agora. Quer dizer, pior do que eu pensava.

— Sim.

— Alguém do prédio?

— Aham.

Decido fingir ter atitude. É uma tática que aprendi com a minha mãe. Uma vez perguntei-lhe como ela ganha o respeito de todos os caras seriamente difíceis dos quais toma conta. E ela disse que apenas age como se pertencesse, como se tivesse vindo de alguma cidade maneira e muito mais barra-pesada do que a deles, e então lhe respeitam.

Normalmente, gostaria de tentar atingir aquele efeito com uma mudança rápida de roupa: couro, cinto cravejado, delineador escuro. Mas não tenho essa opção no momento. Fico um pouco mais ereta e tento imaginar como me sentiria se estivesse usando aquela fabulosa jaqueta de couro preta vintage que vi na janela da melhor loja do mundo, All Used Up. Cruzo os braços.

— Vou ter que perguntar por quem está esperando — avisa o porteiro. Toda a conversa está demorando demais para ele.

— Sylvia, do sexto andar.

— Ela não está em casa.

— É.

Espero que dizer o menos possível ou me dê tempo ou o faça me oferecer informações por conta própria, mas em vez disso ele inclina a cabeça para baixo como se eu fosse ainda menor do que realmente sou, e olha para mim até eu voltar a falar.

— Eu, hum, deixei minhas chaves? Da minha casa? No apartamento dela. Por acidente. — Limpo a garganta para dar mais certeza. Considerando que mentir é algo tão cem por cento novo para mim, não acho que esteja me saindo tão mal.

— Aham — diz ele, sem se mexer.

— Eu sei, sou uma idiota, mas preciso muito pegá-las. Posso dar um pulo lá em cima e...

— Você entende que meu trabalho é manter as pessoas *fora*, certo? E não ajudá-las a entrar? — ironiza, cruzando os braços no peito largo.

— Certo. Sim. — Só precisava de algum sinal deles, alguma maneira de checar se estão bem. É claro que não vou entrar, então tento outra coisa. — Eles disseram que estariam por aqui hoje... Sabe quando vão voltar? — Pisco os olhos. — Ou talvez saiba para onde foram...? — Deus. Agora queria estar usando um comportado suéter da Greenough Girls' Academy e uma dessas fitas bobas que jogadoras de lacrosse usam nos cabelos. Alguma coisa para me dar aquela inocência casual à qual as pessoas reagem tão bem.

— Qual é a sua? Está tentando me distrair? Acha que não conheço esses jogos? — Ele está ficando impaciente, eriçado e deixando os músculos se flexionarem, fazendo seu tamanho me intimidar. É claro que gosto do seu tamanho, do seu corpo imponente. Faz com que pareça mais seguro, mais difícil para eu machucar. — Não brinque comigo — diz ele.

— Talvez eu pudesse ir encontrá-los se estiverem pela vizinhança...

Eu achava que pessoas com TOC eram tão organizadas, tão meticulosas, que não poderiam ser espontâneas. Mas quanto pior fica meu transtorno, mais propensa eu fico a inventar qualquer coisa.

Quando se dá toda a atenção ao assunto, é tudo uma questão de prioridades. E ser normal, obviamente, não é a minha neste momento. Eu me entreguei por completo a esse cara e ele está se aproximando de mim. Está prestes a ficar chateado de verdade.

— Eles não vão voltar esta noite. Não gosto do que quer que esteja tentando fazer aqui. Vou ter que pedir para ir embora.

Engulo em seco. É um tipo especial de resistência que estou enfrentando aqui. Mais uma ideia.

— Sinto muito, é claro. Mas não posso... Não estou em bom estado para dirigir. Preciso ligar para alguém. Sou menor de idade. Se pudesse apenas me sentar no lobby... Você poderia ficar de olho em mim...? — Se não vou ver Sylvia nem Austin e não vou ver seu apartamento, preciso pelo menos dar uma boa olhada no lobby exuberante do prédio. Se fizer isso, talvez seja o suficiente para me sustentar por alguns dias. Preciso de *alguma coisa*. Deixo meus olhos lacrimejarem um pouco.

— Ah, cara, não faça isso — diz o grandalhão, e desenrola os braços do formato de pretzel em que estavam.

Enxugo uma lágrima, e ele é vencido. É o maior clichê do mundo, mas ele amolece. Com um enorme suspiro, assente e aponta para uma poltrona em seu campo de visão.

— Faz a ligação. E depois se manda.

Tento não rir ao ouvi-lo falando assim. Então analiso o lobby para obter informações e fazer uma lista mental que assim que estiver de volta no carro transferirei para uma lista escrita:

*Lustres antigos*
*Uma parede roxo-escura*
*Fotografias cafonas/baratas em preto e branco*
*Mesinha de centro espelhada*
*Poltrona flor-de-lis em que estou sentada*

Preciso, de forma muito intensa, de um caderno.

— Já chamou sua carona? — pergunta o porteiro.

Ele vê a loucura em mim. Um total estranho e ainda assim vê a parte de mim que tenho me esforçado tanto, tanto mesmo, para encobrir. Eu me sinto praticamente nua. Ele está com uma das mãos no cinto e vejo que está cobrindo uma espécie de pager, como se estivesse prestes a chamar a polícia ou algo assim. Há um sentimento doentio e horrível de estar tão exposta. Era estranho ver de tão perto como estou perturbada.

Balanço a cabeça, concordando, mas ele não tira os olhos de mim.

— Não a vi sequer pegando um telefone. Não somos uma sala de espera, OK? Não quero ter que expulsá-la ou fazer você se sentir mal, mas é hora de fazer a sua ligação e ir embora.

Em seguida, lágrimas. Reais. Caindo não apenas dos meus olhos, mas aparentemente do meu nariz também, até que todo o meu rosto pareça uma torneira aberta.

— P-p-por favor... — Não tenho mais nada a dizer, a não ser aquelas palavras. Não posso sair sem ver Sylvia e Austin. Se pudesse, o faria. Adoraria passar este final de dia frio e chuvoso comendo tacos e assistindo ao Netflix e vivendo a vida normal que costumava, pelo menos, ser capaz de desfrutar um pouco.

Mas não posso. Preciso fazer muitas outras coisas.

— Deixe-me fazer isso por você, tá bom? — diz o guarda. Amolecendo um pouco de novo. Ou talvez esteja apenas desesperado e tentando uma nova tática. — Não estou tentando ser mau. Mas preciso fazer o meu trabalho. Vamos conseguir alguém para buscar você. Telefone?

Eu o entrego a ele, sem pestanejar. Murmuro o nome Beck, e então afundo de volta na poltrona e espero o resto da minha vida desmoronar.

Quando Beck aparece, quarenta minutos depois, não faz perguntas. Ele trouxe um suéter extra, algumas luvas, um chocolate quente e sua calma agradável e estável. Seu carro cheira um pouco como uma academia. Ele parece muito ter me perdoado ou compreendido, ou de alguma forma milagrosa, conseguido ver que quanto pior estiver uma situação, mais propensa estarei a desaparecer.

Permanecemos no melhor silêncio do mundo durante todo o caminho para casa.

# ♡ 19.

A DRA. PAT PEDIU PARA A ENCONTRARMOS NUMA TRIlha para uma caminhada fora da cidade. Disse que é o grande dia de Beck, o que significa que é o horrível dia de Beck, e ele sabe disso. Eu tomaria seu lugar, se pudesse, mas a Dra. Pat diz que ainda não estou pronta o bastante para a terapia de exposição. Eu faria qualquer coisa por Beck neste momento. Seu silêncio na outra noite foi tão gentil e seguro que se tornou totalmente sexy. Quente e bonito silêncio. Aposto que eu poderia manter a calma, poderia não ter TOC, se vivesse no carro de Beck com o rádio ligado baixo e com Beck em silêncio e talvez seu braço no meu e sua mão ao alcance das minhas.

Estes são os tipos de coisas que não posso dizer a ele, mas espero que meu corpo junto ao dele, firme e chegando cada vez mais perto, comunique tudo o que deixei de dizer.

Quis ligar para Lisha e pedir alguns conselhos sobre a melhor roupa para uma caminhada em grupo. Atividades ao ar livre são as piores, porque você tem que estar bonito e confortável. Fico digitando o nome dela no telefone, mas não pressiono a tela. Não estou pronta.

Escolho a roupa sozinha, e o que decidi foi um figurino de caminhadas: calça jeans clara e botas de inverno da minha mãe, uma blusa de gola alta azul-marinho e um colete grandão por cima. Ninguém parece o mesmo aqui. Fawn está de calças bem-passadas e um casaco de lã. As roupas de Beck estão largas pela primeira vez, como se fossem emprestadas, e ele está cheio de camadas: uma camisa de manga comprida por baixo de uma de manga curta, casaco com capuz por cima de tudo isso e um gorro cobrindo o cabelo. Rudy e Jenny parecem já ter subido uma montanha ou duas antes e usam os sapatos de sola grossa e mochilas para provar. Há algo parecido com um sorriso no rosto de Jenny, e ela tem covinhas mais profundas até mesmo do que Beck, e um rosto de longe mais impressionante do que o meu. Ela está em êxtase e quase bonita, exceto pela falta de sobrancelhas e pelo triste quase rabo de cavalo em que prendeu seus poucos fios de cabelo.

— Tão bom sair daquela sala feia, hein, pessoal? — pergunta a Dra. Pat.

Ultimamente tenho gostado cada vez menos dela. Tenho uma teoria de que ela adora nos tirar de nossas zonas de conforto. Fico perto do Beck. Ela não me perguntou isso em nenhuma sessão, mas acho que sabe sobre nós, e ele precisa de mim. Ele causou a si mesmo um miniataque de pânico. É uma coisa engraçada, porque associo o pânico com encontrá-lo, e isso faz desta experiência espelhada quase romântica. Não seguro sua mão, porque não vou quebrar as regras, mas fico o mais perto que consigo sem tocar e espero a Dra. Pat nos dizer o que fazer.

— É tão bonito — recomeça. — Vamos subir a montanha e fazer um piquenique no topo. Beck, Fawn, nada de lencinhos, sabão antibacteriano, nada. Vamos caminhar, comer e depois descer. — Fawn parece doente, mas tento focar toda a energia em Beck e na maneira como ele está olhando a montanha como se ela o ameaçasse.

É a mesma montanha que estávamos olhando no outro dia. A que ele disse que o faz lembrar de sua irmã. Sua irmã que gosta de caminhadas. *Gostava de caminhadas.*

Sou a pessoa mais autocentrada do mundo porque só agora estou me dando conta disso. Quero dizer, ou sua irmã parou de gostar de caminhadas em algum momento ou ela se foi. Pelo olhar assombrado em seus olhos e a maneira como está contando até oito baixinho, devo presumir que é a segunda hipótese.

— Sua irmã... — começo.
— É. Mais tarde, OK?
— OK.

Lish é a única pessoa com quem já tive esse tipo de intimidade, e isso me faz querer fugir para ver Austin. Só esse pouquinho de intimidade e conhecer um ao outro e estou cantando letras do Tryst na cabeça, e em seguida, em voz baixa, e depois acho que alto o suficiente para que Beck note.

— Tryst! — diz ele.

Estamos na parte mais fácil da trilha. A parte em que é apenas um campo e um pouco de terra levando à subida íngreme cheia de galhos.

— Sim.
— Tenho os escutado muito. — Beck dá um sorriso reluzente, e aquilo parece tão iluminado e bonito em seu rosto que esqueço por que estamos aqui. Andamos no mesmo ritmo, como se fosse algo que já fizemos antes. Mas o momento dura apenas alguns curtos segundos e então ele está respirando profundamente e tamborilando oito, oito, oito. Seu dedo médio se move em ritmos pequenos e rápidos, até chegarem à sua testa.

Eu o deixo fazer isso, mas Rudy vê e me olha de cara feia e me lembro de que hoje Beck não tem permissão para compulsões.

— O que ele está fazendo? — pergunta Rudy, todo acusatório como se fosse minha culpa Beck estar em pânico. Rudy chama a Dra. Pat. — Beck está com compulsão! Bea está deixando!

A Dra. Pat estava em ritmo acelerado com Jenny e Fawn, mas volta para onde estamos no caminho e pede a Beck, suavemente, para tirar a mão da testa.

— Bea viu. Ela deixou — diz Rudy outra vez.

Sua expressão de raiva é tão profunda que é um desfiladeiro, um vale, e a Dra. Pat assente com aquela expressão estoica e coloca as mãos nos meus ombros para me puxar para o lado para que ela possa estar perto de Beck, não eu. Rudy acelera para ficar com as outras meninas, e eu fico de fora de tudo

Só queria que ele estivesse confortável. E a Dra. Pat está sistematicamente nos despindo de tudo do que precisamos e desejamos

Tento ficar bem por alguns minutos, noto que enfim está esquentando um pouco, e acho que se você é do tipo que gosta de caminhadas este é provavelmente um bom dia para isso. Faz sol e os últimos dias têm sido quentes, por isso toda a neve derreteu e o chão secou. Ouve-se um estalo agradável a cada poucos minutos quando piso num galho, e entendo por que as pessoas fazem isso. Entendo por que a irmã de Beck gostava disso.

Alguns dos ramos no chão são grossos e têm pontas afiadas, como espadas ou algo assim. Enfio as mãos nos bolsos quando Rudy e Jenny pegam alguns para usar como cajado. Se mantiver as mãos nos bolsos durante toda a tarde devo ficar bem. De qualquer forma, esse não é o dia de trabalhar nas minhas merdas, então tento realmente manter aquilo para mim mesma. Vou cantando músicas do Tryst baixinho e belisco o interior do meu antebraço, que é menos impactante do que a coxa, porém mais fácil de esconder neste momento. Tento não olhar para os pés, onde estão os galhos perigosos.

Fawn está indo bem, subindo a trilha em um ritmo rápido com Rudy e Jenny. Acho que estão mantendo Fawn na linha, porque não vejo nenhum dos seus momentos estranhos em que fica quieta como uma estátua, e ela definitivamente não está lavando as mãos. Poucos passos atrás de mim, Beck continua sussurrando números ansiosos para a Dra. Pat, e eles estão olhando para o alto.

— Gostaria que você estendesse a mão e tocasse esta árvore — pede ela.

— Isso vai tornar tudo pior — diz ele.

Ela balança a cabeça e pede novamente que ele, por favor, toque a árvore.

— Por oito segundos? — pergunta.

— Não. Vamos tentar por cinco segundos — responde ela. Está tão calma que mal parece humana. Odeio isso. Ao mesmo tempo, Beck parece tão grande ao lado de sua pequena silhueta, ele é tão grande ao lado do corpo pequeno de qualquer pessoa, que para ele parece ridículo obedecer a uma palavra do que ela diz.

— Eu não consigo... — Sua voz é tão pequena ao sair desse corpo pesado que parece impossível que lhe pertença.

— Consegue, sim. Qual é seu nível? — pergunta a Dra. Pat. Ela o está levando a uma árvore pequena, mas sei que está de olho nos montes de terra, nos riachos marrons e pantanosos mais para a esquerda. A Dra. Pat tem uma surpresa para ele.

Vaca.

— Oito e meio... — responde Beck.

— Vamos. Vou fazer isso com você — diz.

E então finalmente sei o que dizer.

— Vou fazer isso com você também! — digo.

A Dra. Pat olha para mim e definitivamente ainda estou na lista negra dela, mas ela faz que sim com a cabeça.

— O que me diz? — pergunta ela a Beck. Todos paramos na árvore e pairamos em torno dela como se fosse um santuário sagrado.

Beck está com lágrimas nos olhos e sua respiração parece tão pesada que tenho medo de que ele desmaie. A Dra. Pat coloca as mãos na árvore e indica para que eu faça o mesmo.

— Ele está bem? Beck, precisa de uma pausa? — pergunto, mas a Dra. Pat apenas o encara e diz que ele está bem e o convida, mais uma vez, a tocar no tronco.

Seu peito está se inflando e ele está fazendo um barulho terrível enquanto chora, e, finalmente, Fawn, Rudy e Jenny parecem ter ouvido. Eles se viram e voltam, mas mantêm distância.

— Está tudo bem — digo para Beck. — Não é nada. É uma árvore. Você já fez muito pior. — Tento dizer isso com um pouco de atitude, um pouco de atrevimento, para que ele saiba o que quero dizer.

Mantemos contato visual por um tempo e é como se ele estivesse sugando todo o meu encorajamento. Como se estivesse tirando o que precisa de mim, e se alimentando daquilo. Beck dá um grande último suspiro dramático, então se joga na árvore. Seus braços dão a volta nela, todo o seu corpo se inclina para ela. Ele emite um ruído gutural e animal enquanto faz isso. Fawn, Rudy e os ombros de Jenny saltam de surpresa e a Dra. Pat conta lentamente até cinco, e é possível ver que ele quer continuar ali por mais aqueles três segundos, mas ela coloca a mão no seu ombro, e eu coloco a minha no outro, e ele se desprende com o mesmo ruído gutural.

É tudo dramático e grandioso, e eu sorrio para Beck enquanto ele meio que soluça com o rosto entre as mãos.

E é como se tivéssemos conquistado o mundo, nós cinco, a galera fodida. Estamos aplaudindo e nos cumprimentando sem nunca de fato fazer contato (regra de não tocar).

— Tudo isso porque toquei numa árvore — observa Beck, e então tudo muda para o mais delicioso fluxo de riso. Até mesmo Rudy está balançando para a frente e para trás rindo do ridículo de tudo aquilo, secando os olhos com a manga.

E eu estou rindo muito, com tanta força que está machucando meu estômago, a ponto de eu ter que sentar no chão. E todos eles se juntam a mim, desabando no chão. Até Beck se senta e permanece ali. E está tudo bem. Neste momento é tudo bom e hilário.

A Dra. Pat não faz nada relacionado à terapia pelo resto da caminhada. Levantamos e são rápidos 45 minutos até o cume, onde podemos ter uma vista que é mesmo de apenas mais árvores: pinheiros da Nova Inglaterra que se levantam verdes e familiares e lotam a floresta. Nós comemos. Há sanduíches e biscoitos que Fawn come sem entusiasmo, e Beck diz que não está com fome, mas a Dra. Pat diz que sabe que na verdade é porque ele quer lavar as mãos antes de comer. Ele fecha a boca em uma linha reta sem responder e abaixa a cabeça. Beck respira fundo antes de cada mordida; com aqueles ombros e bíceps enormes sempre flexionados, é isso, um sanduíche de peru no pão de centeio, que o ameaça mais.

— Fazíamos isso juntos — diz Beck. Estamos todos olhando para o sol batendo nas árvores, os pássaros desaparecendo nos ramos e depois reaparecendo, várias vezes. — Minha irmã e eu. Minha irmã que, você sabe, morreu. Ela adorava ficar ao ar livre. Trazíamos comida para cá. Caminhada e piquenique. Exatamente assim.

Como um grupo prendemos a respiração. Beck nunca tinha falado sobre a irmã morta.

— Você comentou isso comigo — diz a Dra. Pat em seu tom de voz calmo enquanto morde uma maçã com vontade. Ela é engraçada sem seus conjuntinhos e cabelo arrumadinho. Está toda de lã e um chapéu neon ridículo que contou que sua sobrinha tricotou para ela.

Foi a primeira e única vez em que a ouvi falar alguma coisa sobre sua própria vida, sua própria família.

— Eu não sabia, cara — diz Rudy. — Quantos anos ela tinha?

Sei a resposta, antes mesmo que ele responda.

— Tinha 8 anos.

Quero dizer, é claro. Oito. Podemos ser loucos, mas existe uma lógica por trás até mesmo das coisas mais loucas que fazemos.

— Ela estava com 8 anos, e eu, 14 — continua Beck, a voz um pouco vaga, mas não fraca.

— Como? — pergunta Fawn, inclinando-se em direção a ele.

— Afogada. Não consegui chegar a tempo. Não nadei bem o suficiente. Ou não nadava naquela época. Provavelmente agora nado, sabe.

Não era forte o suficiente. Beck agarra os próprios braços, é estranha a maneira como eles se encaixam, cruzando o peito como o Super Homem. Tudo é muito grande, fora de proporção. Quero abraçá-lo. Quero aninhar-me nele e deixá-lo saber que não tem que ser forte.

Mesmo que isso seja parte do que me faz gostar dele.

Talvez mais. Talvez amá-lo.

Ele chora. É tão lindo naqueles olhos azuis que fico sem fôlego só de olhar para ele. Não estou pensando em nada a não ser no quanto quero que ele saiba que está tudo bem.

— Violet. O nome dela era Violet — revela, por fim. Todos nós assentimos e quebro as regras e me enrolo em volta dele. A Dra. Pat desvia o olhar, como se não contasse, se ela não estivesse vendo. O resto do grupo também desvia o olhar.

Os lábios de Beck encostam-se no espaço onde meu pescoço encontra meu ombro. E sei que ele está ficando cada vez melhor. Sei que está fazendo alguma coisa grande e real.

E sei que estou em algum lugar muito distante.

O que vem a seguir é o quinto encontro.

Ficamos na montanha após a terapia terminar. Fawn, Rudy, Jenny e a Dra. Pat descem quando os noventa minutos acabam, mas Beck me pede para o acompanhar. A Dra. Pat nos deixa ficar com sua toalha de piquenique e nos deitamos sobre ela, lado a lado. Acho que, pelo vislumbre da expressão no rosto da doutora, antes que ela levasse o resto do grupo de volta, no fundo ela é uma romântica. Sob os óculos grandes e as sondagens, ainda é alguém que gosta de ver duas pessoas se apaixonarem.

Sei que é o que está acontecendo assim que ficamos sozinhos, e Beck pega minha mão e me puxa para ele, para que eu encontre um espaço para minha cabeça em seu peito.

— Violet é um nome bonito — digo.

Nunca conheci alguém com uma irmã morta. Nunca conheci alguém que se afogou. Não é o tipo de coisa em que estou interessada em pesquisar. Afogamento em geral não é algo que uma pessoa faz a outra pessoa. Afogamento é um tipo diferente de acidente e não é parte do meu repertório TOC. Então não tem nada para me distrair quando o ouço falar sobre ela. Não tenho compulsões pensando em como é triste. Apenas deixo ser triste.

Meu coração está batendo desgovernado no peito, mas não com a preocupação de afogamentos acidentais. E não tem nada de sexy nesse tipo de tragédia, mas isso não impede Beck de me puxar para cima dele. O beijo é profundo. Profundo e irrestrito de uma forma que nunca foi com ele antes.

E cheio de toques.

Ele não está se afastando de mim. Algo em abraçar aquela árvore, rir e dizer em voz alta o nome da irmã parece tê-lo mudado. Ou pelo menos o fez me querer mais. Porque em um instante suas mãos estão deslizando para baixo, debaixo de minhas calças, e estamos tirando nossas roupas, e talvez alguém apareça a qualquer momento, mas acho que não nos preocupamos.

O que quer dizer muito. Temos TOC. Nós nos preocupamos com *tudo*.

Não sei se já quis mesmo transar antes de Beck. Não que nunca tivesse dito sim a outros caras, porque disse, mas sempre tinha sido uma escolha passiva. Uma espécie de concordância com alguma coisa, ou uma necessidade de não fazer daquilo uma grande coisa. Mas com Beck, agora mesmo, na toalha de piquenique com a ameaça de aparecerem estranhos aleatórios passeando com seus cachorros ou de amantes de caminhadas, eu o quero. E o que fizemos ali foi um pouquinho ilícito, sendo ao ar livre e tudo, porém o mais importante é que foi apenas doce, bom e surpreendentemente real.

Beck acaricia meu cabelo depois. Ele o enrola entre os dedos. Suspira uma única sílaba, "uau".

— Acho que te amo. Não sei muito sobre você. Mas você faz com que me sinta calmo. Você me faz sentir como se estivesse tudo bem.

— Como se o que estivesse bem?
— Quase tudo — responde. — É estranho? Tudo bem?
— Sim para ambos — digo, e levanto a cabeça para beijá-lo.

Damos as mãos durante toda a caminhada de volta pela trilha. Agora que o fim da tarde está chegando, as temperaturas normais de março parecem estar tomando conta e acho que esta noite será quase inverno de novo. Como se o que tivesse acontecido lá em cima esta tarde fosse uma coisa quase impossivelmente perfeita: quente e ensolarada naquele momento improvável.

# ♡ 20.

HOUVE UM INCIDENTE NO ANO PASSADO. NÃO É como se eu tivesse recebido uma ordem judicial ou qualquer coisa assim. Houve apenas alguns jargões jurídicos, muita conversa e algumas sessões extras com a Dra. Pat, além de uma avaliação com outro psiquiatra que se parecia com o Sr. Cabeça de Batata. Alguns advogados. Alguns papéis. Aumentaram minha dose de Zoloft e encerraram o assunto, basicamente. Não foi grande coisa.

A Dra. Pat disse que tive sorte, pois Kurt, o cara que me deu o fora, estava mantendo a coisa toda totalmente em particular. Disse que tive sorte em estudar numa escola só de meninas onde não conseguiria me meter em qualquer tipo de encrenca séria com frequência.

Não acho que minha obsessão com Austin esteja sendo tão cheia de "sorte".

*As pessoas estão começando a descobrir,* penso. *Alguém contou tudo à Dra. Pat*, penso. *"Alguém" pode ser Beck*, penso.

Porque hoje a Dra. Pat diz que é hora de me abrir para o grupo sobre as coisas que minhas compulsões têm me levado a fazer.

O que me irrita mais do que de costume, porque eu deveria estar desfrutando minhas férias extralongas de aluna de escola particular e isso está começando a parecer o exato oposto de férias. Kim e Lacey e meninas como elas agora estão viajando, num voo para a Flórida ou para o México com suas famílias, e tudo o que eu queria era uma manhã de folga da minha doença para ficar deitada na cama e pensar nos braços de Beck e contar os lugares em que ele me tocou. Mas.

Ainda estou hipnotizada pela neblina de amor e sexo com Beck, então talvez por isso ela esteja certa e seja realmente o dia perfeito para fazer isso logo. Beck não está aqui. Beck não me ligou. Nem Lisha. Mandei uma mensagem para ela no sábado para contar sobre o que tinha acontecido na montanha com Beck, esperando que fosse melhorar as coisas, mas tudo o que ela disse foi *Ai, meu Deus. Escândalo.* Queria que estivéssemos na escola, pois ela seria obrigada a me ver e a falar comigo, mas não tive essa sorte. E até agora ela não retornou meus telefonemas nem fizemos planos de ir à Pancake House. Estamos nos falando, eu acho, então isso é bom. Mas apenas um pouco.

Entre não ver Beck nem Lisha, parece que tudo chegou a um ponto insuportável, e vou deixar assim mesmo. Simplesmente. O silêncio no carro no sábado à tarde enquanto Beck me levava para casa teve a decadência do êxtase que você sente ao dormir até meio-dia ou comer na cama. Foi tão confortável, tão delicioso. Eu tinha tanta certeza no que nos aconteceu na montanha que caí no sono assim que cheguei em casa.

Exceto que: o silêncio do carro continuou por alguns dias, e agora o silêncio não parece mais tão sonolento, confortável e gostoso. Estou me contorcendo com ele.

Se vou falar, tem que ser agora, na segurança de sua ausência. OK. Estou chutando o balde ou o que seja. Se Beck vai melhorar, eu vou precisar melhorar também, e, de acordo com a Dra. Pat, a única maneira de fazer isso é sendo honesta.

Historicamente falando, sou totalmente a favor da honestidade, certo? Portanto, isso não deve ser muito difícil.

— Fico focada demais em certas pessoas — começo. Concentro-me em Jenny, que hoje está usando um turbante. — Uma das minhas compulsões é estranha... são essas pessoas, a maioria apenas estranhos, e fico com medo que possam se machucar ou desaparecer, e que se eu não fizer certo ritual de checar como estão uma coisa terrível pode acontecer.

Todos assentem. Rudy, Jenny e Fawn fazem coisas semelhantes: verificam se portas estão trancadas, checam boletins meteorológicos e limpam as mãos. Eu simplesmente checo as pessoas.

— Sabe quando você é criança e tenta enxergar as imagens naquele livro do olho mágico? Você olha para algo e vê apenas uma grande confusão, mas depois olha um pouco mais, e uma imagem nítida, sem relação, aparece? Essas coisas sempre me desorientaram de verdade. Porque isso deve significar alguma coisa, certo? É uma mensagem escondida e todos a usamos para nosso prazer, mas... não. Não é assim. É mais como borrões de tinta? Que os psiquiatras de filmes antigos usavam? — Solto um suspiro. Explicar a lógica de algo que sei que é loucura para uma sala cheia de pessoas que sei que são loucas é singularmente desgastante.

A Dra. Pat assente para me manter falando, e eu mudo o foco principalmente para Fawn, por ela ser a pessoa mais inofensiva aqui. Ela fica ajustando a cadeira para alinhá-la com algum plano invisível que não conseguimos ver. Mas por outro lado está simplesmente ouvindo e parecendo triste. Ela tem um tipo de rosto sempre triste, contudo, então não levo isso para o lado pessoal.

— As manchas de tinta. Você vê algo nelas. Isso salta para você. E é algo maior do que era. O fato de eu ver uma nuvem e Fawn ver um... um... filhote de cachorro... Isso importa, certo? De qualquer forma, acho que sinto como se o mundo inteiro fosse assim para mim.

— Idiota de escola particular — diz Rudy.

Não sei o que isso significa, porque não falei nada sobre minha escola. E embora tenha melhorado em relação às roupas que usei na caminhada em conjunto do sábado, ainda estou bastante inofensiva usando jeans velho e um blazer que minha mãe costumava usar na década de 1980. Estou com brincos de argola amarelos reluzentes e botas.

— Rudy, podemos falar sobre seus sentimentos mais tarde. Mas Bea tem direito de se expressar do jeito que se sentir confortável — diz a Dra. Pat com o que acho que só pode ser uma revirada de olhos interna.

— Eu *sinto* como se Bea fosse uma exibida, e odeio meninas que estudam na Greenough, e não estou fazendo terapia para assistir a uma palestra sobre borrões de tinta e seus significados mais profundos. — A Dra. Pat olha firme para Rudy mais uma vez, considerando que a primeira vez, obviamente, não foi suficiente. Ele continua. — Só estou dizendo que é falta de educação falar como se fôssemos inferiores, sabe? Desculpe, mas não podemos todos pagar escolas particulares caras ou o que quer que seja.

— Há um perigo real em julgar alguém com base em suas circunstâncias externas. Como acho que todos nós já sabemos — contesta a Dra. Pat.

Odeio quando ela usa "nós" quando na verdade quer dizer "vocês, seus malucos".

— Isso é mesmo tudo o que eu tinha a dizer de qualquer maneira, Rudy, então relaxa — digo. Acho que é a primeira vez que falo com ele diretamente. Ele me encara também. As cicatrizes horríveis no rosto parecem quase de propósito em momentos como este. Como se as usasse para ser agressivo e intimidador. Funciona. — Então, é isso — concluo. O silêncio constrangedor está totalmente implorando por uma discussão, mas não consigo reunir muita atitude. — Relaxa.

— Que tal você explicar o que quis dizer sobre os borrões de tinta e por que são como a vida? — pede a Dra. Pat.

Eu esperava que pudéssemos deixar de lado as manchas de tinta, mas não consigo pensar em outra boa maneira de explicar.

— As pessoas por quem fico... obcecada. Elas se sobressaem da vida cotidiana. E não sei por que, mas é, tipo, vejo uma centena de pessoas por dia e, então, um dia, *bam*, vejo um cara e ele tem algo a mais. Não é apenas uma mancha de tinta, é uma nuvem ou um filhotinho de cachorro ou algo assim, e então sei que o jeito que ele se sobressai para mim significa que estou ligada a ele de alguma forma e, em seguida, simplesmente tenho que vê-lo mais e mais.

— Mas é sempre com caras? — pergunta Jenny. — Você sempre fica obcecada por caras estranhos aleatórios?

E é neste momento, é claro, que Beck chega.

Vulnerável não é a palavra ideal. Isso é outra coisa. Exposta.

— Acho que foram apenas caras, sim — admito.

Beck está usando roupas de ginástica limpas mas parece cansado e sem fôlego, como se estivesse chegando de uma épica sessão de malhação, o que provavelmente é o caso.

— Perdi a noção de tempo — justifica ele, olhando para baixo.

A boca da Dra. Pat se fecha numa linha reta e ela balança a cabeça, mas não lhe diz que tudo bem e também não o repreende. Não consigo encontrar uma maneira de terminar esta conversa, agora que ele está aqui. Já entrei fundo demais nas águas infestadas de tubarões e não posso tomar o caminho de volta.

— Então você é uma stalker — declara Rudy.

— Desculpa, você já se olhou no espelho? — pergunto. Não é um tipo de ataque planejado a Rudy. Mas, uma vez que abro a porta só um pouco, perco totalmente o controle. Porque ele está sentado ali com crostas no rosto e os braços cruzados e fazendo ruídos *tique, tique* cada vez que ouve palavras que começam com as letras B ou P, mas tem uma expressão no rosto como se *eu* fosse a única louca de verdade. — Quero dizer, honestamente, se olha na porra do espelho. É isso mesmo, está bem? Fico um pouco fixada com certas coisas. Estamos numa porra de grupo de pessoas com TOC. O que você esperava? Mas não jogue palavras ao redor como... como... "stalker", e então espere que eu não o descreva como um horroroso esquisito.

A Dra. Pat está se contorcendo. Isso é novo. Meio tira meu fôlego: a humanidade da pessoa que aprendi a pensar como alguém incapaz de ser abalado. Ela esconde o rosto no caderno como se tivesse que esconder quaisquer sentimentos que certamente estão saltando pelos cantos de seus lábios, pelas rugas em sua testa, pela dobra do nariz ou pelo revirar dos olhos.

— Bea... — diz Beck, baixinho. Ele parece quase culpado, como se tivesse causado isso.

A Dra. Pat interrompe antes de eu ter uma chance de dizer mais alguma coisa terrível.

— Bem. Então. Embora eu preferisse pedir a todos para ficarem longe de palavras como "horroroso" e "esquisito", também acho que Bea está fazendo um trabalho importante aqui. — Não existe protocolo para este momento em particular. Está escrito em seu rosto. A Dra. Pat está desorientada.

Ela limpa a garganta. E se contorce de novo. Estamos todos extasiados. — Então Bea, Rudy, aprecio entrarem em contato com seus sentimentos e aplaudo isso. E exige honestidade trabalhar em nossas compulsões juntos. Desculpe. Suas compulsões. Compulsões de todos. Querem saber, podemos fazer uma pausa para usar o banheiro?

Desconcertei a única pessoa estável da sala.

E então me atinge a forma como Rudy me olha, a maneira como estão todos me olhando agora, com que a percepção e a compreensão estão surgindo no belo rosto de Beck, a razão pela qual eu não queria falar sobre ver Jeff atacando aquele guarda, meus pequenos problemas legais com Kurt ou meu interesse em Austin... sou eu. *Eu* sou a louca.

Beck e Fawn saltam de suas cadeiras para ir ao banheiro. A Dra. Pat não lhes pede para ficarem sentados e trabalharem com a ansiedade de lavar-se compulsivamente. Ela apenas sai e antes de a porta se fechar atrás dela a vejo trêmula, tirando um cigarro de um maço e me sinto desmoronar por dentro.

Então ficamos só eu, Jenny e Rudy no lugar. Ambos estão cruzando as pernas e voltando os corpos distintamente para longe de mim, porque isso é o que você faz quando se está sozinho com alguém totalmente pirado. Rudy parece chateado, mas não está gritando nem saiu da sala, o que me surpreende.

Depois de alguns minutos, Beck e Fawn voltam num silêncio tenso e Beck se senta ao meu lado. Estaria me apaixonando apenas mais um pouquinho por ele se minha mente não estivesse tão cheia de pensamentos terríveis agora. Se me preocupasse com ele, diria para ficar bem longe de mim, porque sou a pessoa mais tóxica que conheço. *Eu sou a louca, eu sou a louca,* meu cérebro percebe cada vez mais.

— Está com seu canivete? — pergunto a Rudy. — O canivete suíço preso na corrente? Está com ele?

— Bea? — pergunta Beck. Ele não pode colocar as mãos em mim, então as coloca na parte de trás da minha cadeira, e eu gostaria de inclinar-me contra ela, para ter aquele momento de intimidade privada, mas não mereço a suavidade e a calma que aquilo me daria.

— É só uma pergunta — digo. — Ele é que fica carregando uma faca por aí. — Cruzo meus braços, como costumava fazer quando tinha 2 anos e não conseguia que as coisas fossem do meu jeito. Só quero saber minha posição agora. Preciso saber que não há nada nesta sala com que eu poderia ferir alguém por acidente. Tenho que saber que, mesmo se estiver ficando tão louca quanto parece estar o interior da minha cabeça, pelo menos não vou me transformar em uma serial killer.

— Eu parei de trazer. A Dra. Pat me pediu para deixá-lo em casa. Para o seu bem. E obedeci. Parecia que você precisava de ajuda — diz Rudy. Pela primeira vez, não está zombando nem falando de forma exasperada. Está sendo gentil, porque sou muito instável.

O Homem Ansiedade senta-se no meu peito. Eu deveria estar aliviada por Rudy não estar com o canivete, mas em vez disso estou preocupada que alguém tenha algo que eu poderia usar. Minha mente e meu estômago se reviram de pânico em uníssono perfeito e as coisas que estou percebendo sobre o quanto sou terrível, destrutiva e cruel realmente estão deixando tudo ainda mais embaralhado.

Quando a Dra. Pat volta, a sala está cheia de rostos frios voltados para baixo e de sons da obsessão: o tique-taque de Rudy, as tamboriladas de Beck, Jenny esfregando as mãos no jeans para mantê-las ocupadas o suficiente para não puxar o cabelo. A cadeira de Fawn raspando o acabamento barato do chão enquanto ela tenta encontrar a posição perfeita.

Estou imóvel. Minhas compulsões não envolvem ruídos ou movimentos, envolvem apenas arruinar a vida das pessoas.

A Dra. Pat cheira o cigarro que acabou de fumar e, pela primeira vez, noto as reveladoras rugas de fumante começando a criar raízes em torno de sua boca.

— Tenho algo a dizer — afirma Beck finalmente. É engraçado ouvir sua voz encher a sala. Acho que ele não tem falado muito em grupo, porque a forma como os tons graves e cansados de sua voz preenchem o espaço parece nova para mim. — Cheguei atrasado porque malhei durante sete horas hoje. Sete. Fui convidado a me retirar antes que pudesse chegar a oito. Disseram que eu estava deixando as pessoas "desconfortáveis". Preciso encontrar uma academia nova. Estou sempre ficando um pouco melhor, e, em seguida, pior de novo. — Ele diz aquilo tudo de frente para mim: seus olhos direto nos meus. Está me salvando de ser a mais louca, talvez. Mas está me acusando também. Está me permitindo saber na frente de todos que o estou deixando pior, não melhor.

Não é surpresa, mas um pouco de mim se quebra de qualquer maneira.

— Eu tenho que ir — digo.

E, pela segunda vez esta semana, eu o deixo, desamparado.

# ♡ 21.

DESTA VEZ, O TRAJETO EM DIREÇÃO À CASA DE AUSTIN não está ajudando em nada minha ansiedade.

Não chega a ser um choque. O que quer que tenha acontecido no grupo só cimentou minha certeza de que sou perigosa, violenta e não confiável. E assustadoramente destrutiva para a vida das outras pessoas. Quero dizer, basta olhar para todos os problemas que causei. Basta olhar o que meus pensamentos e ações e palavras têm feito para todos os outros. Essa coisa toda de TOC parece uma farsa. E se a Dra. Pat estiver errada? E se eu não estiver sofrendo de obsessões e compulsões e ansiedades? E se eu for exatamente tão perigosa quanto acho que todos temos potencial de ser? Estive trabalhando todo esse tempo para lidar com meu TOC, mas estou com medo de que meu problema seja muito, muito pior.

Ir ver Austin é uma péssima ideia. Provavelmente estou ficando mais louca, logo, estou mesmo ficando mais burra.

A Dra. Pat nos pede o tempo todo para avaliar a ansiedade em uma escala de um a dez. Estive em um sólido 7,5 pelas últimas 24 horas, e não está diminuindo. A Dra. Pat diria que isto é fisicamente impossível, mas não acredito. Posso sentir cada arrepio na minha pele, cada respiração não tomada, cada batida superacelerada do meu coração. E não está diminuindo à medida que dirijo. Só aumentando. Instantes depois de passar muito perto de um ciclista e uma pessoa correndo, atinjo o oito. Quando chego na rodovia, estou em 8,5.

Dirijo no acostamento a 32 quilômetros por hora. Meu pisca alerta permanece firme, ligado, e estou quase desejando que comece a nevar ou chover, de modo que não me destaque tão ridiculamente no meio dos confiantes carros esportivos velozes ocupando o resto da estrada. Não tive essa sorte. Lá fora faz sol forte e a estrada está boa, então coloco óculos de sol e abaixo um pouco a cabeça. Não quero mais ser a pessoa que sou.

Já fiz isso antes.

Acho que não fui totalmente honesta quando disse que comecei a ver a Dra. Pat por causa de um fim de namoro. Comecei a vê-la mais por conta do que aconteceu após a separação.

Aqui está o que eu ia dizer no grupo hoje: depois que Kurt parou de atender minhas ligações, não consegui deixar a coisa toda para trás. Não parecia seguro. Lisha aguentou o pior de tudo.

— Acho que tem mais nessa história — garanti a ela quando me deixou chorar por causa de Kurt enquanto comíamos sorvete. — Preciso vê-lo — afirmei.

E também:

— Acho que ele está em apuros.

— Eu só preciso vê-lo.

— Eu tenho uma responsabilidade.

— Sei que soa estranho, mas estou com medo de que se não vê-lo algo terrível vai acontecer e vai ser minha culpa.

— Eu não deveria confiar nos meus instintos? Mesmo que meus instintos sejam estranhos?

— Estou só indo ver como ele está. Então vou saber e ele vai ficar bem.

Lisha balançava a cabeça para tudo isso. Mas quando eu queria passar de carro pela casa de Kurt, ela queria ir junto. E quando criei uma conta falsa no Facebook para saber o que ele estava fazendo, ela me ajudou a torná-la quase real. E quando comecei a parar no ginásio para procurá-lo, ela não permanecia o tempo todo em que eu ficava acampada lá fora, mas passava lá com café e uma hora ou mais para conversar.

Só se tornou um problema quando comecei a ir à sua casa todos os dias. Lisha parou de me acompanhar, então eu levava um pacote de salgadinhos e um caderno e ficava o máximo que conseguia, fazendo anotações de qualquer movimento dentro ou fora da casa. Não achava que eles me viam. Pensei que meu Volvo sem graça misturava-se o bastante com o pavimento de modo que eu poderia apenas ficar sentada ali por quanto tempo quisesse, sempre que quisesse. Às vezes de manhã, antes da escola. Às vezes, no meio da noite, depois de comer na Pancake House, quando estava abastecida de chocolate quente e xarope de bordo. Notava cada aba das cortinas se mexendo, cada brilho da TV através das janelas.

É quase uma espécie de coisa zen. Consciência. Estar no momento.

Nada mais fazia aquela sensação horrível de esperar sua morte passar. Eu tinha que checar como ele estava. Nada mais parava a ansiedade e o aperto no peito. Só precisava checar. Só mais uma vez. E depois só mais outra. E então, apenas mais uma depois disso.

Até que ele me denunciou à polícia.

*Droga.*

Não sou idiota. Quer dizer, não estou em negação nem nada. Sei que estou mergulhando no meio da mesma exata situação agora. E não consigo parar.

Mas, Cristo, é perigoso pensar sobre essas coisas quando estou nesse Volvo máquina da morte. Eu me pergunto se beliscar a coxa me distrairá da memória.

Não.

Desacelero ainda mais. Apago e acendo o pisca alerta para me garantir que está realmente aceso. Deve estar aceso, ouvi o som do *clique clique clique* e vi a luz piscando no painel, mas não importa. Agora que me ocorreu que *poderia* estar quebrado, preciso sair e verificar.

Então, o telefone começa a tocar sem parar e aquilo se torna tão perturbador que tenho que sair da estrada antes de fazer todo o caminho de volta para Boston. Isso leva cerca de 15 minutos de cuidadosas manobras, e o tempo todo fico tentando me concentrar na extensão da estrada e não no toque de celular que não para, porque não posso colocar o telefone no modo silencioso sem tirar as mãos do volante.

Tenho certeza de que a vida das outras pessoas tem esse mesmo nível de caos casual, mas de alguma forma elas conseguem administrar isso.

Quando finalmente paro em um estacionamento do Dunkin Donuts, estou um caco, tremendo e chorando. Não é bonito quando todos os meus diferentes medos começam a colidir e evoluir para um enorme monstro de ansiedade.

Não consigo chegar até Austin. Tive que sair da rodovia em um cruzamento perigoso. Não consigo desligar os sons perigosos de celular. Preciso verificar o pequeno Smart Car vermelho em que posso ter batido no caminho saindo da rodovia.

Estou no nove do meu nível de ansiedade e está subindo para 9,5 e estou ali ouvindo o telefone tocar sem parar, pelo que presumo, oito vezes.

Mas ele não toca oito vezes. Não é Beck me ligando, afinal. É a Dra. Pat. E quando atendo o telefone com um "Olá?" trêmulo e sibilante, a Dra. Pat ataca.

— Qual é o seu nível? — pergunta. E não posso me decidir entre responder honestamente e tentar respirar, então vou para o banco de trás onde havia arremessado meu caderno. E começo a ler, um dedo me ajudando a seguir as palavras. Leio até começar a relaxar daquele inferno. Mas a Dra. Pat percebe meu silêncio repentino. — Está tendo alguma compulsão? — diz para o silêncio, me pressionando. — O que está fazendo? Não ceda à compulsão.

— Não me venha com terapia agora! — reclamo pelo telefone.

— Onde você está?

— Dunkin Donuts.

— Em algum lugar fora da estrada? Beck achou que talvez você tivesse ido para Harvard Square?

— Você não pode falar com Beck sobre mim. Confidencialidade médico-paciente. Se ele tem tanta certeza de onde estou, diga que venha me buscar.

— Bea.

— Você não está me ajudando! Não pareço estar melhorando!

— Vou aí encontrar você. Só me deixe saber um pouco mais especificamente onde está. Tem noção de em qual saída eu poderia achar você?

É impossível ler minhas listas e falar com a Dra. Pat e beliscar a coxa, tudo ao mesmo tempo, então apenas continuo dando suspiros exasperados que soam como rosnados.

Talvez seja uma coisa boa não ser Beck quem vem me salvar desta vez.

— Isso sequer é permitido? — retruco.

— Claro, é permitido. É incentivado. Não estamos seguindo Freud aqui. Para este tipo de terapia funcionar, tenho que ser parte de sua vida; você tem que me deixar entrar. Lembra? Já conversamos sobre isso. — Acho que li alguma coisa dessas num panfleto que a Dra. Pat me deu sobre terapia de exposição e como ela difere da tradicional, blá-blá-blá. — Estou nessa com você — continua ela. Acho que nós duas estremecemos com aquilo. — Você sabe o que quero dizer. Isso não é hora do tradicional limite, OK? Estou fazendo isso *com* você, não *para* você.

E porque não consigo dirigir nem um metro além neste estado comprometido, não posso esperar Beck vir me pegar e não posso deixar Lisha me ver assim, balanço a cabeça, concordando. Digo a ela exatamente onde estou.

— Tudo bem — completo. — Não é bonito.

— Eu sei. Já estarei aí.

Há um pouco de esperança em tudo isso. Um pequeno bolso de possibilidade de que poderia haver um dia em que eu seria capaz de fazer as coisas da forma como outras pessoas fazem. Consegui desistir da história com Kurt uma vez. Parei de acompanhar compulsivamente o desenrolar do garoto Reggie no jornal depois de um tempo. Já parei antes.

Minha ansiedade começa a diminuir. Oito, sete e meio, sete.

Estou bem. Contanto que possa manter Austin e Sylvia seguros, posso lidar com o resto. Se puder apenas evitar...

Ah, merda. Deixei minha mente voltar para ele e está me enervando outra vez. A Necessidade. Estou desesperada para voltar à estrada. Não me importo que a Dra. Pat esteja vindo. Tenho que checar.

Tenho que checar.

Tenho que checar.

Dou a mais profunda espécie de inspiração e a mantenho presa enquanto pego o cruzamento de volta para a estrada. Decido não piscar, apenas por precaução, então meus olhos começam a arder de lágrimas acumuladas. Não fui muito longe quando meu telefone começa a tocar de novo, e faço todas as coisas ao meu alcance para ignorá-lo. Desacelero ainda mais. Ajusto o espelho retrovisor e respiro fundo, de um jeito que não ajuda em nada e só deixa o ar ainda mais preso na garganta do que minhas patéticas respirações fazem normalmente.

Consigo pegar uma saída mais distante antes de ter de parar o carro mais uma vez.

— Aghhhhhhhh! — grito para mim mesma.

O som fica preso no carro comigo, seu eco reverberando contra as janelas. As lágrimas estão vindo outra vez, então enterro as unhas nas coxas ao mesmo tempo e estremeço com a dor enquanto pioro ainda mais o machucado. Deixo a cabeça cair no volante.

E aquele segundo de emoção de fugir da Dra. Pat escoa para fora de mim tão rapidamente quanto se infiltrou. Estou suando tanto sob as roupas que tenho que abrir um pouco as janelas. Sinto meu próprio cheiro, de medo, suor e adrenalina sem foco, e não é bonito.

No ano passado, quando a coisa toda com Kurt veio à tona, acabamos na mediação.

— Não quero deixar você constrangida — disse ele. — Realmente não quero mais que passe de carro pela minha casa, está bem? — Fiz que sim com a cabeça, e concordamos em mais terapia, em aumentar minha dose de Zoloft e em algum tipo de ordem de restrição não oficial que terminaria quando eu fizesse 18 anos.

— Não queremos que isso fique com você para sempre — disse a mãe dele —, mas estamos falando sério. Não nos sentimos confortáveis com você por perto com tanta frequência. Sinto muito, tivemos que envolver as autoridades, mas preciso proteger minha família.

*De mim*, me lembro de pensar, sem fôlego por causa da realidade do que eu havia me tornado.

O mediador me encaminhou para a Dra. Pat, e antes que todos nós apertássemos as mãos e disséssemos adeus, ela desabotoou o botão demasiado apertado do blazer de seu terninho, limpou a garganta e me olhou nos olhos.

— Renda-se — disse ela, como se por algum motivo se importasse que eu melhorasse. — Essa é a coisa mais importante que aprendi na vida. Você parece ser uma garota legal. Está recebendo uma chance. Renda-se.

Ri dela na minha releitura do evento com Lisha. Uma ex-alcoólatra de meia-idade, concluí. Isso fez com que fosse fácil diminuí-la. *Esquisitona*, eu falava.

Mas agora estou aqui, ao lado da estrada, com coxas machucadas e uma voz rouca de toda a gritaria maníaca e uma lista de todos os itens do lobby de um astro do rock.

A palavra vem de volta para mim: a voz ofegante do mediador finalmente atingindo algo em mim.

*Renda-se.*

Quando o telefone toca de novo, eu atendo.

— Bea... — começa a Dra. Pat em tom de aviso. Mas ela não precisa me fazer sentir culpa. Somei dois mais dois e sei muito bem que não vou até Austin hoje. Digo-lhe onde estou e ela chega em cinco minutos, considerando que sua dimensão de tempo e espaço é tão vastamente diferente da minha navegação torturada destas coisas. Ela para o pequeno Jetta bem ao lado do meu Volvo e vem para o lado do passageiro. Eu a deixo entrar, minha cabeça abaixada.

Ela se senta.

— Qual é o seu nível? — pergunta.

Mergulho a cabeça para ainda mais perto do pescoço, tudo de mim dobrado sobre mim mesma. Não vai funcionar, é claro; finalmente cederei ao impulso crescente (mais forte a cada segundo) de lhe contar tudo. Mas tento mesmo assim, engolindo o máximo que posso as palavras que sei que vão transbordar.

As janelas do carro estão ficando embaçadas. O ruído branco da estrada é um zumbido constante.

A Dra. Pat espera. Ela se senta firme e silenciosa. Não quero lhe dizer muito e não posso ficar em silêncio, então faço numa conversa o equivalente a me atirar de um penhasco.

— Não pergunte onde estou indo — começo, em vez de admitir de uma vez, que é o que minha mente gostaria que eu fizesse. Sei que no instante (inevitável, iminente) que admitir o que está acontecendo, Austin será tirado de mim, então resisto. Isso significa que preciso fazer alguma coisa, então começo a tagarelar sobre um esfaqueamento que aconteceu no Bronx no fim de semana. — Era uma menina — revelo. — Meninas não costumam apunhalar as pessoas, mas acontece. E, na verdade, a taxa de meninas esfaqueando pessoas tem aumentado. Então. É isso. Quero dizer, se alguma vez houve motivo para se preocupar com alguém como eu a esfaqueando... seria agora.

A Dra. Pat balança a cabeça. É um movimento que significa que ela entende que isso é *emocionalmente* verdadeiro para mim, mas que ela não está prestes a conversar de verdade sobre a hipótese, porque não é realisticamente verdade. Alegadamente.

— Quero que você me leve para casa, Bea. OK? — Ela afivela o cinto de segurança. *Clique.*

Isso não era esperado. Novamente algo hesita, me dizendo que isso não pode ser legal. Ela cruzou alguns limites da terapia e está se colocando em risco. Digo isso e belisco a coxa por segurança extra.

— Não estou preocupada — afirma a Dra. Pat. — Sei que você é uma boa motorista. Qual o seu nível de ansiedade?

— Seis...? — respondo.

— Ótimo. Vamos esperar até que ele suba mais então — diz. — Por que não me conta como acha que Kurt está ultimamente? — A Dra. Pat está com as mãos cruzadas e os tornozelos cruzados e tudo se encaixa tão bem com as calças bem-passadas, a blusa de babados e o corte de cabelo caro. Ela é exatamente o que deve ser.

— Eu não penso muito nisso — digo.

— Hum-hmm. Vamos falar sobre os acidentes de carro que aconteceram na estrada este ano, então — insiste. Não acho que se deveria falar sobre acidentes de carro quando se está em *um*. Isso é meio evocar problemas.

A Dra. Pat está meio evocando.

— Não, obrigada — rejeito.

— Bea. Insista um pouquinho. — Dou o maior beliscão que já dei em minha coxa, e odeio a dor. É um lembrete do hematoma que tem lá, da parte de mim que é tão feia quanto a cabeça careca de Jenny ou o rosto ferido de Rudy ou as palmas das mãos secas e descascadas de Beck. O beliscão ao mesmo tempo ajuda e dói. Como todas as outras compulsões, eu acho.

— Tenho alguns artigos... — começo.

Nunca tivemos uma sessão de terapia como esta. Nunca tivemos uma sessão de terapia que se assemelhasse sequer remotamente a isso. Onde está o sofá floral Laura Ashley do consultório da Dra. Pat? Onde estão as cadeiras dobráveis de metal das reuniões de grupo? Onde está a caixa de lenços posicionada bem no meio da mesinha de centro a cada sessão: a inofensiva, semiameaçadora presença do lembrete do quanto você deve estar vulnerável ao entrar naquele cômodo.

— Aposto que estão com você — sonda a Dra. Pat. — Os artigos? Se a conheço bem, não chegaria perto deste carro sem suas anotações.

— Estou meio no nível sete — informo, interrompendo seu calmo tom de voz.

— Isso é o que estamos querendo. Vamos começar a dirigir quando estiver no nove, está bem?

*Não. Não está bem.*

— Não posso dirigir num nível nove — digo.

— Por que simplesmente não lê alguns desses artigos assustadores sobre acidentes de carro. Em voz alta. Algum que seja o mais recente. — Ela fez isso de novo. Disse as palavras "acidente de carro" dentro de um carro real. Estremeço e belisco a coxa e, desta vez, a Dra. Pat percebe. — Você não está escondendo bem, odeio dizer — decreta. Em seguida, coloca uma das mãos na minha, apertando-a contra minha coxa, e olhando diretamente para mim do jeito que faz com Jenny. — Espere. — Então ela remexe debaixo de seus pés, onde fiz um trabalho terrível ao esconder meus cadernos de recortes de pessoa louca sobre serial killers e acidentes de carro e coisas que tenho que tentar impedir de dar errado. Prendo a respiração, rezando para seus dedos não encontrarem o caderno com estrela na capa sobre

Austin e Sylvia, que também está lá embaixo. Felizmente, as mãos dela emergem apenas com o caderno de acidentes. Ela já viu isso antes, mas acho que o peso a surpreende: a grossura, as páginas despedaçadas, as arestas, o trabalho de cola desleixado, o fato de eu ter dobrado, talvez até mesmo triplicado a espessura da sua espiral. — Essa coisa está se tornando bíblica — comenta.

A Dra. Pat me fez rir. Não de forma obediente, não para desviar a atenção do meu nervosismo, e não daquele jeito "agora é hora de rir" que acho que todo mundo faz com um pouco de frequência demais. Ela me fez rir, porque debaixo da blusa cor-de-rosa pálida folgada e da idade indeterminada de seu rosto, ela é atrevida e um pouco sarcástica, completamente sem medo de nada, nem mesmo de mim. Mesmo após o desastre da sessão de hoje.

Ela me dá uma página para ler e obedeço. Minhas anotações sempre me acalmam, mas os artigos me aterrorizam, especialmente sabendo que tenho de dirigir em seguida. Leio os detalhes mais horríveis do artigo várias vezes até a tremedeira, o suor e o inacreditável impulso de chorar e chorar e chorar ficarem fortes o suficiente para me assustarem como nunca.

— Em que nível está agora? — insiste ela, quando repito a parte sobre o pedaço de gelo invisível no qual o carro derrapou.

— Oito.

— E agora? — pergunta com a mesma voz firme depois que leio novamente como a motorista pensou que tinha olhado para os dois lados, mas deve ter olhado apenas para um porque um ciclista capotou bem na frente dela, vindo do outro lado.

— Oito.

Minha voz mergulha em território instável enquanto descrevo o carro voando para fora da estrada e batendo numa árvore, ferindo gravemente a motorista, o passageiro e, claro, o ciclista. Minhas mãos continuam tentando chegar às coxas, mas a Dra. Pat me impele a não ceder à compulsão, não ceder, não ceder.

— É hora de dirigir — diz, quando declaro estar no nove.

Luto contra tudo no meu corpo que me diz que não, e viro para a estrada que me levará para a rodovia.

— Eu vou te machucar, eu vou te machucar — digo, implorando que ela peça que eu pare de dirigir.

— Fique com esse sentimento. O que está experimentando fisicamente? Dirija e me conte o que sente no corpo enquanto o faz.

— Vai piorar a situação — declaro. Não quero que ela saiba o quanto estou enjoada, morrendo de vontade de gritar e suando tanto que minha camisa está encolhendo com a umidade, ficando apertada demais em mim, me sufocando e fazendo ser muito mais difícil respirar.

— *Bea*. O que está sentindo? Fale para mim. Fique com isso. Fale. — É uma coisa totalmente nova da Dra. Pat: Uma ordem. Uma indiscutível, deliberada, quase militar ordem. E a certeza daquilo me choca e me faz falar. Conto-lhe todas as coisas que meu corpo está sentindo e cada coisa que quero fazer para aquilo parar: diminuir a velocidade, voltar para procurar cadáveres que eu possa ter atropelado, beliscar a coxa. A lista continua e eu acelero em pequenas doses conforme a Dra. Pat manda.

— Estou no nove, estou no nove. E se eu machucar alguém? Tinha uma escola lá atrás? Com crianças? Podemos checar?

— Não. Fique com a ansiedade. Não pode durar para sempre. É muito cansativo ficar no nove por muito tempo.

Mas naquela nuvem de ansiedade não posso ver sequer a sugestão de uma saída: nem uma sombra, nem uma brecha de abertura de alguma calma em mim, nem uma rachadura nas paredes. Não posso imaginar jamais deixar este lugar terrível. Mas continuo a fazer o que ela diz.

— Posso apenas colocar este CD? — peço, e aperto o play.

O álbum do Tryst toca baixo e uma parte secreta de mim desmorona com um pouco de alívio. A Dra. Pat deve perceber meus ombros baixando. Há também um lampejo de reconhecimento silencioso por trás daqueles óculos de tartaruga. Como se talvez ela conhecesse o álbum de Austin e Sylvia. Como se pudesse finalmente ter descoberto o verdadeiro segredo aqui.

— Conheço uma compulsão quando vejo uma — diz ela, desligando a música. — Desculpe. Precisamos superar a ansiedade à moda antiga, está bem?

O pânico rodopia dentro de mim.

— Está no dez. Esta é uma porra de dez, juro por *Deus* — digo.

Segundos se passam. Poderiam ser meses com base em como são intensos e profundamente sentidos.

E então:

A estrada parece suave sob o carro. Carros não estão buzinando para eu acelerar. Meu nível está começando a diminuir. As batidas do coração não estão estáveis, mas as sinto desacelerando apenas o decibel mais ínfimo.

Parece uma vontade de desistir.

Parece uma vontade de desabar na cama depois de dançar numa rave a noite toda.

Parece certo.

É a rendição. É aquela coisa que eu estava procurando.

— Qual é o seu nível? — pergunta a Dra. Pat.

Gosto da maneira como sua voz parece esperançosa. Gosto do jeito como está olhando para mim: focada, mas relaxada. Não está segurando a maçaneta da porta. Não está fazendo uma careta de nervoso e medo nem posicionando as mãos em oração.

— Sete e meio — confesso. E assim que esses números saem de minha boca os sinto caindo novamente. — Sete.

— Bom. Viu? Ela diminui. Ela reduz. Continue dirigindo. Continue falando.

— Não quero machucar ninguém.

— OK.

— Seis e meio — digo.

— Muito bem.

— Seis.

— Continue. Continue dirigindo. Vamos sair aqui.

É engraçado como a viagem é curta quando se está viajando na mesma velocidade que os outros carros. É engraçado como já estou chegando à minha saída. Isso é o que as pessoas querem dizer quando falam que alguma coisa é decepcionante. Foi o dia mais longo da minha vida e tudo que estou fazendo é ir para casa.

— Cinco — continuo ao sairmos da rodovia.

— Acho que você ganhou uma parada no Friendly's — diz a Dra. Pat.

O Friendly's está logo ali: a placa vermelha, letras cursivas, uma espécie de símbolo de tudo o que gosto sobre os subúrbios, sobre o mundo onde cresci.

Quando nos acomodamos num dos compartimentos, sinto como se pudesse dormir no familiar vinil vermelho.

A Dra. Pat pede um sundae de manteiga de amendoim. Eles nos trazem as colheres extralongas pelas quais qualquer pessoa com um coração se apaixonaria, e o exagero superdoce de sorvete de baunilha e calda de chocolate e cobertura de manteiga de amendoim e nuvens arejadas de chantili nunca nem de perto pareceram tão gostosos.

Quinze minutos mais tarde, estamos de bocas meladas e olhando para uma montanha de guardanapos usados e aquela perfeita nostalgia de um copo de sorvete à moda antiga. O tipo que se parece com um vaso e não uma tigela. Neste momento, ele parece ser feito de cristal.

É tudo feito de cristal: tudo em mim. Não sinto tanta clareza há muito, muito tempo.

# ♡ 22.

CLAREZA NÃO SIGNIFICA QUE DE REPENTE TOMAREI boas decisões.

Meio o oposto. Decido, em vez disso, que mereço ganhar uma noitada, depois do que aconteceu no carro com a Dra. Pat.

Três noites depois, estou armada com a promessa de ingressos gratuitos de Austin e algumas garrafas de suco com licor de pêssego. Lisha se produziu toda: uma saia colegial grande demais está pendurada em seus quadris. Em cima está usando um espartilho decotado que exibiria seus seios, se ela tivesse algum. Em vez disso, vê-se apenas o tom laranja manchado de seu bronzeado falso e a forma inconfundível de sua clavícula saindo mais ou menos de onde os seios deveriam estar.

É feriado, por isso não precisamos voltar cedo. Além disso, Lish ainda está brigando com os pais por causa dos custos de Harvard, portanto, seu consumo de álcool e seu guarda-roupa ficaram ambos um pouco mais loucos. Sua enorme bolsa do tamanho de uma mala de mão poderia guardar não só nosso estoque de álcool, mas também meu caderno cor-de-rosa de estrela cadente.

— Guarda isso? — peço.
— Vai fazer anotações hoje à noite?

— Espero que não, mas só por precaução — murmuro para o chão. Seria impossível não notar seus olhos se revirando e seu leve suspiro. Ela o pega mesmo assim, guarda-o na enorme bolsa e não diz uma palavra sobre o assunto.

— Você está linda — diz Beck para mim, quando nos encontramos fora do Middle East. Lisha: sem meia-calça, com frio. Sombra roxa e lábios muito vermelhos. Eu: jeans skinny vermelho e uma camiseta cortada azul-marinho do Red Sox, que customizei usando tesouras de criança. As bordas ficaram irregulares, mas passei fitas prateadas nos ombros e colei cristais na costura que desce meu torso de cada lado.

Ainda não falamos sobre o que aconteceu na apresentação de dança, mas depois de alguns poucos textos tensos sobre eu ter transado com Beck, ela disse que queria vir para o show e no caminho até aqui meio se desculpou pelo comportamento no outro dia. Lisha não perguntou, no entanto, nenhum detalhe. Não rimos sobre como foi ou quantas pedrinhas ficaram espetadas nas minhas costas aquela tarde. Acho que também não esperava muito agora que sei como sou realmente louca. Agora sou essa pessoa sobre a qual ela mente; sou aquela amiga secreta que toda nerd magrela de Harvard tem que ter.

— Você veio — diz Lisha a Beck, de forma distinta não como uma exclamação.

— Não perderia por nada — responde Beck.

Fico olhando e engolindo em seco repetidas vezes e espero que Lisha meio mantenha a boca fechada. É a primeira vez que desejava que ela soubesse menos sobre mim. Estou querendo (muito, ultimamente) apagar nossa intimidade. Pego a mão de Beck e não a dela, e tento me lembrar por que falei que ela podia vir.

Encontramos uma mesa na frente e pedimos cafés e não exatamente conversamos. Quando Austin e Sylvia não sobem logo no palco, lembro por que estou fazendo Lisha estar aqui. Para eu não fazer nada realmente estúpido. Estarei com Austin e Beck no mesmo ambiente. Não tenho a mínima ideia do que pode acontecer. Ela está tomando conta do meu encontro. (Sexto encontro, mas quem está contando?) Uma montanha inteira de sentimentos desce direto para o meu peito e se aninha ali.

Nenhum de nós fala. Beck tenta evitar olhar para o não peito de Lisha e eu tento acessar a sensação que tive na outra noite com a Dra. Pat, respirando a ansiedade, sentindo-a até que ela desapareça e vire algo bobo e pequeno. Mas não consigo tornar Austin e Sylvia bobos nem pequenos.

— Então — começa Lisha para Beck. Há algo de cruel nos olhos dela hoje à noite, mas talvez seja apenas a maquiagem. Provavelmente é a bebida. Lisha e sua inesperada mesquinhez induzida pelo álcool. — Você gosta da Dra. Pat? Porque sinto que ela é minha aliada, sabe? Quando Bea fala sobre ela sempre sinto que... alguém enfim está do *meu* lado em tudo isso.

Ela não pode ter bebido mais do que metade de uma garrafa do coquetel fraco, quase para crianças, mas aqui está ela, sendo o exato oposto de uma acompanhante útil.

— Lish, podemos não começar? — tento. Não sei o que eu havia imaginado para esta noite. Alguma versão de filme adolescente sobre amigos, no qual Beck, Lisha e eu beberíamos chá e café com leite e tomaríamos furtivos goles de álcool e conseguiríamos não vomitar essa combinação terrível, e sim rir das piadas uns dos outros e ter o tipo de noite encantadora que eles têm no Disney Channel. Pela primeira vez na vida quero que a vida seja mais parecida com o Disney Channel.

— Eu só quero dizer, você sabe, finalmente tenho essa figura de autoridade vendo as coisas do meu jeito, sabe? Confio naquela mulher, vou te dizer isso. Confio para caramba nela. Tenho confiado pelos últimos anos. Ela vai trazer minha amiga de volta, certo? Entende o que quero dizer, Beck?

Beck dá de ombros e abre o tipo mais fraco de sorriso antes de pedir licença para ir ao banheiro. O objetivo é ir apenas duas vezes durante todo o encontro, de modo que este não é um bom começo.

— Estamos brigadas? E, se estamos, não deveria ser *eu* com raiva de *você*? — pergunto. — Eu me lembro de você escondendo a mim e Beck de suas estúpidas amigas bailarinas...

— Pequeno preço a pagar — diz Lisha.

Eu me pergunto se ela tem sido assim o tempo todo. Parece que deve ter sido, como se esta mudança em sua personalidade não pudesse estar acontecendo tão rapidamente quanto está parecendo.

— Sério, vai embora, se não quer estar aqui — digo. Quero tanto que Beck volte para a mesa, mas um minuto e, em seguida, dois e depois três se passam, e acho que não há nenhuma maneira de ele sair antes dos oito minutos se completarem.

O que mais ou menos significa que o estou destruindo. Ou Lisha e eu estamos. De qualquer forma, não é exatamente como eu tinha imaginado que seria o amor. Prejudicial. Destrutivo e egoísta. Quatro minutos se passam.

— Como você se sente quanto a Beck e Austin estarem no mesmo lugar ao mesmo tempo? — indaga Lisha.

— Depois te digo.

— Vamos lá, seu namorado tem o quê? Tipo mais uns cinco minutos até que possa voltar? Conta.

É engraçado o efeito que usar um espartilho pode ter sobre uma menina em outra ocasião totalmente normal. Lish está cheia de atitude. Fica cruzando e descruzando as pernas como as pessoas fazem quando pensam que são a fodona do lugar. Digo isso, e Lisha praticamente me apunhala com os olhos.

— Essa foi uma péssima ideia — digo.
— Concordo.
— O que está fazendo aqui então? Tipo, a polícia vai invadir este lugar depois de receber um sinal seu? Está esperando que Beck e eu sejamos retirados daqui em camisas de força? — Eu não sei nem de onde estas palavras estão vindo, mas a Dra. Pat disse que isso poderia acontecer.

*Quando você começar a se livrar da sua forma controlada de viver, das coisas que a fazem se sentir segura, novos sentimentos vão surgir*, disse ela ao grupo quando Jenny ficou três dias inteiros sem tirar um único fio de cabelo, mas escreveu dez e-mails de ódio para um ex-namorado. A Dra. Pat chamou aquilo de um passo em direção à cura.

— Eu quero o oposto disso — afirma Lisha. — Quero o exato oposto de você em uma camisa de força.

E Beck aparece antes que eu possa perguntar o que isso significa.

— Não se preocupe — diz Beck. — Queria esperar oito minutos, mas consegui sair depois de sete. — Ele pisca e beija minha cabeça, como se estivéssemos fazendo isso desde sempre.

— Você está mandando muito bem — elogio.

Perdemos a abertura, de modo que a multidão está se preparando para Tryst e eu estou suando de expectativa.

— Sylvia e Austin são os únicos clientes famosos da Dra. Pat? — pergunta Lisha.

Ela parece tão estranha com a roupa de stripper. Estou feliz por estar de camiseta e galochas amarelas por cima do meu jeans skinny. Não estamos atraindo nenhuma atenção de qualquer maneira. Nesta multidão — a maioria jovens universitários e alguns trintões de aparência cansada espalhados nos cantos para continuar enchendo os copos de vinho —, Lish, Beck e eu parecemos meio normais.

Eu me esforço para parecer que estou analisando a multidão enquanto Beck registra a última coisa bizarra que Lisha disse.

Espero que, talvez, se eu ficar quieta e distraída o suficiente, o momento vá desaparecer e se tornar outra coisa.

Como mágica.

Não tive essa sorte.

— As pessoas na banda... Eles se tratam com a Dra. Pat? — pergunta Beck, como se transformar um pouco a frase de Lisha fosse fazê-la significar algo diferente.

Lisha finge inocência. Ela arregala os olhos e olha de mim para Beck e depois volta para mim.

— Sim — respondo. Porque, sério, o que mais poderia responder?

— Sua banda favorita é paciente da Dra. Pat? — insiste Beck.

Estou familiarizada com aquela atitude e isso não vai acabar bem para ele: está tentando fazer com que os fatos básicos e óbvios da situação não signifiquem o que ele mais teme que signifiquem. Ele está tentando encontrar qualquer outro cenário possível além da realidade. Mas está prestes a ser seriamente desapontado.

— Na verdade, eles não são a minha banda favorita. Quero dizer, gosto deles, mas acabei de começar a ouvir...

As luzes mudam. Na hora, a multidão também. Jovens que estavam nas laterais ou na parte de trás correm até o palco. Roadies ajustam os instrumentos e há um odor quente e suado de expectativa que paira sobre nós. Lisha sai da mesa para se juntar ao grosso da multidão, mas mantenho Beck longe da parte mais cheia do público, em cima da mesa comigo. Dessa forma posso ver Austin melhor *e* sentir que Beck não terá algum ataque de pânico relacionado a germes.

— Daqui a pouco: Tryst! — grita um cara no microfone, e há uma confusão de risos e desconforto como se ele nunca tivesse ouvido a própria voz nos alto-falantes antes.

Há talvez uma centena de pessoas empilhadas aqui, uma em cima da outra, mas não está um barulho muito alto ainda, então sou obrigada a terminar esse conversa antes de a música começar.

— Então eles são pacientes. Sylvia e Austin... ai, meu Deus! — exclama Beck.

Não posso ir embora antes de eles tocarem.

Não posso sair sem dizer "oi".

Não posso deixar esta conversa com Beck ir muito longe.

— Eu deveria ter sido honesta...

Beck está curvado e ninguém mais notaria, mas seu polegar e dedo médio estão batendo um contra o outro em rápida sucessão: oito vezes, pausa, oito vezes de novo. Se ele pudesse, provavelmente tentaria levantar e baixar algum objeto pesado dali para aliviar a respiração apertada e as mãos suadas.

— Eu não entendo. Quero dizer, quase acho que entendo, mas não tem nenhuma chance de que, quando disse que ouvia as sessões das pessoas, estivesse se referindo a...

— Sim — digo.

— E no grupo. O que estava contando quando cheguei. Sobre seguir garotos, sobre ter uma estranha obsessão por aqueles caras e ser uma stalker...

— Sim — confirmo, mas desta vez é um resmungo, porque em apenas essas poucas palavras ouvi uma coisa verdadeira e horrível sobre o que ele pensa de mim. Atrás dele, Austin e Sylvia estão subindo no palco, pegando guitarras e começando o set de meios sorrisos e meios rosnados. Eu os assisto por um momento, sem pedir desculpas.

— Então, estou aqui... perseguindo um cara com você — declara Beck finalmente. Ele levanta as sobrancelhas. Acho que poderia cuspir em mim, de tão chateado que parece estar.

A voz de Sylvia está cantando por cima da voz mais bonita, mais melódica de Austin. Mas Austin é a estrela e toca sua guitarra como se fosse uma mulher ou um animal selvagem, e o público se derrete e canta junto.

— Não é romântico. Nem sexual. Não é sexual — explico. O rosto de Beck tem uma expressão tão grave que foco toda a atenção nele e não em Austin e Sylvia.

— Deus, como ele é sexy — ouço Lisha dizer naquele momento perfeitamente inoportuno. Ela abre caminho de volta em meio à multidão e vai até a bolsa pegar um pouco mais de álcool.

"Merda de espetáculo" nem mesmo começaria a descrever o que está acontecendo aqui.

— Eu não posso fazer parte disso — conclui Beck. Ele balança a cabeça e coloca a mão no pescoço como se estivesse sentindo as veias salientes, os músculos de tamanho exagerado, a consistência de pedra de uma parte do corpo que não deveria parecer tão impenetrável.

Espero sentir uma tristeza desesperada, culpa, uma onda de arrependimento.

Mas esses não são os sentimentos que vêm até mim.

— Ah, ótimo. Isso é muito bom! — exclamo, minha voz agora é um grito que se perde sob a música. — Você passa semanas me dizendo para me abrir, e eu *me abro* e você simplesmente...

Eu paro de falar, porque ele foi embora. A guitarra alta abafa minhas palavras, e Beck está correndo até a porta. Não considerou ficar nem um segundo a mais, uma vez que viu quem realmente sou.

A tristeza, tenho certeza, está a caminho, mas enfim sinto aquela outra coisa. Aquele sentimento que nunca, nunca sinto: raiva. Por tudo o que Beck me deixou ver, por tudo o que aceitei nele, por tudo que tenho escondido esse tempo todo. E aqui está ele, correspondendo às expectativas. Tornando-se sem vergonha alguma um clichê perfeito. Decido correr atrás dele, que não ouviu o primeiro ataque, mas não vou deixá-lo se safar deste jeito. Vou falar isto bem em seu ouvido.

— Sabe o que é engraçado? — digo no lóbulo da orelha dele. As palavras se embaralham na minha boca por um instante antes de eu deixá-las sair. A outra parte da minha mente está ouvindo os riffs de Austin entre as músicas. Não os detalhes, apenas a vibração geral e movimento de sua voz, mas isso é o suficiente por enquanto. — Quando eu disse que estava apaixonada por você, quando fiz o que fizemos no outro dia, fiz sabendo quem você é. Quero dizer *sabendo*. Suado e com bolhas nas mãos e com medo de mim e chorando, pelo amor de Deus, *chorando*. Mas então aqui estamos nós, e essa sou eu, e você está simplesmente caindo fora. — Acho que para algumas meninas se apaixonar é uma espécie de fraqueza, uma vontade de desistir de todo o resto. Mas para mim, na minha forma e corpo e coração, se apaixonar é o oposto. É a coisa mais forte que já fiz.

Beck me olha como se nunca tivesse me visto antes.

As luzes mudam um pouco, informando que Sylvia e Austin agora vão tocar uma balada, e percebo na primeira nota que é definitivamente a minha favorita: "Aquela sensação insistente". É sobre o que acontece quando alguém te deixa e cinco minutos depois tudo o que você consegue se lembrar da pessoa é o cheiro dela logo ao sair do chuveiro.

Algo assim. Mas cantado, tipo, numa letra bonita.

Isso me lembra Beck, a parte do chuveiro. Ele sempre cheira como se tivesse acabado de sair do banho porque em geral *acabou* mesmo. Posso sentir o cheiro dele agora. O cheiro limpo dele sobe em um mar de outros cheiros: tequila, cerveja derramada e cigarros recém-fumados. Eu seguro seu cotovelo.

— Vocês podem desgrudar um segundo e apenas aproveitar o show? — comenta Lish. — Viemos até aqui por você, Bea, e tudo que está fazendo é olhar para o seu namorado ou sei lá o que ele é.

— Sim, vocês podem ficar, aproveitem — diz Beck. — Não se preocupe, estou indo embora, Lisha.

— Não vai me dar a chance de me explicar? — peço. Arregalo os olhos e sinto uma onda quente nas minhas bochechas que me diz que vou chorar assim que ele tiver atravessado a porta. Vou chorar porque se ele não pode me entender, quem entenderá?

Beck não vai embora imediatamente. Ele hesita, pensando. E eu sei, eu *sei* que preciso concentrar toda a minha atenção nele e em seus olhos azuis e na forma perfeita de seus ombros, e ignorar todo o resto. Sei que se puder fazer isso, se puder manter o seu olhar, ele ficará. Será o suficiente, se eu mantiver o olhar fixo no seu por este instante prolongado.

Não consigo.

Há uma pausa instrumental, Sylvia tocando um piano solo, o que significa que não posso ouvir a voz de Austin. Sei que está lá, mas tenho que ver. Tenho que olhar. Tenho que ter certeza. A boca de Beck está relaxando, passando da linha apertada para um lento sorriso, e eu gostaria de poder me perder nele, mas preciso de uma de olhada rápida para Austin. E preciso disso agora.

Merda.

Quando olho de volta, Beck deu um passo em direção à porta. Em seguida, outro.

A música acabou e a boca de Austin está no microfone. Começo a dizer algo para Beck, abro minha boca para chamá-lo, quando a voz totalmente sexy de Austin inunda o lugar.

— Minha fã favorita está aqui esta noite — diz ele. — Bea? Onde você está?

Não, sério. *Merda*.

A multidão se agita e desloca-se para me encontrar e Lisha bate seu corpo ossudo contra mim, pegando meu cotovelo, e levanta meu braço no ar. Nem sequer luto contra isso. Beck vai estar do lado de fora antes de eu ter a chance de olhar de novo para ele.

— Ela está aqui! — grita Lisha.

Você nunca adivinharia que ela vai para Harvard e que nunca beijou na boca. Ela é uma pessoa toda nova hoje à noite, deixando de lado os milhões de pequenas coisas que segurou todo esse tempo.

— Lá está ela! A bela Bea! — diz Austin com um aceno. Ele arranca alguns acordes da guitarra e eles me abalam, não apenas pelas vibrações. Mas porque são para mim. Assim como seu sorriso (menos tranquilo que o de Beck, mais proposital). Ele é meu, apenas por esse momento. Não belisco nada; sequer me preocupo com alguém escorregando na poça de vinho que uma mulher bêbada acaba de derramar. É um momento glorioso de não pensar, imediatamente seguido por lembrar que Sylvia também está no palco. O cara da iluminação me encontrou com os holofotes. Uma hipster de subúrbio falsa no meio da multidão de roqueiros reais e posers deprimentes. Eu.

Sylvia me encontra logo após o holofote. Ela dá um pequeno sorriso, um aceno nervoso, e percebo que ela e Austin discutiram minha tietagem excessiva, mas ainda sou considerada totalmente normal a seus olhos. E sou jovem e talvez de boa aparência e Austin está radiante, *sorrindo* para mim. E estou sorrindo para ele. Ela toca o piano, e Austin volta à sua performance com um último aceno para mim. Lisha ri e não solta meu cotovelo. Tenho que puxá-lo para longe dela.

— Estou enjoada — falo, querendo dizer aquilo em todos os sentidos da palavra.

Vomito no banheiro.

Lisha também, mas não é a mesma coisa.

Fico até o final do show, não porque quero mas porque tenho que ficar. Permaneço fora da linha de visão de Sylvia da melhor forma possível e Lisha mantém-se pendurada em mim.

Entro em pânico assim que minha mão toca a porta do carro, como se a coisa estivesse carregada com uma força elétrica indiscutível. Faço um cálculo rápido no celular para considerar se quatro goles de álcool há duas horas me afetarão de alguma forma. O resultado diz que está tudo bem, mas ainda assim não consigo ligar o carro. Toda vez que digito os números e, a hora e meu peso o resultado é o mesmo: quatro goles duas horas atrás não significam basicamente nada. Então me decido em relação à velocidade: 33 quilômetros por hora. E assim vou para casa enquanto Lisha fica no clube porque tinha um menino bonito lá e algumas meninas da escola que ela sabia que tinham mais bebida. Não é do seu feitio procurar ativamente outras pessoas, mas acho que quando sua melhor amiga se revela uma psicopata, é hora de começar a se abrir para outras pessoas normais.

Entro na garagem noventa minutos mais tarde e considero aquilo um grande feito. Pelo menos consegui chegar em casa. Se a Dra. Pat estivesse lá, estaria enchendo meu ouvido o tempo todo para acelerar, mas sou fisicamente incapaz de pisar com mais força no acelerador.

Preciso daquela noite para descobrir com quem ficar mais brava: Lish ou Beck ou a merda indie estúpida que é o Tryst ou (culpado mais provável) comigo mesma. Não há chamadas no meu telefone. Tento ligar para Beck mesmo sendo tarde. Acho que seu telefone está ligado, e quando ele não atende à primeira chamada, faço mais sete, no caso do TOC ser pros dois sentidos. Acho que é mais fácil esperar isso do que admitir que ele não quer falar comigo.

Toco o novo álbum do Tryst para me ajudar a dormir. Parece que funciona, porque quando acordo está claro lá fora e tem uma música no repeat, que devo ter apertado antes de adormecer. Acho que ela tocou durante a noite toda num volume baixo.

A música se chama "Quase acabado mas não totalmente". Eu não seria capaz de inventar um nome tão adequado.

## ♡ 23.

SÓ DIRIJO ATÉ O APARTAMENTO DELES QUANDO NÃO consigo mais me segurar. Vinte e quatro horas se passaram, e algumas pessoas chamariam isso de progresso. Só vou depois de vomitar uma fatia inteira de pizza e de dirigir em círculos por horas tentando resistir. Só vou quando a ameaça do que poderia acontecer, do tipo de problema em que eu poderia me meter, é completamente obscurecida pela ansiedade, coberta como o sol durante um eclipse solar. Estou pensando naquelas fotografias de eclipses. Tenho olhado para elas com bastante frequência desde que vi a tatuagem no pescoço de Austin. Gosto das fotos, porque há um halo de luz ao redor da lua, mas na maioria o sol está totalmente bloqueado pela massa da lua. É uma representação tão precisa do meu TOC, que fico hipnotizada por imagem após imagem na internet. Pensar normalmente é o sol, e a lua fica passando em frente a ele, às vezes bloqueando apenas em parte pensamentos normais, às vezes, obscurecendo-os por completo.

Estou num total eclipse solar quando aciono a luz do trecho de calçada na frente de seu prédio. Sequer verifico se o porteiro que me expulsou (Kevin? Acho que sua plaquinha dizia Kevin) está na recepção hoje. Só paro perto do prédio e espero.

E embora esteja esperando por Sylvia ou Austin ou por um sinal de que eles estão bem e de que posso ir embora, é claro que é Kevin quem me encontra.

— Sou amiga de Sylvia — tento, como se a conversa no outro dia nunca tivesse acontecido. Como se ele não fosse se lembrar de mim agora que estou de meia-calça de lã, jaqueta e um enorme chapéu roxo.

— Foi o que ouvi. Sylvia está em casa — diz ele, sem interromper o contato visual nem piscar. Ele cruza os braços e fica ereto, então não vou ser capaz de passar por ele, acho.

— Ah, ótimo — digo. Eu o encaro. Eu tenho que vê-la.

— ... com o marido?

Com os olhos fixos em mim, Kevin pega um celular, disca e sorri quando alguém atende.

— Sua amiga está esperando por você aqui em baixo, Sra. Bannerman — diz, mas não me mexo. Posso fazer isso, posso encontrar alguma maneira de fazer essa coisa toda ficar bem. Tento improvisar desculpas e razões para estar aqui e formas casuais de convencer Sylvia de que não sou o que ela pensa.

Deus. Estou ferrada. Até mesmo o supergentil Austin achará bizarro o fato de eu estar os visitando agora.

Kevin murmura concordando pelo telefone uma dúzia de vezes. Provavelmente (definitivamente) está tentando descobrir como me fazer ser presa ou internada numa ala psiquiátrica. Provavelmente está gravando na mente minhas características físicas e...

— Vou acompanhá-la até aí — diz ele.

Não houve menção do meu nome nem da minha aparência, então fico com a nítida impressão de que eles estavam me esperando.

\* \* \*

Kevin fica parado na porta do apartamento e isso me deixa incomodada por um segundo. Sylvia está engraçada também, agitada, e não agindo como a estrela do rock e deusa da cirurgia plástica que é. Fica erguendo as sobrancelhas para Kevin, e eu poderia facilmente ser hipnotizada pelo vaivém estranho de suas expressões não verbais e tiques, mas Sylvia me diz para entrar.

— Dá uma olhada — diz. Ela fica ao lado da porta com Kevin.

Acho estranho ficar andando pela casa como se eu fosse uma convidada de verdade, mas com o convite e os dois guardando a porta, realmente não vejo como dizer não.

Aqui está o que noto de imediato:

Sylvia e Austin têm retratos de si mesmos em grandes molduras douradas. Eles os autografaram, como se pudessem em algum momento esquecer as suas próprias celebridades. Fico por algum tempo na sala de estar, como qualquer pessoa normal poderia fazer, mas tudo no meu corpo grita para que eu explore mais, e Sylvia fica para trás, não me impedindo.

— Hum, posso...? — Gesticulo para o resto do apartamento e fico vermelha. Minha mãe me mataria por ser rude assim, e em poucas horas tenho certeza de que vou reviver a estranheza do pedido e querer desaparecer para sempre, mas meus pés se movem independentemente do que minha mente racional lhe diz para fazer, e Sylvia concorda após uma rápida olhada para Kevin.

O quarto é pior do que a sala de estar. Espelhos. Em todos os lugares. Refletindo um sobre o outro. Espelhos que refletem espelhos refletindo espelhos, e a ideia de Austin e Sylvia fodendo no meio.

Não importa o quanto pensam que sou pirada, não há nada de sexy nisso. Além disso, sua exuberância inerente é coadjuvante para o evento principal: minha necessidade de vê-los e, assim, de alguma forma vigilante, protegê-los.

Sylvia e Kevin se mantêm alguns passos atrás, mas me seguem enquanto abro diferentes portas e enfio a cabeça em diferentes cômodos.

Não há espaço para mais nada aqui além de seus rostos perfeitos, das linhas inconfundíveis de seus corpos, o jeito como o amor e o sucesso os agrada. Em sua prateleira de CDs, que paira ao lado de um sistema de som habilmente instalado, há algumas coletâneas comemorativas embaraçosas e uma pilha de espaços vazios, e em seguida, duas fileiras cheias de seus próprios álbuns. Reconheço todos da minha pesquisa intensiva no Google na outra noite: tudo, desde o disco independente *Mais uma história de amor hippie* ao mais recente *Solitário sexy sujo*.

— Legal — digo, mantendo um rápido contato visual com Sylvia.

O sorriso dela parece tenso, e os lábios estão inchados com o dobro do tamanho normal, mas ela parece pelo menos um pouco orgulhosa de ter alguém vendo suas coisas.

— Eu adoro este lugar — confessa ela, dando de ombros, de uma maneira que sei que ela já deve ter feito umas centenas de vezes.

Há algo inerente e impressionantemente embaraçoso nesses detalhes. Quero desviar o olhar. O que, é claro, diz muito. Construí nos últimos dias uma carreira só de olhar para eles com mais atenção, observando os detalhes de sua existência.

Na sala, suas fotos de casamento estão amontoadas em cima da lareira. Nenhuma da família ou de damas de honra hipsters ou de tristes sobrinhos e sobrinhas gorduchos e mal iluminados. Apenas Sylvia em sua renda vintage e pedrarias e Austin com uma irônica cartola e sua aparência de devoção, seus beijos de astro de cinema, a forma com que seus corpos ficam encostados um ao outro.

No banheiro: mais espelhos com iluminação profissional e uma bancada de mármore com uma coleção de maquiagem digna de loja de departamento, organizada por cor, um arco-íris indo do claro ao escuro em um desfile perfeito. Uma coleção de cílios postiços, variando em tamanhos e cores. Como se houvesse um comprimento de cílios perfeito para todos os cenários possíveis. Estou um pouco chocada com o esforço necessário para se tornar Sylvia.

Isso não é tudo.

Depois que começo a prestar atenção, percebo que o apartamento está *cheio* de coisas com monogramas. Volto para a sala de estar e me dou conta de que em algum momento Sylvia desapareceu dentro da cozinha. Ela ressurge com duas canecas fumegantes de chá. As canecas são da mesma cor prata de seu segundo álbum autointitulado, e me pergunto se teriam sido parte de algum material promocional. As canecas parecem decididamente adequadas.

Não vejo Kevin mas sinto o cheiro de sua colônia: barata, forte, jovial.

— Essa é uma infusão especial que estou tentando há dias — revela, fascinada consigo mesma. — Você provavelmente não adivinharia ao olhar para mim, mas sei muito sobre ervas e folhas de chá e, bem, esta é a minha marca registrada.

É um tipo doce de Earl Grey, que precisa de leite e que depois fica na sua língua durante horas.

E então me dou conta: não sou só eu que estou obcecada por eles. Eles são ferozmente obcecados por si mesmos e isso na mesma hora torna a coisa toda mais simples e mais triste.

— Gostou do lugar? — pergunta Sylvia com um grande gesto para todas as suas coisas. Ela olha para si mesma no espelho acima da minha cabeça, errando meu olhar. E tem mais: um camafeu pendurado no seu pescoço que simplesmente sei que contém uma foto dela e de Austin dentro. Não só Austin. Nunca só Austin.

Sylvia é o tipo de pessoa que tem que estar em todas as fotos. É o tipo de pessoa que tem uma fotografia de si mesma escondida em um medalhão gravado com suas iniciais. E ali está, em seus olhos: não o medo de mim a seguindo, e não uma severidade ou um tom de aviso na voz. Em vez disso, todo o seu rosto revela a emoção de estar sendo observada. O desejo de ver a si mesma através dos meus olhos de admiração. O cúmplice acordo de que definitivamente vale a pena assistir a ela e Austin. Está na ponta da língua, e então fora de sua boca, a emoção mal escondida.

— Por que a gente? Quero dizer. É só a música? É um pouco estranho, querida, mas um pouco incrível também. Quero dizer, é como um círculo completo, sabe? Tipo, amávamos os músicos de uma forma tão intensa e eles eram importantes para nós e nos transformaram e... É legal, certo? É legal, você estar aqui. Tudo bem você frequentar a mesma terapeuta. Adoro esse tipo de coisa. Destino. — As palavras são boas, mas uma coisa por trás delas, o tom ou, sei lá, a energia, tem o ritmo frenético e o fator de medo dos batimentos cardíacos de um minúsculo beija-flor. — Um pouco estranho você ter fingido morar aqui, certo? Quero dizer, nós duas sabemos que foi um pouco estranho. Bonitinho, no entanto. Ou seja, não se sinta mal.

Ela está preenchendo o espaço com as palavras. Eu belisco e belisco e belisco minha coxa. Há um monte de facas no balcão da cozinha. Penso nos prós e contras de lhe pedir para guardá-las. Mas realmente não tenho escolha. Não é uma questão básica de segurança? Sei que eles são astros do rock e tal, mas parece irresponsável. Talvez não seja grande coisa lhe pedir para guardá-las em uma gaveta. Talvez ela quisesse guardá-las mas esqueceu. Talvez fique grata quando eu a lembrar.

— Então? Como está o chá? — pergunta ela.

Não falei uma palavra.

— Ah! Ótimo, muito obrigada.

— Sério, não se sinta estranha. Quero dizer, depois que Austin conversou com você, ele explicou *tudo*. Ser adolescente é uma merda. Nós entendemos. — Essas conversas que tenho tido com Austin e Sylvia ficam sempre sendo completa e absurdamente decepcionantes. Profundamente. Porque contra todas as probabilidades, apesar de toda a minha crença na sua grandiosidade, eles são deprimentes. O tipo de adultos que pensam que é legal "entender" os adolescentes, reconhecer nossos sentimentos, lembrar seus dias de acne e carteiras de motorista falsas e incômodas perdas de virgindade, e pensam que estão nos fazendo um serviço aceitando tão bem nossas superóbvias falhas.

Sylvia toma goles da caneca de chá. Claramente foi uma lembrança descartada de sua festa de casamento. Nela, numa fonte cafona, tem uma data e a frase: AUSTIN E SYLVIA: PUNKROCKLOVE. O punkrock parece algo deslocado em lembrancinhas de casamento. Parece que quanto mais consciente se estiver de seu próprio lado punkrock, menos ele realmente existe. Eles estão me deixando tão triste, tão completamente decepcionada, que fico com vontade de chorar.

— Então, o que te fez frequentar a Dra. Pat? — pergunta Sylvia.

É falsamente casual, como se fôssemos apenas amigas que bebem o chá especial de Sylvia de nossas canecas customizadas. Tenho feito um trabalho tão bom em mentir descaradamente que, por um minuto, acho que conseguirei mentir agora também. Vou dizer alguma coisa previsível sobre meus pais e meus amigos horríveis e cruéis e o estresse de tentar entrar na faculdade com notas médias e pouca motivação.

Mas a verdade, é claro, encontrou seu caminho pelo meu cérebro até a boca, e eu finco uma unha na coxa, mas com as calças jeans grossas não sinto realmente muito efeito. As palavras parecem estar queimando. Se não as disser, algo terrível acontecerá. Não posso acreditar que esteja sequer considerando mentir, sabendo como as consequências são terríveis, e agora, que menti algumas vezes para Austin, basicamente preciso tornar tudo melhor, dizendo ainda *mais* a verdade. Eu não quero. Sei como ela vai olhar para mim depois. Mas isso não é nada em comparação com o teto caindo em nós ou as palavras literalmente queimando um buraco na minha garganta ou os milhares e milhares de calamidades que poderiam ocorrer se eu continuar com toda a verdade presa dentro de mim por um segundo a mais.

— TOC — conto. Não de forma hesitante. Não como uma pergunta ou um pedido de desculpas, que é uma boa maneira de dizer aquilo, quando não se quer assustar alguém. — Apenas ansiedade no início. E, em seguida, TOC. Estou fazendo terapia de grupo também. Quando era mais nova, vi um cara ser esfaqueado com uma garrafa quebrada. Ou, bem, quero dizer, vi esse cara de quem realmente gostava apunhalando outro cara com uma garrafa. Um cara chamado Jeff? Enfim. Quero dizer, isso é o que descobri. Eu tinha esquecido. Mas lembrei há poucos dias. Então. É isso. TOC.

Sylvia engole e brinca com o medalhão, forja um sorriso com tanto esforço que fico com medo de seu Botox de alguma forma derreter e eu ser confrontada com as linhas verdadeiras de seu rosto real. E nenhuma de nós está pronta para *tamanho* tipo de honestidade. É justamente quando Austin chega. Sylvia deve ter ligado para ele, e realmente não posso culpá-la por querer um reforço.

Ele trouxe cupcakes, porque é isso que todos os jovens estão comendo hoje em dia.

— O que achou do lugar? — pergunta Austin, indicando o espaço com aquele mesmo gesto oscilante de Sylvia apenas alguns minutos antes.

Os cupcakes têm cobertura prateada. Acho que essa cor é a marca registrada dos dois. Eles são, sem dúvida, o tipo de casal que teria uma cor como marca registrada.

Nunca tive vontade de comer alguma coisa prateada e não vai ser hoje que vou começar a ter.

Estou bem certa de que nunca mais vou voltar. Não sei nem o que estou fazendo aqui, em primeiro lugar. Tudo o que pensei que conseguiria ao estar perto deles, estar em seu espaço, parece não existir na verdade.

— Muito legal — digo.

— Então, Bea. Sylvia e eu conversamos depois do show ontem à noite — começa ele. Acho que ambos estão lutando com as mesmas poucas emoções. Eles gostam de como gosto deles. Não podem evitar sentir a emoção da fama e de *ter importância* e de ser um objeto de desejo. Quero dizer, olhe para os peitos inflados, a boca, e os olhos azuis pintados de Sylvia que parecem quase neon por causa de todo o lápis escuro ao redor. Eles foram notados, e não acho que podem evitar gostar pelo menos um pouco daquilo. — E estava falando sério, bem sério, sobre compreender o que é ser fã e ser adolescente e estar neste momento completamente estranho da vida.

Eu me pergunto se estão praticando para ter filhos.

Eu me pergunto se estou convencendo-os a *não* ter filhos.

— Vocês têm sido ótimos — digo. Não estou nem gostando desta conversa. Quero dizer, é sobre mim e tudo mais, mas de modo geral vejo Austin e Sylvia trocando um conjunto muito complicado de olhares e tentando ser legais e compreensivos. Estão conversando entre si, não comigo.

Como o quarto deles, espelhos que refletem espelhos refletindo espelhos.

Estou naquela sala de parque de diversões com todos os espelhos, Austin e Sylvia.

— E é claro que fui eu quem convidou você para o show, mas depois do que aconteceu após... Bem. Acho que estamos nos sentindo um pouco menos confortáveis. Vou ser sincero, imaginamos que você apareceria por aqui hoje. Parece que está vindo aqui bastante. Demais. E pedimos a Kevin para ficar de olho em você. Ele disse que tinha... visto você por aí?

Concordo, balançando a cabeça. Isso é humilhante.

— E nós também demos uma ligada para a Dra. Pat — conclui Austin. — E queremos que isso seja seguro e tranquilo para todos nós. Sem polícia, sem segurança. Então. A Dra. Pat está a caminho.

Continuo interpretando completamente mal as situações em que me meto com Austin e Sylvia. O que é estranho, considerando que estou trabalhando muito, muito, para absorver tudo com precisão.

— Hã? — É tudo o que consigo dizer. De tudo o que ele disse, eu me agarro a uma pequena frase, porque ela se aloja na minha cabeça e não faz sentido. — O que quer dizer com "o que aconteceu depois"?

Será possível ele estar falando da minha briga com Beck, mas isso não parece ser tão grande coisa. Será que Lisha ficou bêbada demais e deu em cima de Austin ou algo assim? Será que Austin ouviu o que contei a Sylvia sobre Jeff e a garrafa e o guarda? Minha mente está a mil tentando encaixar peças que não servem.

— Espero que entenda. Acho que você é uma ótima garota. Mas esta é nossa casa e precisamos cuidar de nós mesmos também. — Agora Austin está falando como um psicólogo. E é mais ou menos como se eu tivesse caído numa armadilha, só que causei isso para mim mesma. E eles estão certos, é claro que estão, em sua aconchegante casa temática Austin-e-Sylvia. Estão certos em tê-la chamado, estão certos em se preocupar, estão certos ao ver que não sou, e nunca fui, como eles.

A seguir vem o pior tipo de espera silenciosa.

E logo a Dra. Pat está à porta, e agradece a Austin e Sylvia por terem ligado e me leva até o sofá no lobby. Os sorrisos de Sylvia e Austin mudam de forçados para pacíficos assim que saio do apartamento para a entrada de sua casa. A Dra. Pat mantém uma das mãos no meu ombro durante toda a viagem de elevador até o lobby.

— Eles poderiam ter chamado apenas a minha mãe — digo. — Ou a polícia. Não precisavam fazer você vir até aqui.

— Você deveria ter me contado, Bea — começa a Dra. Pat. Para alguém cujo trabalho é ouvir, ela está simplesmente me interrompendo. — Não posso ajudar você se não for sincera. Entende isso? Tem uma grande quantidade de pessoas que gostariam de estar recebendo a mesma ajuda que você. E não me importo com recaídas; eu as espero. Mas é uma ofensa você gastar todo esse tempo no grupo e na terapia individual e simplesmente continuar mentindo. Como posso ajudá-la se está mentindo o tempo todo?

O porteiro finge nos ignorar, enquanto temos algum tipo de sessão improvisada aqui no lobby de Sylvia e Austin.

Quantas vezes posso estar na lista negra como alguém totalmente insana no mesmo prédio?

— Simplesmente não tinha chegado a essa parte ainda — justifico com a voz mais fraca imaginável. — Sou mesmo fodida. Tinha muita coisa para conversar com você.

Estou chateada com a Dra. Pat e sei que não é mesmo justo, porque sou a única que fica sempre estragando tudo. Mas ela está no meu território agora. Todos os pequenos pedaços da minha vida, todas as pequenas coisas que tenho mantido separadas e manejáveis... ela está invadindo tudo isso: Beck, Austin e Sylvia, meu carro, minha vida, meu passado, as coisas que faço apenas para me manter sã.

Ela é uma ladra. Essa é a melhor palavra para o tipo de pessoa que ela é.

— Bea. Você tem um histórico de perseguição. Você sabia que isso seria uma prioridade para mim e para o nosso trabalho juntas. — Ela nunca usou a palavra "perseguição" antes. É, uma palavra feia, feia.

— Eu não acho que...

— Você é uma garota inteligente, Bea. Precisamos ser mais agressivas com seu tratamento. E não posso fazer isso quando não está realmente me contando o que está fazendo. Use Beck como exemplo. Viu como deu certo para ele? Ele foi honesto, e isso nos permitiu trabalhar de verdade em seus problemas e ele fez progressos...

— Eu não quero falar sobre Beck. — Há um tom horrível na minha voz que não reconheço como meu, mas não consigo abafar. Isso está me fazendo soar como algum clichê de adolescente mal-humorada. — Eu entendo. Beck está bem melhor e eu estou apenas piorando. Isso não é exatamente ajudar, sabe? — Suspiro. Não um pequeno suspiro ofegante, um *suspiro* totalmente audível, que inclui braços cruzados e um beicinho.

Eu me odeio.

Houve um tempo em que conseguia exercer algum grau de controle sobre as coisas que fazia e dizia. Quero dizer, nunca foi minha melhor habilidade, mas estava lá um pouco, antes. Agora o porteiro, Kevin, está erguendo as sobrancelhas para mim do jeito que alguém faz quando um bebê está dando um chilique em um avião. Um *humpf* tácito em seu rosto. Eu o odeio também. Estou fazendo uma lista agora. Das pessoas que odeio. É grande.

— Aceito que vá no seu próprio ritmo — diz a Dra. Pat. Ela está usando mais maquiagem do que o habitual, e sua camisa preta deixa o decote aparecer, e há todo um mundo de coisas que não sei sobre essa mulher. — Mas precisamos mudar os horários de suas sessões.

— Por quê?

— Você sabe por quê, Bea.

Eu a encaro por alguns longos, satisfatórios instantes, mas ela vence. Mexe na bolsa. E pega um caderno.

Um caderno de couro cor-de-rosa.

*Meu* caderno de couro cor-de-rosa. Estrela cadente em relevo na capa. O ápice da feiura e humilhação.

Certos momentos não fazem sentido.

— Austin disse que achou isso. Você tem uma explicação para isso? Você entende a implicação ética, até mesmo legal...?

Ela não consegue nem terminar a frase. Engulo em seco, e meus dedos rastejam em direção a minha coxa e quero tanto fincar as unhas nela, porque ou vou desaparecer ou fazer algo terrível à Dra. Pat, e é a única maneira de manter o controle frente àqueles terríveis sentimentos.

Há um vaso na mesinha de centro na nossa frente. Eu poderia quebrar o vidro e usar uma única peça afiada para machucá-la, como Jeff fez.

Mas ela pega a minha mão antes que chegue à minha coxa, e a segura, imóvel.

— Eu tenho que fazer isso! — grito, e então choro mais, de um jeito que faz meus olhos arderem e minhas entranhas parecerem todas espremidas e sobrecarregadas. Mas a Dra. Pat não diz nada, apenas segura minha mão, e eu deixo a cabeça cair em seu colo e ficamos assim até que Kevin nos pede para sairmos por favor porque já abusamos da hospitalidade do prédio.

A Dra. Pat me leva para casa. Digo a ela que posso fazer isso sozinha, mas ela diz que não é uma opção. Tento guardar o caderno na bolsa, mas ela o pega e o coloca no painel do carro para que fique nos observando durante toda a viagem de volta. Pesado, pontiagudo e inevitável. E não mais o meu caderno.

— Você olhou dentro? — pergunto quando saímos da estrada e já estamos chegando perto da minha casa.

— Austin olhou — responde a Dra. Pat, o que não responde à minha pergunta, mas definitivamente me diz tudo que preciso saber. — Devia se sentir com sorte, *muita* sorte por serem pessoas tão amáveis. Ver isso os assustou, ler suas conversas pessoais, seus momentos vulneráveis e mais privados... Você os aterrorizou.

Eu me pergunto se esta parte é a terapia ou se ela está mostrando seus sentimentos reais. Estou um pouco tonta como normalmente só fico depois de uma noite bebendo muito vinho com Lish.

— Provavelmente preciso de um novo terapeuta — comento.

Minha mãe faz isso às vezes, o que chama de seguir o caminho mais difícil, no qual toma a decisão horrível antes que alguém faça isso por ela.

— Ainda quero ajudá-la — diz a Dra. Pat, mas ela está esfregando os olhos com uma das mãos e revirando os ombros como se eu estivesse dando nós em seu pescoço. Diz aquilo como se ainda não soubesse o que é melhor. — Nós vamos destruir isso. — Ela continua, indicando o caderno. — Você e eu juntas. Vamos nos livrar dele. Essa é a primeira providência. Depois vemos o resto.

— Posso ficar com ele apenas mais uma noite? — peço.

Mas ela é mais inteligente do que eu, e sabe que eu copiaria tudo em outro caderno, e acho que é quase um alívio quando ela balança a cabeça, negando, e tira o caderno do painel e o enfia debaixo da perna, sentando nele. É um bom gesto. Final. Indiscutível.

Meus pais estão na varanda quando a Dra. Pat me deixa em casa. Não dizemos muito e eles basicamente me colocam para dormir. Poderiam muito bem estar me pondo debaixo das cobertas como uma criança. Não estou cansada. Não durmo. Já estou sentindo falta das palavras do caderno, dos pequenos rabiscos estabilizadores que fiz nele.

Estou ficando com cada vez menos coisas para me confortar.

# ♡ 24.

ÀS VEZES LISHA FICA MEIO OLD-SCHOOL.

Com isso quero dizer que ela prefere uma nota manuscrita a um e-mail, e um papel de carta com alto-relevo a uma folha de caderno. Minha mãe a entrega junto com meu café da manhã: ovos, torradas com canela e café instantâneo de baixa qualidade.

— Lisha passou para deixar isso — diz, me entregando o tipo de envelope que custa *dinheiro*, com aquela textura de papel reciclado.

Meu nome está escrito na frente com a letra bonita de Lish. Já fui ao shopping com Lisha vezes o bastante para saber que ela é capaz de gastar um bom tempo em lojas de artigos de papelaria, comprando os blocos e materiais mais bonitos que posso imaginar.

Lisha em uma loja de artigos de papelaria é como eu no Exército da Salvação.

Cada músculo meu treme, abrindo aquela coisa.

*Cara Bea,*
    *Sempre penso que estou ajudando.*
    *Mas quando acordei no outro dia, percebi que todas as coisas que estou fazendo estão na verdade te ferrando ainda mais e não estou ajudando você em nada. Nem perto disso.*

*Entreguei seu caderno para Austin. Acho que deveria ter começado logo com essa frase, para que você saiba com o que estamos lidando. Talvez tenha sido errado, mas quando vi Austin e Sylvia no palco, bem reais e coisa e tal, aquilo começou a me deixar mal.*

*Não mal. Assustada.*

*Você já viu o filme* Mulher solteira procura*? Estava passando na TV outro dia, e Cooter sentou-se enquanto eu estava assistindo e nós dois ficamos hipnotizados por ele. Então, do nada, Cooter começou a rir e disse: "Ei, é um filme sobre a Bea!" E não gritei com ele ou coisa parecida, porque ele estava basicamente certo.*

*Quero dizer, na verdade me juntei a ele e ri de você. Sobre você.*

*Então me afastei e tentei defendê-la: "Sim, mas a Bea tem TOC, então ela é um tipo diferente de stalker." E Cooter deu de ombros. Houve um momento bizarro em que acho que nós dois realmente ouvimos pela primeira vez como aquilo soava louco. Você sabe, como uma desculpa legítima.*

*Então, aquilo aconteceu. Estávamos naquele show e, sim, eu estava bebendo, e seu caderno estúpido estava na minha bolsa e estava prestes a devolvê-lo para você, exceto que... aquilo me tornaria um tipo de cúmplice, sabe? E o mundo meio se tornou claro por um segundo, porque pude ver perfeitamente que precisava entregá-la, abrir o jogo.*

*É tipo... estou indo para Harvard, sabe? E sei que isso parece paranoico, mas como posso ser alguém grande se tenho algum esboço de incidente auxiliando uma stalker no meu passado?*

*Bea, havia coisas muito pessoais naquele caderno. E pensei sobre isso e eram todos os tipos de questões éticas com, sabe, confidencialidade médico-paciente, e vulnerabilidade e segredos e um direito à privacidade... aquilo tudo simplesmente veio à minha cabeça quando estava assistindo a Austin e Sylvia tocando no palco, e uma vez que esses pensamentos estavam lá, eu não poderia ignorá-los.*

*Sei que você sabe como é isso.*

*Depois que você saiu eles estavam autografando alguns CDs, e fui até Austin e entreguei seu caderno. Eu não disse nada, apenas:*

*— Sabe a Bea? Toma.*

*Ele o abriu e ficou branco. E vermelho. E, então, muito, muito triste.*

*Eu não sei. Por mais estranho que Beck seja, pelo menos ele só está fazendo isso para si mesmo, sabe? Tipo, tudo bem, ele faz aquela coisa estranha de ficar contando e usa uma barra de sabão por dia, tenho certeza, e parece que toma anabolizantes. Isso tudo faz com que seja mesmo estranho. Mais estranho do que nós, acho. Mas no final do dia, não é ilegal ser estranho. Não há grande dilema ético quando se trata de lavar as mãos excessivamente.*

*Você já desejou que seu TOC fosse mais parecido com isso? Não seria melhor?*

*Você é minha melhor amiga e isso é cansativo. Precisa saber disso.*

*Eu meio espero começar a faculdade no próximo ano e conhecer uma menina legal cujo maior problema seja conseguir tirar pelo menos B na prova final de quí-*

*mica. Esse é o tipo de pessoa que gostaria de conhecer daqui para a frente.*

*Mesmo com tudo isso, eu desistiria de Harvard se achasse que a faria melhorar. Mas não vai, e é isso que é uma droga. Isso é o que mesmo é uma droga.*

*Com amor,*
*Lish*

Estou suando quando termino de ler. Lisha ou é minha maior inimiga ou a melhor amiga de toda a história, e eu poderia tentar descobrir isso, só que estou tendo um ataque de pânico na mesa do café da manhã.

O café instantâneo derrama e por pouco não cai nas minhas pernas. Minha mãe me abraça até eu parar de chorar. Como se eu fosse uma criança, o que não sou mais, e acho que é mais ou menos o que a carta de Lisha estava tentando dizer.

Alguma parte minha tocada pela terapia entende isso, mas o resto de mim a odeia e seu corpo magro demais e o cachecol vermelho listrado no estilo Harvard que está ostentando nos últimos dias. O fato de que, desde que ela, Cooter e os pais brigaram, basicamente só a vi bêbada. O impulso é forte para contar a seus pais sobre isso.

Então é ainda mais forte quando penso no que ela fez.

Então estou pegando o telefone para ligar, não apenas para me vingar, mas também porque é a verdade, e como de costume, lá está ela, apodrecendo na minha boca, esperando para sair, e se eu não ligar para seus pais agora e cuspir cada coisa terrível que ela já fez, então...

Mas o telefone toca antes de eu discar para sua casa.

— Vem pra cá — diz Beck na linha. Ele está falando baixo e sem fôlego como se tivesse acabado de malhar.

São oito da manhã. Claro.
— Onde você está?
— Em casa — responde ele. — Só venha.
— Vou ter que ir andando — aviso.

Ele sabe que isso significa que não estou em estado de dirigir e que estou no modo TOC agora, mas Beck respira e diz que tudo bem. Posso ir a pé. Ele ainda quer que eu vá. E andar é bom: meus dedos, meus dedos dos pés podem ficar dormentes e não preciso me concentrar em nada, além de colocar um pé na frente do outro. Quando chego à casa de Beck, do outro lado da cidade, são quase dez horas e estou com o rosto corado de frio de um jeito bonitinho. Vamos admitir: fico muito bonita no inverno. Sou esse tipo de garota. Vejo meu reflexo na janela em sua porta da frente antes de tocar a campainha, e debaixo de toda a humilhação e nervos e raiva existe aquela sensação inconfundível de ser *bonita*. Deveriam inventar uma palavra para essa emoção. É como confiança, porém mais doce, mais específico.

Confiro as decorações excessivas de Páscoa penduradas por todo o exterior da casa enquanto o espero atender à porta. Aqui está outra palavra útil do SAT para você: "Desastroso." Estou sendo atingida na cabeça com isso agora, olhando para um coelho de plástico no telhado e ovos de Páscoa de todos os tamanhos alinhados no gramado.

Ele demora uma eternidade para atender a porta, e quando chega, não parece muito bem. Nem bonito. Nem qualquer coisa parecida com a imagem que tenho de *Beck* na cabeça. Ele está de calça jeans e uma de suas camisetas apertadas demais, e está superlimpo, o que deveria ser uma coisa boa, mas sua pele está caindo em pequenos pedaços e o que está por baixo é rosado e doloroso. Seu rosto, as mãos, os antebraços: todas as partes que posso ver estão desgastadas de tanto esfregar.

— Uau — digo. Seria tolice fingir que não reparei.

— Sim — diz ele. — Sim, sim, sim, sim, sim, sim, sim.

— Ele está se encolhendo enquanto ouve as palavras saírem, mas não pode detê-las. Sua cabeça treme enquanto fala, o tipo mais profundo de ódio de si mesmo nesse pequeno movimento.

— Estou mal também — ofereço. — Eu fui pega. Quer dizer, sei que você não se importa. Mas Sylvia e Austin, você sabe, da Tryst, chamaram a Dra. Pat. Eles viram um caderno onde registrei todas as suas sessões de terapia... vou fazer as sessões *na minha casa* porque não posso ser confiável no consultório de um terapeuta. Então. Nada é mais patético do que isso, certo?

Ele balança a cabeça, mas não fala. Eu me pergunto se ele consegue dizer qualquer coisa menos de oito vezes nesse momento. Do jeito que está fechando a boca com força, acho que não. Algum tipo de luta séria está acontecendo por trás daqueles lábios bonitos. Sou pega de surpresa pelo desejo de beijá-lo. Não há nada realmente sexy na vermelhidão de sua pele. Mas há algo sexy, eu acho, no fato de que tive relações sexuais com ele no outro dia.

Sim, deve ser isso.

— Não posso te abraçar, né? — pergunto.

Ele faz que não com a cabeça, e seus olhos se enchem de lágrimas.

Vai me convidar para entrar?

Ele convida.

Estar no quarto de Beck não é muito diferente de estar dentro de sua cabeça. É um exemplo de organização e escassez. Não há nada parecido com minhas decorações maníacas e nenhum sinal de meninice. Nenhuma borda de pizza descartada ou cuecas sujas ou roupas empilhadas em uma cama.

Há apenas ordem. Há um lugar para o grampeador, para os sapatos, para o diário de treino, para uma foto de sua irmã. É cheio de ângulos de noventa graus e uma cama bem-arrumada como as de hospital e marcas frescas de um aspirador de pó no tapete. Tem cheiro de limão e antisséptico.

É o lugar mais estéril em que já estive.

Na verdade, sou a parte mais bagunçada ali, nas minhas calças de pijama de flanela vermelha e um moletom de Harvard que Lisha me deu há alguns meses. Meus pés estão enfiados em botas UGG gastas e acho que ainda não consegui lavar o rosto. Passei brilho labial e comi três pastilhas de menta, mas foi tudo. Talvez isso me faça ser boa para ele, no entanto. Se as teorias da Dra. Pat estiverem certas, talvez minha bagunça vá curá-lo.

Então, faço o que acho que a Dra. Pat iria querer que eu fizesse: me jogo na cama e rolo em cima dela um pouco como um cachorro enlouquecido e pego a fotografia emoldurada da pequena Violet aos 8 anos e tiro meus sapatos, chutando um para cada lado da cama, e me sinto em casa. Simples assim: terapia de exposição de improviso.

— Ei... — Beck começa bater o dedo e engolir em seco em ciclos de oito.

— Eu fico aqui e você se assegura que aquelas tesouras ali fiquem no lugarzinho para tesouras na mesa. Então estamos em pé de igualdade e podemos ser loucos juntos — declaro.

A caminhada deve ter suscitado algo em mim. Minha pele está formigando e estou definitivamente suando um pouco, mas estou fazendo uma verificação interna nos meus níveis de ansiedade e estão subindo devagar, em seguida, se nivelando, e em seguida abaixando outra vez.

— Estraguei a porra toda — dispara Beck.

Acho que nunca o ouvi xingar antes. Não combina com ele. Esse tipo de coisa deveria ser reservado para obsessivos como Rudy e eu: a galera com os tipos de TOC mais crus e destrutivos. Não para o puro Beck.

— Quando?

— No show. Você estava certa. Odeio o fato de você ter estado certa. Mas estava — diz Beck balançando a cabeça.

Eu engasgo um pouco de riso, porque não achei que estava vindo aqui para receber um pedido de desculpas. Nunca estou certa. Tenho TOC. Praticamente já aceitei que tudo o que se passa na minha cabeça deve ser errado.

— Eu estava perseguindo pessoas — digo, como se ele tivesse esquecido. — Estávamos em um encontro com o cara que eu estava *perseguindo*. — E apesar de estar dizendo aquilo, ainda tenho em mim aquele surto de raiva pelo jeito que tive de aceitá-lo, enquanto ele nunca teve que me aceitar.

— Não — responde Beck. Parece que ele está engolindo um impulso de dizer logo isso de uma vez. Eu entendo. Parece o que sinto quando estou tentando não extravasar a verdade em momentos ridículos. — Quero dizer, sim. Aquilo foi estranho. Mas não mais estranho do que as coisas que eu... *menos* estranho, provavelmente, do que a maioria das coisas que já fiz. Então, quem diabos sou eu para...

— Sim — concordo. Lá vem o impulso de dizer a verdade de novo. Suspenso no ar. Rápido assim.

— É — diz Beck. Ele se junta a mim na cama: deita-se nos lençóis que adequadamente desarrumei. Não nos tocamos; as coisas não são resolvidas com tanta facilidade, mas é bom ficar deitada assim com ele um pouco e olhar para o teto. — Quer me contar sobre eles? — indaga Beck. — A banda? Os pacientes da Dra. Pat ou o que seja?

Dou de ombros.

— Sou meio ferrada — explico. Tentei não pensar na próxima vez que o impulso de vê-los aparecer, porque sei que está prestes a ficar muito, muito mais difícil.

— O que gosta em relação a eles? — insiste Beck. — O que tem de tão especial neles?

É uma pergunta que tenho me feito também, mas ninguém jamais a fez em voz alta. Nem mesmo a Dra. Pat. Acho que quando você tem esse rótulo de TOC as pessoas param de perguntar sobre seus motivos, uma vez que tudo que você faz é provavelmente apenas por causa do transtorno. Estou desconcertada. Sem palavras.

— Quando os viu pela primeira vez? — continua Beck.

Meu queixo continua caído, porque, mais uma vez, ninguém jamais me perguntou isso. Já expliquei a coisa toda sobre o livro do olho mágico e pessoas chamando minha atenção do nada, e isso é verdade, mas tem certa penugem por cima da minha resposta, como se houvesse mais por trás daquilo, mais para descobrir.

— Deus... Eu nem me lembro... não faz muito tempo... — confesso. Aperto os olhos para me fazer lembrar algo mais. — É uma coisa recente.

— Você os escutou ou os viu primeiro?

— Acho que os ouvi primeiro. Antes da minha sessão. Ouvi os dois falarem sobre as coisas... — Por um momento acho que lá está ele: um Motivo. Mas, em seguida, ele desaparece de novo e não há nada. — Posso verificar. Provavelmente está no meu caderno... — Quase corro até a bolsa para pegá-lo, e a ideia de folheá-lo e juntar os pedaços me faz realmente, realmente feliz por um momento. Como se fosse obter um alívio real, o tipo de alívio que acalma de verdade todo o meu sistema.

Mas não estou com o caderno. A Dra. Pat ficou com ele.

— E se eu nunca descobrir o motivo? — pergunto. Não sei se ele vai entender o que quero dizer, porque não sei nem se *eu* realmente sei o que quero dizer. — Acha que vou ficar bem se for apenas uma coisa que aconteceu? Isso seria estranho? E se não houvesse um motivo real? Quero dizer, talvez eu seja apenas meio louca.

— Às vezes essas merdas simplesmente acontecem — concorda Beck.

— Sim, às vezes as pessoas só fazem coisas realmente estranhas. — Eu abaixo a foto de Violet. — Às vezes existem verdadeiros motivos, mas às vezes não há nenhum.

— Sim.

Toco algumas das partes mais esfoladas da pele de Beck. Seu pescoço, o lugar onde o polegar encontra o resto de sua mão, o queixo.

— Sinto muito. Isto é, tipo, verdadeiramente grotesco. Minha pele está caindo. Quer dizer, isso não está certo. Lá se vai a teoria de que sou menos psicopata do que Jenny e Rudy.... — Ele está prestes a chorar. — Pensei que eu estava melhorando.

Pensei que ele estava melhorando também.

Pensei que *eu* estava melhorando. Isso é uma droga. E seu rosto triste, triste me dói. As esfoliações na pele, as partes ressecadas entre cada dedo. Sei o quanto ele deseja que pudessem estar escondidas.

— Sinto muito — repete. — Sinto muito, sinto muito... — Eu o deixo repetir as oito vezes, mas então decido mergulhar de cabeça porque não posso consertar partes de pele seca, a coceira da pele limpa em excesso, os olhos assombrados de sua irmãzinha morta, mas posso fazer isso, pelo menos.

— Tenho outras coisas para contar — começo.

Não tenho nenhum interesse em mostrar a Beck como meus hematomas na coxa ficaram nojentos. Porém algo muito mais profundo dentro de mim não quer que ele fique ali pensando que é o único cujas tendências enlouquecidas estão aparecendo em sua pele. Então, sem a menor cerimônia, tiro minha calça.

— Ah — começa Beck.

Ele acha que vamos transar outra vez, e tenho certeza de que vamos em algum momento, mas balanço a cabeça com veemência e levanto uma das mãos para fazê-lo esperar. Ele deita na cama de novo, e tiro da calça uma perna de cada vez. Acho que quando fizemos isso antes — tirar a roupa — não gastamos muito tempo inspecionando o corpo um do outro. Eu me viro para o lado para que ele possa obter o efeito completo da *coisa* preta, azul, roxa, amarela e vermelha que está tomando conta da minha perna. Não há como esconder a reação dele, é como um soco no peito. Mas, então, Beck se inclina para a frente e a toca. Mesmo aquele toque tão leve dói, o que é engraçado, considerando que estou acostumada a beliscar o lugar. Mas quando estou no momento, tendo compulsões, estou tão longe em meio à ansiedade e à liberação que nem penso na dor.

Não sou como quem se corta. Não *quero* que doa. Jenny não quer aquele chumaço de cabelo saindo. Rudy não gosta do pouco de sangue que vem com o pouco de dor quando cutuca o rosto. Essas são coisas que não preciso explicar para Beck, que está assentindo para o tamanho e a forma dos hematomas, para o rubor no meu rosto.

— Só isso? — pergunta, por fim.

E acho que é.

— Acho que é isso. Mas preciso que venha na sessão com a Dra. Pat comigo.

— Se sairmos de casa, conta como um encontro? — pergunta Beck. — Nosso sétimo encontro?

— Ah — respondo. — Esqueci que você estava contando.

Ele engole em seco oito vezes.

Uma hora mais tarde, estamos com a Dra. Pat na minha casa, diante da lareira. A Dra. Pat deve ser de algum tipo de boa família da Nova Inglaterra, porque ela acende uma fogueira como só uma verdadeira nativa da Nova Inglaterra saberia fazer: bolas de jornal amassado, cantos estrategicamente acesos, devagar uma brasa virando uma chama real.

— Aconchegante — comenta Beck, um pouco sarcástico.

Eu bufo, *bufo*, porque os momentos de humor seco de Beck são tão escassos e inesperados que sempre me pegam desprevenida e não consigo evitar os pequenos ruídos que meu corpo faz em reação a eles.

Em seguida, a Dra. Pat pega aquele caderno cor-de-rosa estúpido. Meu coração basicamente para assim que o vejo. Quero devorá-lo. Quero comê-lo, de modo que as palavras, os momentos que capturei ali, permaneçam dentro de mim. Seguros. Só quando estou me preparando para a explosão de ansiedade vindo em minha direção, minha mãe aparece com uma pilha de cadernos, todos meus, todos cheios de recortes. Meses e meses de dados coletados para me proteger das coisas terríveis que eu poderia fazer ou me tornar.

Fico dormente de ansiedade. Isto é novo: formigamento nos dedos e mandíbula travada. Incrível. Pensei que já tinha experimentado o espectro completo dos sintomas, mas há sempre mais. A dormência dificulta a respiração também, e Dra. Pat perguntando sem parar "Que nível, que nível?", e Beck me olhando nos olhos, e é um dez, um verdadeiro DEZ; isso é definitivamente o que se sente num nível dez. E a Dra.

Pat coloca o caderno cor-de-rosa em minhas mãos, e minha cabeça está gritando para lê-lo, para fazer mais anotações, para tentar lembrar e escrever exatamente o que foi dito na outra noite, quando eles me pegaram.

Mas eu o atiro no fogo em vez disso. E o assistimos queimar.

Minhas mãos tremem, e sinto um suor frio. Minhas extremidades viram gelo. *Isso é novo*, penso, e me arrepio com a queda brusca de temperatura. O Homem Ansiedade obeso se senta no meu peito, e estou presa, paralisada naquele frio, pesada, balançando o corpo no mesmo lugar pelo que parecem horas.

Passam-se talvez sete minutos.

E, em seguida cai. A princípio devagar. Eu me encontro em um nove, e, em seguida, um oito, um sete e meio.

Jogo o próximo caderno, e o próximo. Estou num nível sete. Seis e meio.

Um seis calmo, de temperatura normal. O zumbido na minha cabeça para. A pressão no meu peito ainda está lá, embora mais leve.

Minha mãe faz chocolate quente e experimentamos a tarde mais estranha da minha vida, vendo meus cadernos TOC arderem na lareira, enquanto mexemos os minimarshmallows no chocolate quente Swiss Miss. Só eu, minha mãe, Dra. Pat e Beck.

## ♡ 25.

NÃO HÁ MUITO O QUE POSSAMOS FAZER, A NÃO SER olhar para Jenny e sua cabeça com apenas uma penugem como de um pêssego.

— Ai, meu Deus, está mil vezes melhor — digo.

Não é o mesmo que uma compulsão. Desta vez falo aquilo não porque está coçando para sair da minha garganta ou porque é de extrema importância. Digo aquilo porque ela precisa saber que prefiro vê-la careca do que vê-la destruir a si mesma. Os olhos de Rudy ficam arregalados ao ver o quanto está bonita. Ele está hipnotizado por ela e o resto de nós relaxa, talvez pela primeira vez, em nossos assentos duros de metal. É como se livrar de um peso vê-la assim, limpa, calma e novinha em folha.

— Posso tocar? — pergunto com um sorriso.

Não sei quem penso que sou. Beck foi o que fez o maior progresso no grupo, e Jenny foi a que, obviamente, fez algum tipo de avanço em casa, e eu sou apenas a garota que gritou com todos da última vez em que estivemos aqui. Mas Jenny balança a cabeça e retribui o sorriso e esfrego sua cabeça antes de a Dra. Pat reforçar as regras.

— Que bom. — É tudo que a doutora diz. — Ótimo. — Então pega uma faca. Do nada. Uma faca que deve ser de sua cozinha. Afiada, real e brilhante, mas ninguém parece incomodado. Apenas eu. — Isto é para Bea — afirma, e todo mundo concorda e age como se a faca fosse uma luva inofensiva ou uma banana.

— Isso é muito pior que meu canivete suíço, hein? — provoca Rudy.

— Desculpa. Tenho que ir embora — digo. É um reflexo, da mesma forma que se faz quando um médico bate no seu joelho com o pequeno martelo. Tão automático quanto. Confio no reflexo que diz que, definitivamente, *não*.

— Bea — diz a Dra. Pat. Apenas isso. Apenas o meu nome e a faca brilhando para mim enquanto ela a segura. — Aponta a faca para meu coração — pede a Dra. Pat.

Isso não pode ser legal. Balanço a cabeça.

— Segura na direção do *meu* coração — oferece Beck, e sei que com certeza isso não é certo, porque a Dra. Pat coloca a mão nas costas de Beck para lhe proibir. — Tudo bem — insiste Beck. — Que tal apenas o canivete de Rudy? Sabe tão bem quanto eu — Rudy está tirando o pequeno canivete do chaveiro e estou tremendo e acho que isso realmente de alguma forma vai acontecer — que isso não pode machucar ninguém.

— Tudo bem — diz a Dra. Pat. — Rudy? Podemos...?

Mas ele já está entregando-o a Beck. Estou toda suada e respirando rapidamente e, quando olho ao redor da sala, espero que o resto deles tenha algum tipo de expressão de pânico cruzando os rostos, mas não há nada do tipo. Todos parecem plácidos, com os correspondentes sorrisos de apoio. Gostaria de gritar com eles, mostrar-lhes meus cadernos de pesquisa sobre meninas de aparência normal como eu, até mesmo ocasionalmente *bonitas*, surtando, enlouquecendo de repente, e matando pessoas.

Quero dizer, tenho provas mostrando como isso é má ideia. Provas que mostram o quanto todos nós somos imprevisíveis.

Mas não tenho mais os cadernos.

— Tudo bem — diz Beck. — Me apunhale. — É aquele humor seco outra vez.

A coisa que amo nele agora está se virando contra mim. Estou respirando em suspiros curtos, e, quando a faca está em minha mão e ereta, tremo tanto que acho que poderia deixá-la cair. A faca de cozinha da Dra. Pat está ao meu lado também, apenas para aumentar o estresse. A jornada de levantar o canivete até o coração de Beck é épica. E uma vez que toca a massa dura de seu peito, minha ansiedade está no nível dez.

— Não aguento mais, não posso fazer isso! Estou no dez! Por favor, deixe-me parar! — Soluço na direção da Dra. Pat, mas ela e o grupo só levantam os ombros, mordem os lábios e esperam.

*Vou matar Beck*, penso. Mas não mato.

E então, como na noite passada, os números começam a cair. Não entro em combustão espontânea de tanta ansiedade. Ela começa a diminuir. Como uma criança fazendo birra, ela cansou e está cedendo. Estou no sete. E penso: *Não vou matar Beck*. E, em seguida: *Nem sei como machucar alguém com um canivete suíço*. Não passo de um 4,5. Não me transformo, de repente, em algum monge. E quando a Dra. Pat diz que posso afastar a faca do peito de Beck, fico aliviada.

Mas. Um pequeno espaço foi criado, onde não preciso ter medo.

Então estou pensando em naufrágios em ilhas do Caribe, que tenho certeza de que nunca acontecem. Mas penso neles mesmo assim, como se pudessem acontecer. Há essa situação horrível, e cerca de um milhão de coisas muito reais que poderiam ocorrer, e você não está exatamente feliz por estar naufragado e tem um monte de problemas para resolver e merda para fazer. Mas você está nessa ilha, e enquanto constrói sua cabana e pesca e, tipo, faz os primeiros socorros básicos no seu amigo ferido, você para, deita na areia e olha para as palmeiras balançando um pouco com o vento quente. E o som do oceano batendo na praia é lindo, e você está talvez no lugar mais bonito em que já esteve.

Assim, ao mesmo tempo, está com medo e espantado com a dura realidade do mundo ao seu redor e com a pureza da beleza.

Trocaria esse momento? Arriscaria estar naufragado para ser capaz de ver a mais bela parte do mundo humano?

Acho que isso é apenas um jeito comprido de dizer que estou feliz por estar aqui. Beck e eu estamos sorrindo um para o outro como patetas, e sinto um frio no estômago ao pensar em ter ficado nua com ele na montanha, e talvez fique de novo mais tarde no meu quarto. É, tipo, estou com medo, e existe um monte de coisas feias, mas prefiro estar naufragada nesta bela ilha do que em segurança em uma cela cinza e triste. Sabe como é?

# ♡ 26.

NÃO TEMOS NENHUM OITAVO ENCONTRO. SIMPLESmente pulamos isso.

A Dra. Pat diz que você toma suas próprias decisões.

# ♡ 27.

MUITOS E MUITOS ENCONTROS DEPOIS, LISH, BECK E eu vamos à Harvard Square. Há um lugar chamado The Pit, e está cheio de maconheiros e skatistas e nós três. Estamos observando as pessoas.

Estou fazendo anotações, mas tudo bem, porque é para uma peça da escola para a qual criarei o figurino. Não é grande coisa, só uma noite oferecida pelos alunos com pequenas peças que outros alunos escreveram, mas me ofereci para fazer os figurinos e todo mundo ficou empolgado, como se fosse óbvio que eu seria perfeita para o trabalho. O que acho que significa que fui totalmente bem-sucedida em fazer minhas roupas se destacarem no mar de suéteres e calças pretas apertadas da J.Crew que compõem o armário do resto da população estudantil na Greenough Girl's Academy.

Uma das peças é sobre garotos fugitivos e sem rumo, e achei que este seria o lugar para encontrá-los. Jeff costumava falar em vir aqui nos fins de semana, comprar Ritalina e aprender a andar de skate.

A lembrança daquilo já não me assusta tanto.

No entanto, falei à Dra. Pat que senti falta das minhas compulsões. Que, às vezes, sentia falta delas porque sem elas ficava mais ansiosa, mas também que às vezes sentia falta porque elas me definiam. A doutora me recomendou observar pessoas. O inverno está, enfim, se tornando primavera, e Beck, Lisha, e eu podemos relaxar e observar as multidões. Não tem a mesma magia eufórica de uma droga como era ver Austin e Sylvia, no entanto, é divertido, pegar trechos de conversa. Não as anoto (regras da Dra. Pat, tenho permissão apenas para anotar ideias para o figurino), mas compartilho um sorriso e risada com Beck ou Lish sempre que ouvimos um momento particularmente bom entre estranhos.

— Estou pensando em voltar a roubar. Estou velha demais para isso? — Uma morena cheia de piercings pergunta para a amiga de olhos tristes.

— ... devo sair com ele, mesmo que ele seja feio?

— ... queria só mais uma bolsa, aí, sim, estaria bem.

— Estou pensando em me mudar para a Suécia. Ouvi coisas boas. Planos de saúde, loiras e merdas assim.

— Você é um verdadeiro idiota a maior parte do tempo.

— Você é uma linda piranha.

— Eu te amo mais.

Lisha fica sorrindo para os estudantes de Harvard que andam por ali, uma vez que está prestes a ser um deles. Cruza e descruza as pernas, na tentativa de se adaptar e parecer com eles. Não estamos exatamente carinhosas uma com a outra, e não estamos de volta ao normal, e não existe um momento perfeito que corrigirá o que está ferido entre nós. Ela se senta um pouco à nossa esquerda e nunca realmente fala direto com Beck, e se encolhe quando vem à tona qualquer coisa que pensa poder nos acionar: o número oito, sabão, um objeto afiado, um cara treinando de roupas de academia, uma mulher com seios falsos e cabelos lindos e maquiagem escura nos olhos que poderia ser Sylvia.

— Aquela ali é a... — começa Lish, e faço que não com a cabeça, mas, em seguida, dou uma olhada, e é.

É Sylvia, e Austin ao lado dela, de mãos dadas, e o ritmo deles ao andar está em perfeita sincronia, pernas compridas que pisam ao mesmo tempo na batida de uma canção que não podemos ouvir. Compartilham um par de fones de ouvido e mantêm as cabeças próximas para ouvir a música. Provavelmente o próprio álbum. Quero apontar isso para Lish e Beck, bem cientes da presença do casal, mas depois lembro-me de que nunca subiram naquele apartamento comigo, e não entenderiam.

De certa forma, Sylvia e Austin ainda são as pessoas que melhor conheço no mundo.

Sinto falta deles.

— Você está bem? — pergunta Beck.

Há um toque de ciúme em sua voz e no espaço por trás de seus olhos, mas ele está se esforçando muito para guardar aquilo, aceitar aquele belo e magro roqueiro chique do meu passado. Está tentando. Sei disso porque suas roupas estão um pouco mais soltas no corpo do que antes. Não parecem normais ainda, mas não estão mais lutando contra todos os músculos, nem arrebentando nas costuras. Ele tinha toda uma série de camisas de botão com fios puxados nas laterais, longas fendas onde o tecido não conseguia mais contê-lo.

Parece melhor agora.

Mantenho os olhos nas silhuetas de Sylvia e Austin enquanto entram num café. Espero apenas tempo suficiente para não causar suspeitas.

— Vocês querem café? Vou pegar um chá — digo, me levantando, esticando as pernas, colocando os óculos de sol.

— Café preto — pede Lisha.

— Latte — diz Beck, e sorri para mim. Ele está trabalhando em quebrar algumas de suas regras, então chá verde ou água mineral estão fora de cogitação. Está tentando gostar de um vício de vez em quando. — Com açúcar — continua, se exibindo agora.

Respondo largando o caderno em seu colo para que ele possa ler cada linha que rabisquei e ver que foi tudo sobre ideias de roupas para o evento. Às vezes progredir torna-se uma minicompetição entre nós. Uma em que todos ganham, eu acho.

Deus, soo como a Dra. Pat quando fico assim.

Caminho até a porta do café. Apenas empurrando a porta estarei lá, na fila, atrás de Austin e Sylvia. E quero aquilo, talvez mais do que já quis qualquer outra coisa. Talvez mais do que quero Beck e suas mãos profundamente marcadas, embora se recuperando, no meu corpo, ou seus olhos nos meus.

Há enormes janelas e não me escondo, apenas fico diretamente de frente para eles o tempo suficiente para respirar e me livrar daquele impulso.

Não belisco a coxa, que está num tom marrom e amarelo estranho no último estágio de cura.

Os olhos de Austin me encontram, do lado de fora olhando para dentro, como um cachorro tentando pedir através do vidro, praticamente ofegante. Sua mão vai para as costas de Sylvia e acho que ele está prestes a apontar para mim, mas não o faz. Apenas permite que a mão fique lá e tem os olhos tristes e uma nova tatuagem nas costas daquela mão. Sei disso porque parece tosca e inacabada perto dos outros desenhos bem-feitos em seus antebraços.

Estão tão perto, apenas atrás do vidro, que posso ver cada pedacinho da tatuagem sem me esforçar. Cada detalhe.

Ou talvez ela se destaque porque é um símbolo que reconheço: uma pequena estrela cadente. Esta é preta, mas me faz lembrar da dourada em relevo sobre a superfície de um caderno cor-de-rosa que eu tinha.

Um caderno cor-de-rosa que queimei.

Sinto um aperto no coração, com a percepção de que talvez eu nunca saiba exatamente o que significa ele ter tatuado algo que estava no meu caderno.

Pode até ser, suponho, coincidência.

A Dra. Pat diz que a mente humana é um lugar complicado. Que nos apegamos a coisas, imagens, palavras, ideias, histórias que sequer sabíamos que estávamos guardando.

Às vezes, versos de poesia daquele livro que Kurt me deu ainda passam pela minha cabeça. Isso não significa que vou ligar para ele para certificar-me de que ainda está respirando. E, mesmo agora, tenho vontade de tocar na nova tatuagem de Austin, a que acho que fez em minha homenagem. Quero saber como estão. A necessidade não desapareceu completamente, mas se tornou essa coisa na qual posso mergulhar por um momento, e depois me secar.

Rápido e sujo, é como Beck descreve quando caímos numa compulsão por um momento glorioso e depois nos salvamos da imersão total. Sorrio com o pensamento dele, porque gosto da frase. Austin retribui o sorriso. Acho que ele pensa que estou sorrindo na sua direção, dizendo "olá", mas na realidade não estou.

Eu não entro. Não preciso.

# AGRADECIMENTOS

Um enorme e exagerado agradecimento a minha incrível agente, Victoria Marini, cujo apoio me fez acreditar, e cuja visão me ajudou a tornar este livro realidade.

Sou tão sortuda de ter a honra de trabalhar com minha editora fabulosa, Anica Rissi, que me entende, me desafia e me inspira.

Obrigada ao Monday Group e ao Thesis Group pela leitura, formação, incentivo, e por me dar prazos: Dhonielle Clayton, Sona Chairapotra, Alyson Gerber, Caela Carter e Amy Ewing.

Fui abençoada com alguns professores incríveis na minha vida, e gostaria de agradecer a todos eles, porém, mais especialmente, Sandra MacQuinn, Dan Halperin, Hettie Jones, David Levithan e Patricia McCormick. E um agradecimento especialmente grande a uma incrível professora e fonte de inspiração, Victoria Hart, que provavelmente não percebe a enorme diferença que fez.

Obrigada ao Red Horse Café e ao Tea Lounge por me fazer mochas e tocar boa música, dando-me distrações, e por proporcionar um lugar aconchegante para escrever.

Tantas pessoas deram tempo e atenção a este livro e minha jornada especial até a publicação. Um agradecimento especial a Navdeep Dhillon, Michael Strother, Liesa Abrams e ao resto da equipe de Simon Pulse, Kalah McCaffrey, Laura Schechter e Danielle Chiotti.

Sou muito grata por minha pequenina família amante de livros, os Haydu: papai, mamãe, Andy, Jenn, Ellie, Gary, Marie e Tina; os Spoke: Dick, Carol, Suzie e Jen; os Rosse: Judy (que está, provavelmente, vendendo de mão em mão este livro agora), Doug, Cam e Ian. E, claro, os avós.

E todo o meu amor e agradecimento aos que me deixaram falar, chorar, reclamar, exclamar, obcecar e comemorar:

O clube de dez anos ou mais: Julia Furlan, Kea Gilbert, Mandy Adams, Honora Javier e Tracey Roiff. Tenho muita sorte por todos vocês terem aturado a mim e a minhas loucuras de escritora por tanto tempo.

E as outras pessoas adoráveis que me apoiam de tantas maneiras diferentes: Anna Bridgforth, Pallavi Yetur, Leigh Poulos, Mark Souza, Michael Mraz, Brian Smallwood, Rachel Gordon Smallwood, Alisha Spielman, Meghan Formwalt Shann, Taylor Shann, Lizzie Moran, Katherine Jaeger-Thomas, Janet Zarecor, Jess Verdi, Lenea Grace e Frank Scallon.

Este livro foi composto na tipologia Simoncini Garamond Std,
em corpo 11/15.2, e impresso em papel off-white
no Sistema Cameron da Divisão Gráfica
da Distribuidora Record.